◆变挑战为机遇　◆化风险巧应对
◆守法律强管理　◆雇员即生产力

人大版新法精释丛书

劳动合同法及实施条例之
HR应对

主　编　程延园

撰稿人　（以姓氏拼音为序）

陈力闻　程小虎　程延园　江　舵

李春云　刘霜霜　谭　叙　张　英

王甫希　王　欢

中国人民大学出版社

·北京·

前　言

　　《劳动合同法》及其实施条例的颁布和实施，将对企业人力资源管理产生深远的影响和挑战，预示着用工成本科学预算和人力资源管理法制化时代的到来。《劳动合同法》对企业用工机制、人力资源的"选、育、用、留、裁"都进行了规范和调整：在企业用工机制方面，《劳动合同法》及其实施条例确立了劳务派遣和非全日制用工方式，在满足企业灵活用工需求的同时，也对派遣单位和用工单位在劳务派遣中的责任分担进行了规制。在企业人力资源管理方面，《劳动合同法》及其实施条例严格禁止事实用工，强化了书面合同规定，明确了拒签书面合同的法律后果，规定事实劳动关系超过1年即视为签订无固定期限劳动合同，重申无固定期限劳动合同不是"铁饭碗"、"终身制"；固定期限劳动合同到期终止，也要向劳动者支付经济补偿；连续订立两次固定期限、连续工作满10年，要订立无固定期限劳动合同；强调"培训费用"须有支付凭证；明确补偿金与赔偿金不可兼得；规定劳务派遣单位不得以非全日制用工形式招用被派遣劳动者，等等。这些规定在维护劳动者合法权益的前提下，注重实现劳动关系双方权利与义务的平衡，增强了劳动合同法的可操作性。

　　劳动合同法是规范企业和劳动者之间订立、履行、变更、解除和终止劳动关系的法律，贯穿于人力资源管理活动的整个过程。企业人力资源管理活动如何适应劳动关系法律的新调整，如何顺应劳动关系立法变化趋势，对企业人力资源制度进行修订和完善，是每一个人力资源管理者面临的新挑战。本书从企业人力资源管理角度出发，对《劳动合同法》及其实施条例的关键条款及其适用进行了解读和分析，对企业执行劳动合同法过程中可能遇到的问题进行了剖析，为企业人力资源制度的调整、修改和完善给出了建议和意见。该书有利于人力资源管理者全面理解和有效运用劳动合同法，完善企业规章制度和劳动合同具体条款的设计，防范和控制劳动用工法律风险，有效避免劳动争议的发生，及时调整企业人力资源管理策略，将企业人力资源制度与劳动法律全面接轨。

　　近年来，主编本人为国内几十家知名企业、跨国公司提供了劳动用工制度和人力资源整合方案，为上百家企业提供了管理内训，深感劳动关系问题已越来越成为人力资源管理的难点和焦点问题。劳动关系是否和谐稳定，将直接影响到企业的社会形象、品牌价值，甚至直接影响到企业的经营业绩。在具体操作层面，如何加强裁员管理，应对员工关系危机，掌握各种劳动争议的处理技巧，掌握如何规范企业各项规章制度的技巧，如何管理核心人员流动，如何设计商业秘密和竞业限制制度，并避免劳动合同管理中的误区等，是人力资源管理者亟须提升的专业技术和专业能力。《劳动合同法》及其实施条例的颁布，对企业是一个非常巨大的挑战和考验。《劳动合同法》是人力资源管理的"圣经"，为人力资源管理提供了法律基准和底线，HR 经理应当精熟劳动法律，加强自身的法律理解和应用能力，把握契机，全面提升管理水平。

程延园

2008 年 10 月 20 日

目　录

第二章　劳动合同执行中的是非曲直

第三章　企业出资培训之管理

第四章　留住核心员工之道：竞业限制

第十章 如何处理与工会的关系

第十一章 与非人力资源部门的沟通与配合

第一章

订立劳动合同的方方面面

订立劳动合同是企业人力资源管理中的最基础工作，怎样"布好这一招棋"，为以后的各个环节开个好头？万事开头难。本章将对订立劳动合同时涉及的方方面面问题，从法律角度进行剖析，为您开出一剂良药，解除您的后顾之忧！

一、分支机构能否直接与劳动者签订劳动合同

【案例】

张某大学毕业后到上海汽车集团公司工作，专业是汽车设计，被公司分到集团所属的分支机构沈阳汽车设计所工作。张某到设计所报到后，设计所的负责人员便与张某商议签订劳动合同，在签合同时张某发现，合同中的用人单位是沈阳汽车设计所，而不是上海汽车集团公司。张某提出异议，认为该设计所不是独立法人，没有营业执照，不能直接与劳动者签订劳动合同。设计所的人员表示设计所受上海汽车集团公司的委托，可以签订劳动合同。该设计所能否直接与张某签订劳动合同呢？

这是一个企业的分支机构是否可以作为用人单位签订劳动合同的案例。《劳动合同法》对于企业的分支机构能否作为合同主体订立劳动合同没有作出规定，然而实践中，分支机构直接招人、用人现象又十分普遍，为明确分支机构在劳动关系建立中的地位，《劳动合同法实施条例》（以下简称《实施条例》）第4条规定："劳动合同法规定的用人单位设立的分支机构，依法取得营业执照或者登记证书的，可以作为用人单位与劳动者订立劳动合同；未依法取得营业执照或者登记证书的，受用人

单位委托可以与劳动者订立劳动合同。"这一规定明确了分支机构签订合同的两种情形：一是分支机构如果依法取得营业执照或者登记证书的，那么将具有用人单位的资格，能够独立承担民事责任，直接与劳动者签订劳动合同；二是分支机构如果没有取得营业执照的，须得到用人单位委托方可与劳动者订立劳动合同。案例中，沈阳汽车设计所经过上海汽车集团公司的委托，可以与张某签订劳动合同。

实践中，企业要注意分支机构是否符合签订劳动合同的主体资格，避免主体不合法致使劳动合同无效。如果分支机构没有取得营业执照或者登记证书，应得到委托才能与劳动者签订劳动合同。同时，劳动者在签订劳动合同时，也要注意分支机构是否具有营业执照或者登记证书，或者获得用人单位的委托授权。

二、招聘员工，企业的告知义务与知情权

【案例】

小于今年大学毕业，其几年前选择的还比较热门的专业，目前风云突变，就业形势非常严峻。小于好不容易才获得了一个到国企面试的机会，准备妥当后，去参加面试。面试的过程很紧张，面试官问了他很多问题，小于都比较流利地进行了回答，面试官好像很满意。等到面试官问完所有的问题后，小于想了解一下这家公司的情况，比如公司的业务情况、办公条件和人员构成等，其中主要是想知道自己的劳动报酬怎么确定。面试官对他说："报酬等你与公司签订劳动合同，正式上班时再说吧。"小于想了解一个大概的范围，面试官就摆出一副不耐烦的样子，冷冷地对小于说："我没有时间回答你的问题，你要是不想来我们公司，就请另谋高就，要是想在我们公司干，就回家等通知。现在人那么多，是你找不到工作，我不怕找不到合适的人。我们公司一直遵纪守法，按法律办事，工资待遇现在怎么能和你说呢？连面试还没过呢，有什么资格谈这些。"小于心里也犯嘀咕，开始对这个企业产生了怀疑。那么，招聘时企业应当告知劳动者哪些信息呢？

这是一个企业在招聘时不履行告知义务的案例。由于我国劳动力市场供求关系不平衡，企业往往处于相对强势的地位，不能平等的对待求职者。招聘单位的情况、信息对求职者的透明度往往不够高，个别单位

甚至还故意发布虚假信息，欺骗或非法招用求职者。

《劳动合同法》第8条规定："用人单位招用劳动者时，应当如实告知劳动者工作内容、工作条件、工作地点、职业危害、安全生产状况、劳动报酬，以及劳动者要求了解的其他情况；用人单位有权了解劳动者与劳动合同直接相关的基本情况，劳动者应当如实说明。"本条规定明确了招聘时企业的告知义务和员工的知情权，同时也把用企业的知情权限制在与缔结劳动合同有关的信息范围之内。此条规定了企业的法定告知内容，主要体现在企业招用劳动者时，应当如实告知劳动者工作内容、工作条件、工作地点、职业危害、安全生产状况、劳动报酬，以及劳动者要求了解的其他情况。这些内容是法定的并且无条件的，无论劳动者是否提出知悉要求，企业都应当主动将上述情况如实向劳动者说明。这样规定是因为以上法定告知内容都是与劳动者的工作紧密相连的基本情况，是劳动者进行就业选择的主要考虑因素之一。

除了法律规定的一些企业应当主动告知的信息外，劳动者如询问以下信息时，应该详细说明。一是劳动报酬的情况。包括：工资、奖金、计薪方式、福利、社会保险、补充保险等；二是企业规章制度等情况，包括：企业内的各种劳动纪律、规定、考勤制度、休假制度、请假制度、处罚制度，以及企业内已经签订的集体合同等；三是生产条件的情况。企业有义务向劳动者提供安全的生产条件，如生产条件存在安全隐患，如可能造成劳动者职业病或易发生工伤事故的，企业在招用劳动者的时候应如实告知。另外如企业内部的各种劳动纪律、规定、考勤制度、休假制度、请假制度、处罚制度以及企业内已经签订的集体合同等，如果劳动者询问，企业都应当进行详细的说明。

在本案例中，企业在招聘时故意隐瞒工资等与订立合同有关的重要信息和事实，使小于不能全面了解招聘单位的信息，这样不仅不利于劳动者了解企业，作出决定，也对企业的名誉造成一定影响。因此，企业在招聘过程中，应严格遵守法律相关规定，履行告知义务。使劳动者在充分了解企业各项情况的基础上，签订劳动合同，为劳动合同的顺利履行奠定基础。

企业在招聘的过程中如何恰当地履行如实告知的义务，防范法律风险呢？（1）招聘广告中，如实告知工作内容、地点等基本情况，以及员工应具备的一些基本资历；但应注意招聘广告中不应当包含歧视性条款，如"只招男性"、"身高1.75米以上"、"不招乙肝病毒携带者"、

"仅限当地户口持有者"等。如果刊登了歧视性条款，不但会使企业的选人有所限制，加大招聘的机会成本，还会影响企业的社会形象，甚至引起诉讼。（2）面试过程中，要如实告知企业基本情况，详细说明员工想要了解的其他基本情况，避免员工在不知情的情况下签订合同，事后又反悔的情况发生，提高招聘工作效率。（3）在录用通知书中提供恰当的信息，录用通知书一经发出就具有法律效力，内容对双方均有法律约束力，如果提供信息不当就会给公司带来不必要的麻烦。（4）做好职位说明书。企业可以在职位说明书中明确描述某岗位的工作内容、工作条件、工作地点、职业危害、绩效考核指标等，让应聘者从职位说明书中很快了解这些信息，同时方便在劳动争议发生时提供书面证据。

三、劳动关系，自用工之日起建立

【案例】

林某是一家房地产公司的员工，公司的福利待遇都还不错。但从开始工作起，公司一直未与林某签订劳动合同。为此林某一直找人力资源部的领导，要求签订劳动合同，人力资源部的领导一直以种种理由拒绝。1 年后公司为规范用工制度，要求所有的员工必须签订劳动合同，也与林龙补签了书面劳动合同。林某签订劳动合同时，发现合同中约定的劳动关系成立时间是签订劳动合同的时间，而不是 1 年以前自己开始工作的时间，如果是这样，那么工龄、工资待遇等都要少算 1 年。林某要求公司重新计算自己的工龄。公司表示，他以前的工作时间是以前的，是临时的，不计算在正式的劳动关系之内，现在签订了劳动合同，劳动关系要从劳动合同签订的时间算起。林某不明白自己的劳动关系什么时候建立，是始于合同签订之日？还是用工之时？

这是一个劳动关系何时建立的案例。《劳动合同法》第 10 条规定："建立劳动关系，应当订立书面劳动合同。已建立劳动关系，未同时订立书面劳动合同的，应当自用工之日起一个月内订立书面劳动合同。用人单位与劳动者在用工前订立劳动合同的，劳动关系自用工之日起建立。"本条规定明确说明劳动关系自用工之日起建立，而不是从签订劳动合同之时成立。

实践中，企业签订劳动合同的时间主要有三种情形：

（1）先签合同后用工。企业与劳动者在用工之前签订劳动合同的，劳动合同自用工之日起劳动合同生效。在用工之前签订劳动合同，实际上是附期限的劳动合同，所附期限为用工之日。附期限的劳动合同在期限到来时发生法律效力，所以，此种劳动合同自用工之日起生效。

（2）用工的同时签订劳动合同。企业在用工之日，与劳动者签订劳动合同，劳动合同随即生效。劳动合同生效与劳动关系成立同时完成。

（3）先用工后签合同。企业先用工，之后再签订劳动合同。法律规定，企业应当自用工之日起1个月内签订劳动合同，超过1个月用工没有签订劳动合同，即应当向劳动者每月支付双倍工资，并应当补签书面合同。劳动合同的起算时间即为用工之日，而不是补签劳动合同的时间。

案例中，从林龙到房地产公司工作的第一天起开始，双方劳动关系就建立了，劳动合同期限应该从第一天算起。房地产公司重新签订劳动合同后，否认了林某1年的工龄，是没有法律依据的。

《劳动合同法》规定劳动关系从用工之日起成立，而不是从签订合同之日起成立。把事实劳动关系纳入劳动合同法规范的范围之内，即使双方没有签订书面劳动合同，劳动关系仍然受法律的调整，而且企业还要承担补签合同的法律责任。在订立劳动合同时，企业应当注意：（1）签订合同要及时。许多企业通常是先用人，后签合同，此时要特别注意要在用工1个月内与员工签订书面合同，否则要支付双倍工资，补订书面合同。一些企业错误认为，没签书面合同，就是临时工，可以随时辞退、随意安排工作内容。事实上，自1995年劳动法实施后，法律上就不存在"临时工"的概念，只要用工就建立劳动关系，就受劳动法律的规范和调整。（2）先签合同，后用工的，可以预约生效，规避部分法律责任。预约生效是指订立劳动合同在建立劳动关系之前，双方约定劳动合同生效的条件。由于市场的变化或者其他原因，往往会导致已经签订但是还没有生效的劳动合同不能履行。但是劳动合同一经签订就具有法律约束力，单位如果不履行应该承担违约责任。在这种情况下，单位可以通过劳动合同生效的预约条件，来避免不能履行劳动合同而带来的部分法律风险。

四、员工一个月内拒签合同，应当及时终止用工

【案例】

李某毕业于北京某高校法学院，法律知识比较丰富，毕业后到一家外企应聘。由于该外资企业缺少懂中国法律方面的人才，于是就录用了李某。李某上班后觉得该企业的环境不太理想，与同事的关系不融洽，很犹豫要不要长期在该公司干。几天后，人力资源部的人找到李某，要与他签订劳动合同，犹豫中的李某推脱说过几天再签吧。一个星期后人力资源部的负责人再次要求李某签订书面劳动合同，还没有作出最后决定的李某又一次推脱说再等几天。员工在 1 个月内拒签书面劳动合同，企业应该如何应对呢？

这是一个员工在 1 个月内拒签书面劳动合同的案例。劳动合同法规定建立劳动关系必须采用书面形式，要求企业必须在用工之日起 1 个月内与劳动者签订书面劳动合同，否则应当每月向劳动者支付两倍工资。但是劳动合同法并没有明确规定劳动者一个月内不签书面合同，企业该如何处理的问题。针对实践中出现的一些劳动者拒绝签订书面合同，或者在企业要求签订书面合同时借故不签订合同而想获取双倍工资的现象，《实施条例》第 5 条规定："自用工之日起一个月内，经用人单位书面通知后，劳动者不与用人单位订立书面劳动合同的，用人单位应当书面通知劳动者终止劳动关系，无需向劳动者支付经济补偿，但是应当依法向劳动者支付其实际工作时间的劳动报酬。"这一规定明确了员工在 1 个月内拒签书面合同的处理办法：一是经企业书面通知后，员工不签书面合同的，企业应当书面终止劳动关系；二是终止劳动关系，不用支付经济补偿；三是企业应该支付员工实际工作时间相应的劳动报酬。这就明确了签订书面劳动合同，也是劳动者的义务，对劳动者拒签书面合同的行为，企业应当及时终止劳动关系，不得形成事实用工。

本案中，李某推脱不与企业签订书面劳动合同，企业应当书面通知李某要签书面合同，如果李某再次推脱，应当书面通知李某终止劳动关系；终止劳动关系时不用支付经济补偿，但要支付李某实际工作时间相应的工资。

企业招用劳动者时应该注意以下问题：（1）必须杜绝"先上岗后领

证"意识。现实中，不少企业从自己的角度出发，为了所谓的方便或其他目的不及时与劳动者订立书面劳动合同，拖延订立书面合同的时间，甚至为了规避法律义务，拒绝与劳动者订立书面合同，这种"先上岗后领证"的意识，在劳动合同法的规定下，会给企业带来较大的法律风险。(2) 订立书面合同必须有时效意识。劳动合同法规定了签订书面合同的最晚期限，即建立劳动关系后 1 个月之内，否则企业需要支付劳动者双倍工资。高额的法律责任使企业在触犯法律时，必须付出较高的代价。因此签订书面劳动合同一定要有时效意识，避免法律风险。(3) 要以书面通知劳动者为证据。书面通知劳动者要签订书面合同，如果劳动者拒签，书面通知劳动者终止劳动关系。以书面通知作为劳动者拒签书面合同的证据，避免违法终止劳动关系的法律责任。

五、员工超过一个月拒签书面合同，企业应当如何处理

【案例】

某市小饭店的经理张某说，《劳动合同法》实施后，对企业的压力还是很大的。从 2007 年 11 月开始，她就忙着让员工签订书面劳动合同，但由于餐饮业劳动者流动性强，一些员工害怕书面合同约束自己，往往不愿意签订书面合同。2008 年 3 月份大部分员工都还没有签订书面合同，张某为此为难不已，害怕不签书面合同员工讨要双倍工资。《劳动合同法》实施后，部分企业面临着相似的困境，如餐饮、建筑等行业由于流动性强，员工认为有没有书面合同都无所谓或者书面合同约束自己等，拒绝签订书面合同。那么，员工超过 1 个月拒签书面合同的，企业应当如何处理呢？

这是一个员工超过 1 个月不与企业签订书面劳动合同的案例。《劳动合同法》中规定企业超过 1 个月不与劳动者签订书面劳动合同，应该支付双倍工资，但实践中有部分劳动者担心书面合同限制自己，或者想借故不签书面合同索要双倍工资，故意不与企业签订书面合同，针对这种情形，《实施条例》第 6 条规定："用人单位自用工之日起超过一个月不满一年未与劳动者订立书面劳动合同的，应当依照劳动合同法第八十二条的规定向劳动者每月支付两倍的工资，并与劳动者补订书面劳动合同；劳动者不与用人单位订立书面劳动合同的，用人单位应当书面通知

劳动者终止劳动关系，并依照劳动合同法第四十七条的规定支付经济补偿。用人单位向劳动者每月支付两倍工资的起算时间为用工之日起满一个月的次日，截止时间为补订书面劳动合同的前一日。"

这一规定明确了超过 1 个月还没有签订书面劳动合同的三种处理方式：（1）每月支付两倍工资，并补签书面合同。超过 1 个月没有签订书面劳动合同，无论原因在员工还是企业，其行为都违反了劳动合同法规定的签订书面合同的时限，因而企业要向员工支付两倍的工资，并与员工补签书面劳动合同。企业向员工每月支付两倍工资的起算时间为用工之日起满 1 个月的次日，截止时间为补订书面合同的前一日。（2）如果员工拒签书面合同，应当书面终止劳动关系。自用工之日起员工超过 1 个月仍拒绝签订书面合同的，企业应当书面终止劳动关系，不得继续使用该员工，形成事实劳动关系。法律要求必须签订书面合同，不签书面合同属于违法用工，要承担相应法律责任。（3）应当支付经济补偿。企业书面终止劳动关系，应当向员工支付经济补偿，经济补偿的支付办法和标准，按劳动合同法的相关规定执行。这一规定在重申企业超过 1 个月未签订书面合同需支付两倍工资的同时，明确了对员工拒绝补订书面劳动合同行为，企业应当书面终止劳动关系，并依法支付经济补偿。此外《实施条例》规定的"自用工之日起超过一个月不满一年未与劳动者订立书面劳动合同"，指的是企业自《劳动合同法》实施之日（即 2008 年 1 月 1 日）起，超过 1 个月不满 1 年未与员工订立书面劳动合同，应在 1 个月内与员工订立书面劳动合同，否则必须支付员工两倍工资，补订书面劳动合同。

本案中，张经理应该自 2008 年 1 月 1 日起 1 个月内与员工补签书面劳动合同，没有在 1 个月内补签书面合同的，应该自 2 月 1 日起每月支付员工双倍工资；超过 2 月 1 日员工仍然拒签书面合同的，应该书面通知员工终止劳动关系，并按照劳动合同法规定的标准支付经济补偿。

因此，实践中，企业应把握签订书面劳动合同的时间，做到在 1 个月内与员工签订书面劳动合同，如果员工拒签书面合同，应及时终止劳动关系。对超过 1 个月没有签书面合同的，应当向劳动者每月支付双倍工资，并补签书面合同，如果员工仍拒签书面合同，应当立即终止用工。企业应当完善劳动合同管理制度，明确签订书面合同也是劳动者的义务，避免出现事实劳动关系的情形。

六、超过一年不签书面合同，视为已签订无固定期限劳动合同

|【案例】

2008年2月孙女士被一家房地产销售公司招用。1个月的试用期过后，由于业绩突出，公司决定正式录用她，双方约定了工资等待遇，由于觉得没有必要就没有签订书面劳动合同。1年后该房地产销售公司业绩急速下滑，公司决定精简员工。（假定）2009年5月人事经理告诉孙女士下个星期不用来上班了，反正也没有签订书面合同，是公司的临时工，公司什么时候不想用她就可以不用她。孙女士不同意，要求与公司签订无固定期限劳动合同。公司拒签，于是孙女士向当地仲裁委员会申请仲裁。

这是一则关于企业超过1年不与员工签订书面劳动合同的劳动争议。《劳动合同法》第14条第2款规定："用人单位自用工之日起满一年不与劳动者订立书面劳动合同的，视为用人单位与劳动者已订立无固定期限劳动合同。"但对于是否必须签订书面劳动合同，以及没有签订书面劳动合同应当如何处理，没有具体规定。

《实施条例》第7条规定："用人单位自用工之日起满一年未与劳动者订立书面劳动合同的，自用工之日起满一个月的次日至满一年的前一日应当依照劳动合同法第八十二条的规定向劳动者每月支付两倍的工资，并视为自用工之日起满一年的当日已经与劳动者订立无固定期限劳动合同，应当立即与劳动者补订书面劳动合同。"这一规定明确了满1年企业不签书面劳动合同的法律责任：（1）向员工每月支付两倍的工资。超过1年没有签订书面劳动合同，企业应当自用工之日起满1个月的次日至满1年的前一日依照《劳动合同法》第82条的规定向员工每月支付两倍的工资，即向员工支付11个月的双倍工资。（2）视为已订立无固定期限劳动合同。企业超过1年未与员工签订书面劳动合同，视为双方已经订立无固定期限劳动合同，订立时间为用工之日起满1年的当日。（3）立即补订书面劳动合同。强调签订书面劳动合同旨在严格防止非法用工和不规范用工。要求劳动合同必须采用书面形式，有助于强化企业和劳动者的法律意识，也可避免企业不签订书面合同规避劳动法律适用的状况的发生，避免在发生劳动争议时双方的权利、义务因无书

面合同而难以确认的情形。

本案例中，该公司未与孙女士签订书面劳动合同属实，而且超过了1年。根据《实施条例》的规定，这种情况要视为双方已签订无固定期限劳动合同，双方应当立即补签书面劳动合同，孙女士的要求符合法律规定。同时，该公司要向孙女士支付11个月的两倍工资。

现实中很多企业不愿意与员工签订劳动合同，不愿用合同约束自己。在它们看来，不签合同就可以不给员工上保险，可以随时调整员工工作岗位，可以随时让员工回家，即使员工去告，也会因缺乏证据而不了了之。其实，这些认识是错误的，不签订书面劳动合同，企业要付出高昂代价。企业应采取各种强化措施，严格内部签订劳动合同的纪律，禁止或防范出现员工不与企业签订劳动合同的现象，避免与员工形成事实劳动关系。

七、重签合同工龄"归零"违法

【案例】

2007年9月，华为公司内部通过了鼓励员工"先辞职再竞岗"的改革方案，并与老员工私下沟通，取得共识。共计有超过7 000名在华为公司工作年限超过8年的老员工，逐步完成"先辞职再竞岗"工作。按照华为公司的改革要求，工作满8年和8年以上的员工，由个人向公司提交一份辞职申请，在达成自愿辞职共识之后，再竞争上岗，与公司签订新的劳动合同，工作岗位基本不变，薪酬略有上升。包括华为总裁任正非、副总裁孙亚芳在内的一批华为创业元老，也进行了"先辞职再竞岗"。所有自愿离职的员工都获得了华为公司相应的补偿。据推测，华为公司为辞工支付的赔偿费总计超过10亿元。这起引发7 000余名员工集体辞职的所谓"华为辞职门"事件，成为2007年最受媒体关注的事件之一。

"华为辞职门"事件，后来被解读为意在规避"无固定期限劳动合同"的事件。《劳动合同法》规定，"连续工作满十年"应当签订无固定期限劳动合同。人们认为华为之所以选择8年以上工龄的员工"自动辞职"，就是想规避"连续工作满十年"。这种重签劳动合同工龄"归零"的做法符合法律规定吗？

无固定期限劳动合同条款是《劳动合同法》中最具争议性的条款。《劳动合同法》规定，劳动者在该用人单位连续工作满10年的，劳动者提出或者同意续订、订立劳动合同，应当订立无固定期限劳动合同。但对于无固定期限劳动合同的连续10年工龄如何计算，劳动合同法并未明确。因此，2007年年底，出现了许多企业与员工重签合同，或者强行将员工派遣到新企业，试图将员工以往的工龄归零。针对这一情形，《实施条例》第9条规定："劳动合同法第十四条第二款规定的连续工作满10年的起始时间，应当自用人单位用工之日起计算，包括劳动合同法施行前的工作年限。"这就是说，"连续工作满10年"，应当自企业用工之日起计算，包括《劳动合同法》施行之前的用工时间。这意味着，这种将工龄归零的做法属于违法行为，工龄的起始时间应当自用人单位用工之日起计算，包括了2008年以前的工龄。

华为公司的案例中，员工"先辞职再竞岗"之后，员工的工龄并不是从新合同签订之日算起，也不是从2008年1月1日算起，而是从用工之日算起，包括2008年以前的工作年限，重签合同员工的工龄并不能"归零"。

企业不能采用重签劳动合同或者将员工派到新企业的办法来规避无固定期限劳动合同。对无固定期限劳动合同的害怕主要是担心不能辞退签订了无固定期限劳动合同的员工，因此企业的重点应该转向如何完善本企业的人力资源退出机制，完善企业的规章制度、绩效考核制度、岗位调换制度等。

八、非本人原因被安排到新单位，劳动者工龄连续计算

【案例】

小王中专毕业后到A企业工作，工作5年后，企业进行体制改革，并进行了业务重组，从A企业中分立出B企业。因为技术原因小王被分到B企业工作。就这样，小王又在B企业干了5年。不久前，《劳动合同法》正式颁布，小王觉得其中的"连续工作满十年可以签订无固定期限劳动合同"比较适合自己，于是就向B企业提出要签订无固定期限劳动合同。而公司领导却认为《劳动合同法》实施不过几个月，按时间算不可能出现签订无固定期限劳动合同的"连续工作满十年"，而且小王到本企业工作只有5年，不到10年，因此公司不会与小王签订无固

定期限劳动合同。但小王认为自己在 A 企业的工作时间也应该计算在内，毕竟 B 企业也是从原来的企业分出来的，自己也是因为听从公司的安排来到 B 企业的，公司应当和自己签订无固定期限劳动合同。经过几次协商，双方还是各持己见，以致合同续签的问题一时难以确定。那么劳动者非因本人原因导致的工作单位转换后，其工龄如何计算呢？

这是一个员工非因本人原因调换工作单位的工龄计算问题的劳动争议。《实施条例》第 10 条规定："劳动者非因本人原因从原用人单位被安排到新用人单位工作的，劳动者在原用人单位的工作年限合并计算为新用人单位的工作年限。原用人单位已经向劳动者支付经济补偿的，新用人单位在依法解除、终止劳动合同计算支付经济补偿的工作年限时，不再计算劳动者在原用人单位的工作年限。"其中，"非因本人原因从原用人单位被依法安排到新用人单位"，是指因行政命令、业务划转、公司分立等原因造成的劳动者转换工作单位的情况，这种转换并非员工本人原因促成，而是"依法安排"。

这一规定明确了员工非因本人原因调换工作单位的工龄和经济补偿的处理方法：(1) 非因本人原因的工作转移，劳动者前后工作年限合并计算。工龄是否连续计算，直接涉及无固定期限劳动合同的签订条件。《实施条例》的这一规定，进一步界定了"连续工作满十年"的起算时间。(2) 经济补偿视情况不同而不同。劳动者在不同单位之间转移时，若原单位已经支付经济补偿，新单位在解除或终止合同时，不再对劳动者在原单位的工作年限进行补偿。反之，则须对劳动者在原单位的工作年限进行补偿。(3) 需要强调的是，这一规定只针对单位依法解除、终止劳动合同，计算支付经济补偿时间问题。其他问题则不在此限，也就是说，劳动者的工龄和其他福利问题，不因劳动者得到原单位经济补偿而受到影响。

那些涉及业务重组、拆分与合并的企业，在计算调到本企业的员工的工龄时，要注意区分该员工被调换的原因。如果员工是被企业安排而不是本人原因调换到本企业，则其工龄应该连续计算；如果员工是本人自己选择等本人原因调换到本企业，则其在原企业的工龄可以不计算。同时，新企业在接收原企业的员工时，一定要注意原企业是否已经支付该员工经济补偿，以免将来解除或者终止劳动合同时支付超额的经济补偿。

九、签订无固定期限劳动合同应当遵循的原则

【案例】

北京某IT公司主要从事办公软件的开发，由于软件人才流动率比较高，所以公司也不愿与新员工订立长期劳动合同。2008年2月公司招用了一批研发人员，并与之均签订了1年的劳动合同。（假定）2009年2月的时候，由于新接一批软件类工程，公司与这批研发人员续签了1年的劳动合同。（假定）2010年2月的时候，公司人力资源部的赵经理准备清理最近到期的劳动合同，并决定是否续签。赵经理发现2月到期的劳动合同一共10份，其中6份是连续签订了两次的合同。赵经理按照以前无固定期限劳动合同拒签思路，认为无固定期限劳动合同的订立首先是基于双方协商一致，公司单方面通知不续签可以阻止无固定期限劳动合同的签订。于是，在征求总经理意见后，书面通知这10位研发人员到期不再续签。但其中的6位研发人员不服，认为两次签订固定期限劳动合同后，劳动者就享有和公司签订无固定期限劳动合同的权利。公司不同意这种说法，不与这些研发人员签订无固定期限劳动合同。

这是一个关于签订无固定期限劳动合同应该遵循什么原则的案例。《实施条例》第11条规定："除劳动者与用人单位协商一致的情形外，劳动者依照劳动合同法第十四条第二款的规定，提出订立无固定期限劳动合同的，用人单位应当与其订立无固定期限劳动合同。对劳动合同的内容，双方应当按照合法、公平、平等自愿、协商一致、诚实信用的原则协商确定；对协商不一致的内容，依照劳动合同法第十八条的规定执行。"这一规定明确了无固定期限劳动合同签订的原则：

（1）合同期限不得协商。无固定期限劳动合同本身就没有明确的终止时间，劳动法律对企业解除无固定期限劳动合同有明确的法律要求。为保障劳动者的就业安全，解决劳动合同短期化问题，劳动合同法规定符合法定情形时，企业必须要与劳动者签订无固定期限劳动合同，如员工在该企业连续工作满10年或者连续订立两次固定期限劳动合同，员工提出或者同意续订、订立劳动合同的，除员工提出订立固定期限劳动合同外，企业应当订立无固定期限劳动合同。因而，在合同期限问题上，劳动关系双方自由协商受到法律限制。

（2）合同的其他内容应当协商一致。无固定期限劳动合同与固定期限劳动合同的最大区别就是合同期限，其余方面则没有差异，因此，双方应当协商合同的其他内容，包括工资、工时、劳动保护等。协商劳动合同的内容时，双方应当遵循合法、公平、平等自愿、协商一致、诚实信用的原则。

（3）协商不一致时的处理。如果在签订无固定期限劳动合同时双方协商不一致，按照《劳动合同法》第18条的规定处理，即关于劳动报酬、劳动条件执行集体合同规定，实行同工同酬；没有集体合同规定的，适用国家有关规定。

在本案例中，该IT公司决定不再续签已经连续签订两次固定期限劳动合同的劳动者，在研发人员提出订立无固定期限劳动合同的情况下，仍然拒签，这是违法的。两次续签固定期限劳动合同后，只要员工提出订立无固定期限劳动合同，企业必须和员工签订，在是否同意与员工续签的问题上，企业是没有选择权的。

企业在签订无固定期限劳动合同时应该注意，员工依照《劳动合同法》第14条第2款的规定，提出订立无固定期限劳动合同的，企业必须与其订立无固定期限劳动合同，对劳动合同期限没有商量的余地。企业可以和员工协商确定劳动报酬、劳动条件等其他合同内容。无固定期限劳动合同只是没有约定合同终止的期限，并不意味着又回到计划经济时代的铁饭碗，在法律法规、规章制度规定的情形下，企业也是可以变更、解除、终止劳动合同的。在《劳动合同法》及其实施条例的背景下，企业需要做的就是调整人力资源管理和劳动合同期限设置的思路，将员工管理的立足点和落脚点从劳动合同的期限管理转换到员工绩效的考核管理上来，实行有升有降、奖惩分明的考核管理制度。

十、无固定期限劳动合同不是"铁饭碗"

【案例】

赵某毕业于一所名牌大学的金融专业，后来到一家银行工作，经过一段时间的磨炼后，赵某的能力得到了很大的提升，成为公司的重要一员。公司为此和赵某签订了无固定期限劳动合同。签订无固定期限劳动合同后，赵某自感铁饭碗已经到手，于是就放松了对自己的要求。后来赵某涉嫌违规帮助客户购买基金，划转客户资金等违反银行的相关规定，被银行解除劳动合同。赵某不服，于是将企业告到劳动仲裁委员会，仲裁委员会根据是否超过时效或者是否是受理的范围，受理了此案件。在庭审中赵某认为，自己与银行签订的是无固定期限劳动合同，并且提供了劳动合同作为证据，而且银行是单方面解除劳动合同的。银行说自己违反相关规定，没有处罚决定书，只有一张退工单。银行则在答辩中声称，法律并没有明确规定员工违反企业规章制度一定要作出书面的处理决定。但是银行提供了赵某被银行的纪委部门谈话过程中写的检讨书、银行的相关规定、员工对规定的知晓签字证明等一系列证据，完全能证明赵某的确严重违反企业规章制度。最后劳动仲裁委员会未能支持赵某的请求，而支持了银行的决定，解除劳动合同。那么无固定期限劳动合同是不是铁饭碗呢？企业可以解除无固定期限劳动合同吗？

这是一个关于企业解除无固定期限劳动合同的案例。《劳动合同法》第14条规定："无固定期限劳动合同，是指用人单位与劳动者约定无确定终止时间的劳动合同。用人单位与劳动者协商一致，可以订立无固定期限劳动合同。"《劳动合同法》公布施行后，"无固定期限劳动合同"曾经让很多企业感到"恐慌"，社会上认为又回到了以前的"铁饭碗"、"终身制"。其实无固定期限劳动合同只是没有确定终止时间的劳动合同，没有确定终止时间并不意味就是"终身制"，而是说无固定期限劳动合同的解除和终止，必须具备法定解除、终止的理由和程序，不具备法定理由就不能随便解除、终止无固定期限劳动合同。《实施条例》将企业可以依法解除包括无固定期限劳动合同在内的各种劳动合同的14种情形作了归纳，企业在劳动者试用期间被证明不符合录用条件、严重违反用人单位规章制度、严重失职营私舞弊给企业造成重大损害、经过培训或者调整工作岗位后仍不能胜任工作以及企业转产等情形下可以依法与劳动者解除无固定期限劳动合同。对《劳动合同法》中分散于不同条款中的解除条件作了重新梳理并集中表述，形式上看，这是对《劳动合同法》规定的重申，但《实施条例》专门集中阐释，无疑是为了进一步澄清无固定期限劳动合同不是"铁饭碗"，因此，其宣传意义远大于其现实意义。

本案例中，赵某误以为无固定期限劳动合同就是"铁饭碗"、"终身制"，企业在任何时候都无法解除合同，从而就放松了对自己的要求，以致出现严重违反规定的情况。而根据《劳动合同法》的规定，员工严重违纪，营私舞弊的，企业可以解除劳动合同，只要银行能提供证据表明赵某严重违纪，就可以解除劳动合同，银行的做法符合法律规定。

法律保障员工能够取得与企业签订"无固定期限劳动合同"的权利，并不意味着无固定期限劳动合同就是一个"铁饭碗"。在法律法规、规章制度有规定以及劳动合同有约定的特定情形下，企业也是可以变更、解除和终止劳动合同的。在《劳动合同法》及《实施条例》背景下，为了防止部分员工在签订了无固定期限劳动合同的情形下丧失竞争意识，无固定期限劳动管理更应侧重于对员工的绩效考核。通过设置科学、有效的绩效考核制度，对于不胜任工作的员工依法、依规予以调岗调薪，对于屡次考核不能达到企业要求的员工，经过法定程序可以解除劳动合同。

十一、不签书面合同的法律风险及防范

【案例】

马女士到一家服装公司应聘工作，应聘成功后，马女士开始上班。但该公司一直未与她签订劳动合同。其间，马女士多次联系公司人力资源部负责人，要求签订书面合同，但公司以其工作时间不长，没有显著的成绩为由，拒绝签订书面合同。三个月后，马女士生病到医院就诊时，发现自己并没有医保账户，查询后得出公司并没有为其建立社会保障账户，缴纳社会保险费。马女士再次找到人力资源部，要求签订书面合同，并补交社会保险费。但公司拒绝签订劳动合同，并声称就是想让马女士走。马女士此时表示要求公司支付双倍工资，但公司表示马女士没有给公司带来收益，何来的双倍工资，并且表示根本没听过这种说法。马女士于是到监察大队举报。监察大队根据调查的事实，依法责令该服装公司补签书面劳动合同，支付马女士两个月的双倍工资，补缴社会保险费。

这是一个企业不签书面劳动合同所引发的劳动争议。现实中很多企业不愿意与员工签订书面劳动合同，不愿用合同约束自己。在它们看来，不签合同就可以不给员工上保险，可以随时调整员工工资、岗位，可以随时让员工回家，即使员工去告，也会因缺乏证据而不了了之。其实，在我国劳动法律制度日趋完善的今天，劳动合同已成了一把"双刃

剑"，它维护的是劳资双方的利益，也是对双方的法律约束。不签劳动合同，对用人单位更加不利。《劳动合同法》规定，建立劳动关系，应当订立书面劳动合同；已建立劳动关系，未同时订立书面劳动合同的，应当自用工之日起 1 个月内订立书面劳动合同。自用工之日起超过 1 个月没有签订书面合同，就要向劳动者每月支付两倍的工资，并补签书面合同；超过 1 年没有签订书面合同，就视为已与员工签订无固定期限劳动合同，支付员工 11 个月的双倍工资，并补签书面合同。企业不签书面合同的时间越长，承担的法律风险就越大。

本案中，该服装公司 3 个月过后仍没有与马女士订立书面劳动合同，马女士要求支付双倍工资是完全合理合法的，公司应当每月向马女士支付双倍工资，补缴社会保险费，并补订书面合同。

在人力资源管理过程中，企业应该注意以下问题：

1. 及时与劳动者签订书面劳动合同

即使从企业的角度来看，及时与劳动者签订书面劳动合同也是利大于弊。企业不与劳动者签订书面劳动合同，除了要承担《劳动合同法》上明确规定的支付两倍工资责任外，在预防劳动者解除劳动合同以及有效控制用工成本上同样陷于被动。按照《劳动合同法》的规定，劳动者可以随时终止事实劳动关系，而如果劳资双方存在劳动合同，则劳动者必须提前 30 天通知用人单位才可以解除劳动合同。另外，终止事实劳动关系，无论何种原因，也无论何方终止，均需按照劳动者工作年限支付经济补偿。而对于存在书面劳动合同的劳动关系而言，合同到期如因员工主动不续签而终止，则企业不需要支付经济补偿。

2. 员工本人不愿意签订劳动合同之应对

很多时候，并非是企业的原因导致劳动合同不能签订。劳动者鉴于流动性受限、想获取双倍工资等原因可能会不愿意签订书面合同。企业可以通过以下几种方式缓解：

（1）在员工入职的时候。明确要求员工同时签订书面劳动合同，不签订书面劳动合同的不予录用。这主要是从源头上预防后期争议的发生。从合理性上讲，在招聘面试等环节中，应聘者已经基本了解企业的基本情况及相对详细的劳动待遇，此时签订书面合同也是比较科学的。即使发生双方虚假陈述导致合同订立，也可以通过行使法定解除权予以解除。

（2）在入职须知中明确，入职后 1 个月内无特殊理由不签订书面劳动合同的，视为不符合录用条件。由于种种客观原因，不是所有的应聘者都能在录用时签订书面合同，特别是要办理相关认证审核等前置性程序时，书面合同可能确实需要延后签订。但是，企业可以在入职须知中特别明确 1 个月内必须签订书面合同，否则视为试用期不符合录用条件，企业可以解除劳动合同。

（3）在规章制度中明确，入职后 1 个月内无特殊理由不签订书面劳动合同，致使公司造成重大损失的，视为严重违纪，可以予以解除劳动合同。不过，此种方法的实际可操作性，较之前两种有所欠缺。

（4）书面通知劳动者要订立书面合同。同时可以让劳动者本人出具自己不愿意与企业订立劳动合同的声明。尽管这种声明在法律事务上还有人提出异议，但如果企业能够举证单位依照集体合同的规定或者同工同酬的原则，向劳动者提出过订立劳动合同而劳动者拒绝的客观事实，企业可以终止劳动关系。

十二、扣押档案强留员工，触犯法条得不偿失

【案例】

前不久，小刚参加某建筑公司招聘，通过层层选拔最后接到公司的录用通知书。他来到公司，与公司谈妥了薪酬、保险和户口等问题后，便上交了人事档案，经过两周的培训便开始了工作。部门经理则通知他等人事部门协调之后就和其他员工一起签订劳动合同。第三周，他从老员工处了解到公司新员工入职的前两年都必须接受外派。他通过部门经理与公司协商，希望可以留在本地工作，但被经理以制度为由拒绝。无奈之下，他只有选择离开公司，提出辞职。部门经理迟迟不回复他的申请，人力资源部门也因此拒绝为他办理离职手续。小刚愤然离开，随即找到另一份工作，办理入职手续时，他回想起自己的人事档案还在原公司，于是回去交涉，希望拿回材料，但公司声称小刚离职尚没有得到公司批准，他应该继续回来工作并补齐旷工；也拒绝归还人事档案。新公司报到日期很快就要到了，没有档案小刚该怎么办？公司招聘时可以扣押员工的档案吗？

这是一则企业招聘时扣押劳动者档案引发的劳动争议。《劳动合同法》第 9 条规定："用人单位招用劳动者，不得扣押劳动者的居民身份

证和其他证件，不得要求劳动者提供担保或者以其他名义向劳动者收取财物。"这一条规定明确禁止企业在订立劳动合同时扣押劳动者各类证件和收取各种财物。

企业招用员工，不得扣押员工的居民身份证和其他证件。居民身份证是证明居住在中华人民共和国境内的公民的身份、保障公民的合法权益、便利公民进行社会活动的法律证件，不经法定程序，任何部门、个人不得扣押公民的居民身份证。其他证件是指除了居民身份证之外的能够证明员工身份的合法证件，如毕业证、学位证、专业技能证书、职称评定证书等证件。

不得要求员工提供担保，是指企业招用员工，不得收取保证金、抵押金或者要求员工提供保证，包括保证、抵押、质押、留置、定金等。不得以其他名义向员工收取财物，是指企业招用员工时不得以报名费、招聘费、培训费、集资费、服装费、违约金等名义向员工收取各种财物。企业违法向员工收取财物的情况主要有两种：一种是建立劳动关系时收取风险抵押金等项费用，对不交者不与其建立劳动关系，对交者在建立劳动关系后又与其解除劳动关系不退还风险抵押金等项费用；另一种是建立劳动关系后全员收取风险抵押金等项费用，对不交者予以开除、辞退或者下岗。因此，无论是在建立劳动关系之前，还是在建立劳动关系之后，只要企业招用员工，即不得要求员工提供担保或以其他名义向员工收取财物。

本案例中，原单位以扣押人事档案强行留住员工的做法是违法的。《劳动合同法》第84条规定："用人单位违反本法规定，扣押劳动者居民身份证等证件的，由劳动行政部门责令限期退还劳动者本人，并依照有关法律规定给予处罚。用人单位违反本法规定，以担保或者其他名义向劳动者收取财物的，由劳动行政部门责令限期退还劳动者本人，并以每人五百元以上二千元以下的标准处以罚款；给劳动者造成损害的，应当承担赔偿责任。劳动者依法解除或者终止劳动合同，用人单位扣押劳动者档案或者其他物品的，依照前款规定处罚。"本案中，小刚可求助当地劳动行政部门，要求原单位归还其人事档案。

企业依靠收取押金和扣押证件的方法来控制员工会面临很高的违法成本。现实中存在少数违法乱纪的员工利用工作条件的便利，损坏企业利益的情况。由于他们流动性较大，不易于管理和索赔，有些企业为防止劳动者在工作中给企业造成损失，不赔偿就不辞而别的情况，在招用劳动者时采取要求劳动者提供担保、向劳动者收取风险押金，或者扣押员工证件和档案强行留住员工等做法，这违反了劳动合同法的相关规定，会受到法律制裁，最后使企业得不偿失。企业进行员工管理时应依靠科学的体制，加强内部管理，保护企业合法权益的同时有效规避法律风险。

十三、职工名册应该包括哪些内容

【案例】

某大型钢铁企业，有职工三千多人。该企业为了规范用工、方便管理建立了职工名册，依据该名册进行绩效考核、发放绩效工资、缴纳社会保险等一些系列日常经营活动。（假定）2009 年年初，钢铁等金属价格上涨，需求量比较大，企业的订单比较多，人手不够。为了满足生产的需要，该公司招用了一批临时工，签订了短期劳动合同，由于那一阶段工作量比较大，企业的人事部也就没有把他们登记在册。1 个月后，市劳动监察部门到该企业检查，核查劳动合同签订情况和社会保险缴纳情况。劳动监察部门首先查阅了企业的职工名册，名册比较规范，各项数据也都与上报的材料相符，监察部门于是又深入调查，在厂里询问时发现有部分工人未在名册上，而且数量不在少数。监察部门了解了实际情况，并发现企业也没有为这些人缴纳社会保险费，于是要求企业补齐名册和应缴的保险费，并给予警告处分。那么职工名册应该包括临时工吗？都需要包括哪些内容呢？

这是一个职工名册内容不完备的案例。《劳动合同法》第 7 条规定："用人单位自用工之日起即与劳动者建立劳动关系。用人单位应当建立职工名册备查。"但对职工名册应当包括哪些内容，企业不按规定建立职工名册应当承担什么责任，并没有具体规定。《实施条例》第 8 条进一步规定："劳动合同法第七条规定的'职工名册'，应当包含劳动者姓名、性别、公民身份号码、户籍地址及现住址、联系方式、用工形式、用工起始时间、劳动合同期限等内容。"其中，用工形式包含全日制、非全日制用工与劳务派遣三种形式；用工起始时间一般是以劳动者到企业报到之日算起，而不是从书面劳动合同签订之日算起；劳动合同按期限划分为：固定期限劳动合同、无固定期限劳动合同以及以完成一定任务为期限的劳动合同。同时，《实施条例》在第33条中规定了相关的法律责任：用人单位违反劳动合同法有关建立职工名册规定的，由劳动行政部门责令限期改正；逾期不改正的，由劳动行政部门处2 000元以上2万元以下的罚款。

职工名册，又称为职工花名册等，是企业制作的用于记录本单位劳动者基本情况及劳动关系运行情况的书面材料。其内容包括劳动者的姓名、年龄、性别、身体状况、住址、文化程度、学历和职业技能等级等基本情况，工作经历和劳动合同的订立、履行、变更、解除和终止等情况以及其他有关事项。建立职工名册是企业的法定义务，同时对企业有重大意义：一是有助于加强用工管理，规范企业的用工行为；二是便于劳动行政部门行使劳动监察职责；三是为解决劳动争议提供具体依据；四是便于进行就业率和失业率的统计。

本案中企业未及时将录用的临时工登记入职工名册。而劳动合同法规定的建立职工名册的对象包括企业以各种形式招用的劳动者，包括劳动合同用工、劳务派遣用工以及非全日制用工。案例中钢铁企业的行为明显违反了这一规定，因而受到劳动监察部门的警告和处分。

对企业而言，凡用工就应建立职工名册。企业建立职工名册备查，对于规范用工行为、避免争议具有重要意义。企业应充分认识建立职工名册的重要性，按照法律规定建立和完善职工名册制度，在这一基础上逐步建立企业用工台账和数据库以备查，以便于劳动行政部门行使劳动监察职责，切实维护员工与企业双方的合法权益，避免企业陷入不必要的法律纠纷。

十四、试用期工资不得低于相同岗位最低档工资的80%

【案例】

宋某被某企业招用，双方签订了5年期限的劳动合同，岗位为销售员，试用期为6个月。试用期间该企业每月发给宋某工资1 000元。两个月后，宋某听说该企业销售员岗位的起点工资是1 500元，觉得自己试用期工资太低。近期，宋某了解到《实施条例》对试用期工资有了明确规定，于是宋某找到企业老板，要求提高试用期工资，老板以宋某尚处在试用期，还不是正式职工为由拒绝增加和补发工资，宋某便向当地劳动争议仲裁部门提出申诉。

这是一则由于试用期工资标准引发的劳动争议。试用期是企业和劳动者为了相互了解、适应、选择而约定的一定期限的考察期。试用期的工资一般相对比较低，但是为了避免过度压低报酬，劳动合同法对试用期劳动者的工资作了限制性规定。《劳动合同法》第20条规定："劳动者在试用期的工资不得低于本单位相同岗位最低档工资或者劳动合同约定工资的百分之八十，并不得低于用人单位所在地的最低工资标准。"这一规定实际上可以有两种理解：第一种理解是劳动者在试用期的工资不得低于本单位相同岗位最低档工资，不得低于劳动合同约定工资的80%，并不得低于企业所在地的最低工资标准；第二种理解是劳动者在试用期的工资不得低于本单位相同岗位最低档工资的80%，不得低于劳动合同约定工资的80%，并不得低于企业所在地的最低工资标准。《实施条例》第15条对此进行了明确，采纳了第二种理解，即劳动者在试用期的工资不得低于本单位相同岗位最低档工资的80%，或者不得低于劳动合同约定工资的80%，并不得低于企业所在地的最低工资标准。之所以这样规定，是因为劳动者虽然处于试用期，但也付出了正常的劳动，为企业创造了价值，企业应当给予他们劳动报酬。虽然企业可以自主确定工资水平，但不能随意压低他们的工资。

本案例中，企业内部销售岗位的最低档工资为1 500元。《实施条例》规定试用期内的工资不得低于相同岗位最低档工资的80%，因此，宋某的试用期工资不应低于1 200元。企业应当对宋某的试用期工资进行调整，并补发前两个月的工资差额。

企业虽然可以自主确定员工试用期内的待遇标准，但也只能在不违背劳动法律法规的前提下，自主确定。企业一定要把握住本法条中三个不低于的标准，即首先不得低于当地最低工资标准，同时不得低于本单位相同岗位最低档工资的80%，或者不得低于劳动合同中约定工资的80%。还有一点值得用人单位注意的是，试用期员工享有法律赋予劳动者的一些权利，包括社会保险、劳动安全卫生等，企业切不能因员工处在试用期而不为其缴纳社会保险或提供其他劳动安全卫生保护，否则在出现意外时，双方出现争议，最后受损的还是企业。

十五、试用期的风险防范

【案例】

李某毕业于西安某大学，专业是软件设计。毕业后，决定在西安求职。由于人才市场上软件专业的人才比较多，竞争比较激烈。在连续谈了几家公司后，终于得到了某家游戏公司的面试机会。面试中李某表现优异，公司决定聘用李某。在与公司签订劳动合同时，发现有6个月的试用期，整个合同只约定了试用期的内容和两年的合同期限，李某提出试用期时间过长，而整个合同的期限过短的问题，公司表示，目前游戏设计的时间一般在6个月左右，如果在这一段时间里他能开发出好的游戏，那么就会留下李某，否则公司将辞退他。6个月后，李某设计的游戏得到了公司的好评。但这时人力资源部经理与他交谈，称游戏还未上市，无法得出这款游戏的好坏，只能再和他签订一份试用期合同，一切根据游戏上市之后的业绩确定。李某为了生计和自己设计的游戏，只得又和游戏公司签了一份6个月的试用期合同。不久游戏就正式上市了，业绩还不错，李某满以为自己会成为正式工，可结果还是被公司辞退了。李某愤愤不平，到当地的劳动争议仲裁机构申请仲裁。那么试用期最长可以约定多长时间呢？试用期可以约定几次呢？

这是一则关于试用期的期限和订立次数的案例。《劳动合同法》第19条规定："劳动合同期限三个月以上不满一年的，试用期不得超过一个月；劳动合同期限一年以上不满三年的，试用期不得超过二个月；三年以上固定期限和无固定期限的劳动合同，试用期不得超过六个月。同一用人单位与同一劳动者只能约定一次试用期。以完成一定工作任务为期限的劳动合同或者劳动合同期限不满三个月的，不得约定试用期。试用期包含在劳动合同期限内。劳动合同仅约定试用期的，试用期不成立，该期限为劳动合同期限。"这一规定明确了试用期的约定规则。

1. 试用期长短与合同期限挂钩

《劳动合同法》将试用期的长短与劳动合同的期限挂钩，合同期限越长，相应的试用期越长。具体讲，劳动合同期在3个月以上不满1年的，试用期不得超过1个月；劳动合同期限在1年以上3年以下的，试用期不得超过2个月；3年以上固定期限和无固定期限的劳动合同，试用期不得超过 6 个月。以完成一定工作任务为期限的劳动合同或者劳动合同期限不满 3 个月的，不得约定试用期。上述 "1 年以上" 包括 1 年，"3 年以下" 不包括 3 年；"3 年以上" 包括 3 年。而且《劳动合同法》进一步规定，以完成一定工作任务为期限的劳动合同或者劳动合同期限不满 3 个月的，不得约定试用期。

2. 规定试用期的次数

《劳动合同法》规定，同一用人单位与同一劳动者只能约定一次试用期。劳动者在同一用人单位的试用考察期只能约定一次，用人单位不得以任何理由再次与劳动者约定试用期。具体包括：在试用期内解除劳动合同，无论是用人单位解除还是劳动者解除，用人单位再次招用该劳动者时，不得再约定试用期。劳动者试用期结束后，不管是在合同期限内，还是劳动合同续订，用人单位不得再约定试用期。在试用期结束解除劳动合同后又招用劳动者的，用人单位不得再约定试用期。劳动合同续订或者劳动合同终止后一段时间又招用劳动者的，对该劳动者，用人单位不得再约定试用期。劳动合同法规定同一用人单位与同一劳动者可以，也只能约定一次试用期，这就意味着在具体企业和具体员工个体之间，无论劳动关系建立或存续期间工作岗位调动，甚至是离开原企业后又重新回来工作的，企业也只能约定一次试用期。

3. 不得单独约定试用期合同

《劳动合同法》规定：试用期包含在劳动合同期限内。劳动合同中仅约定试用期的，试用期不成立，该期限为劳动合同期限。试用期属于劳动合同期限的组成部分，包含在劳动合同期限之中。用人单位与劳动者单独约定的试用期合同，试用期合同不成立，该期限就是劳动合同的期限。在这种情形下，法律视为用人单位放弃试用期。

4. 违反试用期规定的法律责任

根据《劳动合同法》的规定，违法约定的试用期无效，已经履行的，由用人单位按照劳动者月工资为标准，按违法约定的试用期的期限向劳动者支付赔偿金。

本案例中游戏公司的三个行为明显违反了《劳动合同法》的规定。一是合同期限的规定，合同期限只有 2 年，应该设定不超过 2 个月的试用期，但公司实际约定了 6 个月的试用期；二是试用期次数的规定，同一企业与同一劳动者之间只能约定一次试用期，即劳动者在同一企业的试用考察期只能约定一次，企业不得以任何理由再次与劳动者约定试用期，但本案例中双方共约定了两次试用期；三是该合同仅包括了试用期的内容，约定的试用期无效。企业应该按照劳动者月工资为标准，按违法约定的试用期的期限向劳动者支付赔偿金。

试用期是企业与员工间的磨合期，有关试用期的约定是劳动合同重要的内容之一，也是劳资纠纷出现频率较高的一个环节。因此，企业在约定试用期的过程中，应注意几个问题：一是劳动合同中的试用期条款应由企业和劳动者双方平等协商约定，不得由企业单方强行规定。二是试用期的期限最长不得超过 6 个月，并且期限与劳动合同期限直接挂钩。三是试用期包含在劳动合同期限内，不能把试用期期限排斥在劳动合同期限以外，不能在试用期满后签订劳动合同。四是同一企业与同一劳动者只能约定一次试用期，试用期条款适用于初次就业的劳动者。五是试用期不得延长。劳动者在试用期内如果不符合录用条件，企业可以解除劳动合同，不能延长试用期进行继续考察。这一点实际上是"只能约定一次试用期"的延伸，延长试用期，相当于变相约定两次试用期。

十六、劳动合同条款要完备

【案例】

某市王先生于 2007 年结婚，婚后由于原来的工作地点离家太远，于是就想辞职找一份离家近的工作。2008 年 1 月份，王先生到一家大型公司应聘，后来被该公司录用。在签订劳动合同时，王先生觉得合同中的条款不是很全面，没有约定社会保险怎么缴，也没对工作地点作出明确规定，劳动报酬只是说根据工作表现而定，没有具体的数额。王先生向主管人员提出异议，主管人员解释说这些内容需要王先生工作以后才能确定，需要人事部进行协调以后才能具体给出答案，而且公司的合同一向如此，并没有违反法律的规定，可以放心签。当王先生要求就社会保险和劳动报酬问题进行详细解释时，主管只是表示这些都是公司的商业机密，不能随意透露给外人，王先生如果想知道，得等进了公司才能知道。王先生想继续询问时，主管以还有很多合同要签为由离开。王先生于是拒绝签订合同，离开了这家公司，重新寻找工作。

这是一则关于劳动合同条款不完备的案例。《劳动合同法》第 17 条规定:"劳动合同应当具备以下条款:用人单位的名称、住所和法定代表人或主要负责人;劳动者的姓名、住址和居民身份证或者其他有效身份证件号码;劳动合同期限;工作内容和工作地点;工作时间和休息休假;劳动报酬;社会保险;劳动保护、劳动条件和职业危害防护;法律、法规规定应当纳入劳动合同的其他事项。劳动合同除前款规定的必备条款外,用人单位与劳动者可以约定试用期、培训、保守秘密、补充保险和福利待遇等其他事项。"这一规定明确了劳动合同应当包括以下内容:

1. **必备条款**

法定条款是法律规定的劳动合同必须具备的条款,即必备条款。《劳动合同法》第17条规定了如下必备条款:

(1)用人单位的名称、住所和法定代表人或者主要负责人。

(2)劳动者的姓名、住址和居民身份证或者其他有效身份证件号码。

(3)劳动合同期限。固定期限劳动合同要有明确起始和终止时间,而无固定期限劳动合同只有明确的起始时间,没有明确终止时间。以完成一定任务为期限的劳动合同,则以一定工作任务的完成为劳动合同终止的条件。

(4)工作内容和工作地点。工作内容,是指工作岗位和工作任务或职责,是劳动合同的核心条款之一。劳动合同中的工作内容条款应当明确、具体,便于遵照执行。工作地点,是劳动合同的履行地,它关系到劳动者的工作环境、生活环境以及劳动者的就业选择,劳动者有权在与用人单位建立劳动关系时知悉自己的工作地点。

(5)工作时间和休息休假。工作时间是指劳动者为履行劳动合同义务从事生产和工作的时间。工作时间的种类包括标准工作时间、不定时工作时间、综合计算工作时间、弹性工作时间等。休息休假是劳动者的一项基本权利。休息时间是劳动者免于履行劳动给付义务而自行支配的时间;休假则是劳动者带薪休息,免于上班劳动并且有工资保障的休息时间,如周休息、法定节日休假、探亲休假、年休假和其他休假等。

(6)劳动报酬,即劳动工资。劳动报酬,是指用人单位根据劳动的数量和质量,以货币形式支付给劳动者的工资。劳动报酬是劳动者提供劳动的直接目的,也是劳动者的主要生活来源。协商约定劳动者的工资额、工资调整的权限、发放时间、报酬的构成和变更,对劳动关系双方具有重要意义。劳动报酬一般可包括计时工资、计件工资、奖金、津贴和补贴、延长工作时间的工作报酬，以及特殊情况下支付的工资等。

（7）社会保险。社会保险，是指国家通过立法建立的，以保障劳动者在丧失劳动机会或劳动能力时的基本生活为目标的物质帮助制度，主要包括基本养老保险、基本医疗保险、工伤保险、失业保险和生育保险。

（8）劳动保护、劳动条件和职业危害防护。劳动保护是指预防劳动过程中的安全事故，保障劳动者安全的各种措施。劳动条件主要是指用人单位为使劳动者顺利完成劳动合同约定的工作任务，为劳动者提供的必要的物质条件和技术条件，如必要的劳动工具、机械设备、工作场地、技术资料、工具书，以及其他一些必不可少的物质、技术条件和其他工作条件。职业危害是指劳动者在职业活动中，因接触职业性有害因素如粉尘、放射性物质和其他有毒、有害物质等对健康引起的危害。用人单位应当按照有关法律、法规的规定，采取切实有效措施，达到职业危害防护的要求标准。

（9）法律、法规规定应当纳入劳动合同的其他事项。法律、行政法规规定应当纳入劳动合同的其他事项，是指按照《劳动合同法》以外的其他法律、行政法规的规定，应当在劳动合同中载明的内容。

2. 约定条款

约定条款，是指双方当事人在必备条款之外，根据具体情况，经协商一致，可以自主约定的内容。《劳动合同法》17条规定，用人单位与劳动者可以约定试用期、培训、保守秘密、补充保险和福利待遇等其他事项。

（1）试用期。试用期是指劳动合同双方当事人在合同中约定的互相考察了解以确定是否继续履行劳动合同的期间。用人单位与劳动者可以在劳动合同中就试用期的期限和试用期期间的工资等事项作出约定，但不得违反《劳动合同法》有关试用期的规定。

（2）培训。培训是指用人单位对劳动者提供了专项培训费用，对其进行的专业训练。由于实践中劳动者在用人单位出资培训后的违约现象比较严重，用人单位可以在劳动合同中约定服务期条款或签订培训协议，就用人单位为劳动者支付的培训费用、培训后的服务期以及劳动者违约解除劳动合同时赔偿培训费的计算方法等事项进行约定。

（3）保守商业秘密。商业秘密是指不为公众所熟悉，能给用人单位带来经济利益，被用人单位采取保密措施的技术、经济和管理信息。对负有保守用人单位商业秘密义务的劳动者，用人单位可以在劳动合同或者保密协议中与劳动者约定竞业限制条款，并约定在解除或者终止劳动合同后，在竞业限制期限内按月给予劳动者经济补偿。劳动者违反竞业限制约定的，应当按照约定向用人单位支付违约金。

（4）补充保险。补充保险，是指除依法参加基本社会保险外，用人单位与劳动者可以协商约定补充医疗、企业年金和人身意外伤害等条款。参加补充保险，劳动者可以在基本社会保险待遇的基础上，再享受补充保险待遇。补充保险是用人单位根据实际情况为劳动者建立的一种保险，它用来满足劳动者高于基本保险需求的愿望。补充保险的建立依用人单位的经济承受能力而定，由用人单位自愿实行，国家不作强制的统一规定。用人单位只有在参加基本保险并按时足额缴纳基本保险费的前提下，才能实行补充保险。

（5）福利待遇。福利待遇，是指用人单位在法定义务之外为员工的生活提供的便利和优惠等，如给员工提供的住房、通勤班车、带薪年休假、托儿所、幼儿园、子女入学等条件。双方可以就待遇问题进行协商约定。除此之外，双方还可以就其他问题进行约定，但不得违反法律法规规定。

在本案中，该公司的劳动合同中没有劳动保险、工作地点、劳动报酬等必备条款。根据《劳动合同法》第81条的规定，企业提供的劳动合同文本未载明该法规定的劳动合同必备条款，或者企业未将劳动合同文本交付劳动者的，由劳动行政部门责令改正；给劳动者造成损害的，应当承担赔偿责任。

如何设计劳动合同条款，是很多企业比较关心的问题。因为劳动合同一旦订立并生效，如果想变更合同，就必须和劳动者协商一致。这无疑使企业的人力资源管理遇到极大的法律障碍。因此，企业应制定详细的劳动合同文本，对劳动合同履行过程中可能发生的各种情况进行细化约定，这样日后一旦发生类似约定情形，双方即可按合同约定执行，不再需要变更合同。

十七、在校学生不适用《劳动合同法》

【案例】

2008年1月，王某拿着北京市某大学的"2008届毕业生双向选择就业推荐表"前去上海某公司应聘市场业务员工作，此时尚未毕业。公司审核和面试后，便通知王某上班，随即签订了劳动合同，约定合同期限为 3 年，其中试用期为 6 个月。3 月初，王某在公司被掉下的吊灯砸伤头部并发生右臂骨折，住院治疗了 3 个月。其间经学校同意以邮寄方式完成了论文及答辩，并于 2008 年 6 月底正式毕业。7 月初，伤愈后的王某多次向公司交涉，要求公司认定工伤并为其报销部分医疗费用，但遭到公司拒绝。王某认为双方既然签订了劳动合同，她的身份就是公司员工，根据《劳动合同法》应该享受工伤待遇。公司则认为王某在签订劳动合同时是在校大学生，归学校管理，而不应由公司负责，故而公司没有为其缴纳社会保险，更不需要为其报销医疗费用。王某不明白了：既然与公司签订了劳动合同，就算公司的员工，不应该享受公司的工伤待遇吗？

这是一起在校大学生签订劳动合同引发的劳动争议。"劳动者"是一个含义广泛的概念，凡是具有劳动能力，以从事劳动获取合法收入作为生活资料来源的公民都可称为"劳动者"。然而劳动法意义上的劳动者是从劳动法调整对象的角度来表述的，不同于我们通常情况下的理解。

《劳动合同法》第 2 条规定："中华人民共和国境内的企业、个体经济组织、民办非企业单位等组织（以下称用人单位）与劳动者建立劳动关系，订立、履行、变更、解除或者终止劳动合同，适用本法。"这一条款规定了《劳动合同法》的调整对象为"劳动者"。1995 年劳动部《关于贯彻执行〈中华人民共和国劳动法〉若干问题的意见》（309 号文）明确规定，在校生利用业余时间勤工俭学，不视为就业，未建立劳动关系，可以不签订劳动合同，因此，在校学生不受劳动法调整和保护。

根据《劳动合同法》第 26 条，以下情形的劳动合同无效：（1）以欺诈、胁迫的手段或乘人之危，使对方在违背真实意思的情况下订立或者变更的劳动合同。（2）用人单位免除自己的法定责任、排除劳动者权利的劳动合同。当事人双方通过合同所确定的权利义务关系应该对等，不能出现权利的享有和义务的承担严重失衡的状况。（3）违反法律、行政法规强制性规定的劳动合同。违反法律、行政法规强制性规定的具体内容包括：劳动合同的主体、内容、形式和订立程序与法律、法规的强制性或禁止性规定相抵触，或滥用法律、法规的授权性或任意性规定。例如，劳动者尚未达到法定就业年龄，不具备主体资格；用人单位违反劳动法律、法规对休息休假、劳动保护、女职工保护的基本标准等。

根据以上分析可知，本案中，王某是学生身份，尚未具备签订劳动合同的主体资格，与公司所签订的劳动合同违反了法律、行政法规的强制性规定，应由劳动仲裁机构或者人民法院认定合同无效。并且，王某在此期间受到的伤害也不能认定为工伤。那么，此时应该如何处理呢？

《劳动合同法》第86条规定："劳动合同依照本法第二十六条规定被确认无效，给对方造成损害的，有过错的一方应当承担赔偿责任。"本法条说明即使劳动合同无效，给对方造成伤害时，有过错的一方仍然应当承担赔偿的责任。这一规定合情合理。据此，上述案例中，由于公司没有及时清除工作场所的危险因素，王某可以通过劳动仲裁委员会要求公司比照工伤保险待遇对她进行赔偿。

无效劳动合同的签订，无论出于是企业的原因还是劳动者的原因，都会给企业带来损失。特别是由于企业的原因订立无效劳动合同或者部分无效劳动合同的，法律规定，给劳动者造成损害的，应当比照违反和解除劳动合同经济补偿金的支付标准，赔偿劳动者因无效劳动合同受到的经济损失。为了避免无效劳动合同，企业在签订劳动合同时要注意：一是确保自己有签订劳动合同的主体资格，核实劳动者签订劳动合同的主体资格；二是提供真实的信息，并遵循合法、公平、平等自愿、协商一致、诚实信用的原则，与劳动者协商确定劳动合同的内容；三是明确企业在劳动合同中的义务，避免签订免除自己的法定责任的条款，如在劳动合同中约定不为劳动者缴纳社会保险费等，这些条款因违法而无效。

十八、无效合同，如何处理

【案例】

凌某高中毕业后，一直没有找到合适的工作，心里十分着急。每次参加招聘会，总是因为自己学历低而被用人单位拒之门外。一天，凌某在街上遇到了一个做假证的人，于是就出了400元钱，让他为自己伪造了一张某大学的硕士学位证书。此后，凌某凭借着该证书，与一家高科技公司签订了为期3年的劳动合同，月工资10 000元，并没有试用期的约定。

开始工作后，凌某立即发现，由于自己水平很低，这份工作根本无法胜任。于是，凌某以需要适应新工作为名，要求公司先为其安排一份简单的工作。公司领导就答应了他的要求。但1个月后，公司发现，凌某连这个简单的工作也做不好，不由对他的学历产生了怀疑。经与学校核实，证明凌某的证书是伪造的。于是，公司以凌某欺诈公司为由，单方面作出了解除与凌某的劳动合同的决定，并拒绝支付其已经工作的1个月时间的工资。凌某不服，要求至少支付10 000元的工资，才同意解除劳动合同，并为此提起了劳动仲裁。

这是一个关于如何处理无效劳动合同的案例。《劳动合同法》第28条规定："劳动合同被确认无效，劳动者已付出劳动的，用人单位应当向劳动者支付劳动报酬。劳动报酬的数额，参照本单位相同或者相近岗位劳动者的劳动报酬确定。"这规定明确了无效劳动合同的处理原则。

本案中，凌某为了找到一份好工作而故意伪造了一个硕士学位证书去求职，主观上有欺诈的故意，客观上也实施了欺诈行为；公司因为他的假证书而与之签订劳动合同，说明合同的签订是受凌某欺诈的结果。所以，凌某的行为构成了欺诈，其与公司签订的劳动合同无效。凌某在公司工作了1个月，公司既不能一分钱不支付，也无须让他享受10 000元的工资标准，而应当按照凌某所从事的简单工作的相同或相近岗位员工的工资标准向他支付劳动报酬。

我国关于无效合同的处理主要包括以下内容：（1）合同的部分条款无效的，依据无效部分是否影响其他部分效力，具体情况具体分析。如果无效部分具有相对独立性，不影响其他部分的效力的，其他部分仍然有效，如果有履行义务的，应当继续履行。如果无效部分具有不可分割性，或当事人约定把劳动合同的某些条款作为劳动合同成立的必要条件，那么该劳动合同的某些条款无效将导致整个劳动合同的无效。（2）企业要支付员工相应的劳动报酬。无效的劳动合同不具备法律效力，不受法律保护，但是在劳动合同履行过程中，员工的劳动一旦付出，就不能收回，即便劳动合同无效，也不可能像一般合同无效那样以双方返还、恢复到合同订立前的状态来处理，否则对于员工来说是不公平的。因而法律规定，劳动合同被确认无效，员工已付出劳动的，企业应当向员工支付劳动报酬。（3）给对方造成损害的，要承担赔偿责任。因一方当事人的事由导致劳动合同无效，给另一方造成了损害的，有过错的一方应当承担赔偿责任。在提出对方造成损害的主张时，必须有足够的证据，不能夸大损害后果。（4）对于企业采取欺诈、胁迫等手段签订的无效劳动合同，员工不仅可以要求解除劳动合同，而且可以要求支付经济补偿。（5）规定了劳动报酬支付标准。根据规定，劳动报酬的支付标准参照本单位相同或者相近岗位员工的劳动报酬确定，而不是合同标准或者是别的依据。

无效劳动合同的签订，无论是企业的原因还是劳动者的原因，都会给企业带来损失，除了经济损失之外，还有时间成本、声誉等方面的损害等。因此，企业应当尽量避免签订无效劳动合同，规避无效劳动合同带来的法律风险。

十九、公益性岗位不适用无固定期限劳动合同的有关规定

【案例】

刘阿姨今年 49 岁，之前一直在北京市某国有企业工作。1996 年她所在的国有企业改制，她也下岗了，下岗之后生活一直比较困难，1997年她通过申请和分配，担任了所在小区的交通管理督察员，随即和政府签订了劳动合同，并一直工作到现在。《劳动合同法》生效以后，刘阿姨觉得自己已经在这个岗位上工作了 10 年，满足了签订无固定期限劳动合同的要求，于是找到负责人，要求签订无固定期限劳动合同。负责人表示，政府提供的是公益性岗位，都是临时的，怎么会出现无固定期限劳动合同呢？一旦和政府签了，那刘阿姨不就成了公务员了吗？不合逻辑。刘阿姨不服，来到了劳动行政部门询问情况。刘阿姨可以和政府签订无固定期限劳动合同吗？

这是一个政府提供的公益性岗位是否适用无固定期限劳动合同规定的案例。就业援助岗位是国家出钱购买的，属于特殊用工。在《实施条例》出台前，《劳动合同法》对此并没有明确规定。《实施条例》第 12条规定："地方各级人民政府及县级以上地方人民政府有关部门为安置就业困难人员提供的给予岗位补贴和社会保险补贴的公益性岗位，其劳动合同不适用劳动合同法有关无固定期限劳动合同的规定以及支付经济补偿的规定。"这一规定明确了政府提供的公益性岗位不适用无固定期限劳动合同。

公益性岗位是指主要由政府出资扶持或社会筹集资金开发的，符合

公共利益的管理和服务类岗位，主要用来优先安置大龄就业对象的就业，包括面向社区居民生活服务、机关企事业单位后勤保障和社区公共管理服务的就业岗位，以及清洁、绿化、社区保安、公共设施养护等就业岗位。《实施条例》规定公益性岗位不适用无固定期限劳动合同，主要是因为：（1）提供这种劳动岗位的主体是各级政府及其有关部门，而不是专门的企业单位，主体资格不具备。（2）其目的是安置困难人员而不是营利，政府对这些岗位给予岗位补贴和社会保险补贴。公益性岗位主要是为了促进就业，如果要支付经济补偿或者签订无固定期限劳动合同，则会增加政府的负担，难以达到促进就业的目的。（3）这类岗位往往具有临时性、季节性、过渡性等特点，不具备长期工作的要求，如政府为 50 岁的下岗女职工提供临时性工作岗位，确保其基本生活。案例中政府为下岗职工提供的公益性岗位不适用无固定期限劳动合同，因此，刘阿姨不能要求和政府签订无固定期限劳动合同。

劳动者在就业时也需要注意，就业援助岗位是国家出钱购买的，属于特殊用工，《实施条例》中对此专门提出，由政府为安置就业困难人员提供的给予岗位补贴和社会保险补贴的公益性岗位，其劳动合同不适用《劳动合同法》有关无固定期限劳动合同的规定，以及支付经济补偿的规定。

二十、劳动合同履行地与用人单位注册地不一致，劳动标准以何地为准

【案例】

赵某大学毕业之后就在贵州 A 公司总部工作。两年之后，公司因业务发展需要，将赵某派遣到设立在北京的 B 分公司工作。工作一段时间后，赵某发现原来领取的工资明显不能满足在北京的开支。恰逢年底与公司续签劳动合同，赵某提出了自己的疑问，并且希望公司为其提高工资水平。公司领导称，赵某的合同是与总公司签订的，公司在贵州注册，怎能以北京工资水平为标准呢？赵某却认为他是在北京工作，当然要按照北京的标准来计算。双方争执不下，一时陷入僵局。

当合同履行地与用人单位的注册地不一致时，最低工资等劳动标准参照哪个标准呢？《实施条例》第 14 条规定："劳动合同履行地与用人

单位注册地不一致的，有关劳动者的最低工资标准、劳动保护、劳动条件、职业危害防护和本地区上年度职工月平均工资标准等事项，按照劳动合同履行地的有关规定执行；用人单位注册地的有关标准高于劳动合同履行地的有关标准，且用人单位与劳动者约定按照用人单位注册地的有关规定执行的，从其约定。"实践中，很多企业的劳动者工作地点即劳动合同履行地与用人单位注册地并不一致，由于全国各地有关劳动者的最低工资标准、劳动保护、劳动条件、职业危害防护，以及本地区上年度职工月平均工资标准等事项存在地域性差别，《实施条例》对此进行了明确规定，即原则上按照劳动合同履行地的有关规定执行，但如果注册地的劳动标准高于履行地的，双方也可以约定按照注册地标准执行。

案例中赵某到北京工作后，发生了公司的注册地与劳动合同实际履行地不一致的情况，根据《实施条例》，赵某的工资标准应该按照劳动合同履行地的有关规定执行，而且根据案例和实际生活判断，不存在企业注册地的有关标准高于劳动合同履行地的有关标准的事实，故而也不存在双方约定的情况。所以赵某的公司应该参照合同履行地即北京的相关标准执行，提高赵某工资水平。

企业如果遇到合同履行地与企业注册地不一致的情况，应该注意，劳动标准原则上按照合同履行地的标准执行，合同履行地的相关标准高于企业注册地时，不能按照企业注册地的低标准执行，否则，员工可以通过法律的渠道要求执行合同履行地的标准。合同履行地的相关标准低于企业注册地的标准时，企业要积极与员工沟通，协商确定劳动标准。

第二章

劳动合同执行中的是非曲直

履行劳动合同的过程中，怎样才能在做合法公民的基础上，掌握劳动合同履行过程中的主动权，防止意外情况发生？本章将对这一问题进行分析，相信您会从中找到满意的答案。

一、企业合并或分立，原劳动合同如何处理

【案例】

陈某大学毕业后到甲家电生产企业工作，从事市场开发，与该厂家签订了一份4年的劳动合同。半年以后，家电行业的竞争空前激烈，众多企业为了维持经营，不得不大打"价格战"。甲企业由于技术比较落后，成本压不下来，在竞争中很快处于劣势。不久甲企业就被知名的乙公司合并了。乙公司很快就派人进驻甲企业，进行人员调整。乙公司以原劳动合同主体方已变更，原劳动合同无法继续履行为由，要求员工与乙公司重新签订劳动合同，否则，将以不愿签订合同为由解除劳动关系。陈某以自己尚有3年的劳动合同未履行为由拒绝签订新劳动合同。于是乙公司与陈某解除了劳动关系。陈某认为该公司合并了甲企业，原企业的所有权利和义务应当由新公司承继；而自己的劳动合同还没有到期，可以继续履行，无须签订新劳动合同，公司以自己不愿签合同为由解除劳动合同，没有法律依据。陈某向仲裁提起申诉，要求乙公司继续履行自己原来签订的劳动合同。乙公司则辩称自己合并了原来的企业，原企业的主体资格也就不存在了，陈某与原企业签订的劳动合同已无法履行，因此，陈某应当签订新的劳动合同。而陈某拒绝签订新的合同，该公司因此有理由解除陈某原来的劳动关系。

这是一起因为企业合并而引发的原劳动合同是否继续有效的劳动争议。《劳动合同法》第34条规定："用人单位发生合并或者分立等情况，原劳动合同继续有效，劳动合同由承继其权利和义务的用人单位继续履行。"这一规定明确了企业分立、合并时，员工的劳动合同如何处理的问题。

企业合并包括吸收合并和新设合并两种形式。一个企业吸收其他企业为吸收合并，被吸收的企业解散；两个以上企业合并设立一个新的企业为新设合并，合并各方解散。而对于企业分立来说，也同样包括存续分立和新设分立两种情况。前者是指分立出一个新企业后原企业仍然存在，后者是指分立后原企业解散。根据《劳动合同法》，无论企业合并还是分立，都不影响员工与原企业依法订立的劳动合同的有效性，新企业都应当继续履行原劳动合同。

本案中，乙公司合并甲企业之后，乙公司要完全承继甲企业在劳动合同中的义务，与陈某继续履行合同，而不能以主体变动为由拒绝履行原劳动合同。也就是说原劳动合同的企业主体实际上并未消失，在劳动合同未到期的情况下，乙公司应当接替甲企业的位置，继续履行与陈某的劳动合同，而不用签订新的劳动合同，也不能以拒签劳动合同为由解除与陈某的劳动关系。而这时乙公司应当尽快与陈某办理劳动合同主体名称的变更手续，继续履行原劳动合同的内容。如果乙公司想要变更原劳动合同的内容，必须与陈某协商一致；解除劳动合同也应当依法解除。

随着我国市场经济的快速发展，竞争日趋激烈，会有越来越多的企业经历合并和分立，而这一过程必然会产生人员的重新"洗牌"问题，由此会产生复杂的劳动关系问题，尤其是劳动合同关系的存续和变更问题。根据《劳动合同法》上述规定，企业应当认识到合并和分立并不影响原劳动合同的法律效力，新单位要承继原单位劳动合同中的权利与义务，而不能单方面变更、解除劳动合同。如果原劳动合同可以继续履行，企业应当正常履行，但要及时地变更劳动合同的相关内容；如果不能履行，也要按照相关规定解除劳动合同关系，不得违法解除。

二、法人代表变化不影响合同履行

【案例】

朱某就读于北方某名牌大学的人力资源管理专业，大学毕业后到一家房地产公司面试。朱某的综合素质比较出色，在体育方面也有特长。

当时王某是公司的主要负责人，比较欣赏朱某，于是决定留用朱某，与朱某签订了为期3年的劳动合同，约定做内勤管理人员。1年之后，王某提升朱某为公司人力资源部经理助理。不久，王某被某猎头公司挖走，房地产公司损失比较大。公司新换了负责人韩某，韩某以前与王某不和，对王某提拔的人也不是很看重，韩某对王某以前的人事安排也不是很满意，于是决定进行调整。韩某安排朱某做外勤销售人员。朱某以自己签订的合同中只约定做内勤管理人员为由，拒绝了公司的安排。而韩某却表示合同是王某签的，王某已经走了，现在公司由他负责，所有人员都需要由他重新安排，而不是按合同办，遂拒绝了朱某的要求。双方发生了争议。朱某于是向劳动争议仲裁委员会提出申诉，要求公司履行原劳动合同。仲裁庭受案后核对情况属实，经调解，该公司表示会尽快对公司人员作出调整，并将朱某安排回内勤工作，朱某接受了调解。

这是一起企业法定代表人变化与劳动合同的履行的劳动争议。《劳动合同法》第33条规定："用人单位变更名称、法定代表人、主要负责人或者投资人等事项，不影响劳动合同的履行。"据此，劳动合同依法订立后，企业的法定代表人或者主要负责人出现变更的，原法定代表人或者主要负责人与劳动者订立劳动合同的职务行为的后果仍然要由企业承担。至于投资人的变更，也不会改变企业这个实体组织独立承担民事责任的性质，企业仍要继续履行其与劳动者已经订立的劳动合同。根据我国《民法通则》和其他有关法律的规定，企业的法定代表人或者主要负责人的职务行为都是代表企业这个实体组织的行为，企业必须对其法定代表人或主要负责人的行为负责，承担责任。担任主要负责人的自然人可以变动，但主要负责人的职务行为的归属却不能变，也就是说，只要企业存在，原主要负责人与劳动者依法签订的劳动合同就依然有效。

案例中，该房地产公司的原主要负责人王某与朱某签订的劳动合同，只要符合法律规定，即为有效的劳动合同，现任的负责人韩某应当承认并继续履行该合同规定的义务。认为与朱某所签劳动合同是前任领导的行为，对新任领导没有约束力，新任领导就可以不履行合同是没有法律依据的。因此，朱某的劳动合同仍然有效，该房地产公司应当按照劳动合同的约定履行其对朱某所承诺的义务，不履行劳动合同就会违约，要承担相应的法律责任。

现实中，不少企业在法定代表人或者主要负责人发生变更以后，新任领导都会对企业的生产经营活动作出重大调整，对人事安排作出重新调整。在这种情况下，企业应当按照《劳动合同法》的规定，与劳动者协商一致变更劳动合同的相关条款。如果双方不能就变更劳动合同达成共识，而企业确因生产经营状况变化无法履行原合同的，企业可以依据《劳动合同法》第40条的规定——"劳动合同订立时所依据的客观情况发生重大变化，致使劳动合同无法履行，经用人单位与劳动者协商、未能就变更劳动合同达成协议的，提前三十日以书面形式通知劳动者本人或者额外支付劳动者一个月工资后，可以解除劳动合同"，与劳动者解除劳动合同；如果企业生产经营活动未发生变化，原劳动合同可以继续履行，则应当继续履行，否则企业要承担法律责任。

三、劳动条件要合法，强令冒险作业员工有权拒绝

【案例】

刘某是一家建筑公司的吊车司机，与该建筑公司订立了3年的劳动合同。2007年该公司承接了政府的拆迁工作，负责本市的拆迁建筑工作。2008年年初，该公司的项目负责人组织下属进行本市南区的危房拆迁，刘某在看到危房上有高压线时，要求负责人与供电局协调，停电后再拆。负责人没有听从建议，强令刘某开吊车拆卸房板，并威胁将解雇不施工的工人。刘某拒绝出车。负责人在劝说无效的情况下，向公司领导作了汇报。一个星期后，公司认为刘某在工作期间不服从单位调度、指挥，拒绝正常工作，给公司造成重大经济损失，决定解除与刘某的劳动合同。刘某不服，向当地的劳动争议仲裁委员会申请仲裁，请求裁决撤销解除劳动合同的决定。劳动争议仲裁委员会经过立案审理，作出裁决，撤销了该建筑公司对刘某作出的解除劳动合同的决定，恢复双方的劳动关系，双方应继续履行劳动合同。

这是一起企业强令冒险作业引发的解除劳动合同的劳动争议。《劳动合同法》第32条规定："劳动者拒绝用人单位管理人员违章指挥、强令冒险作业的，不视为违反劳动合同。劳动者对危害生命安全和身体健康的劳动条件，有权对用人单位提出批评、检举和控告。"本条规定明确了企业有提供职业安全的义务，以及员工有拒绝执行违章指挥、监督职业安全卫生的权利。

虽然劳动者有义务服从企业的安排，遵守劳动纪律并完成劳动任务，但同时，提供符合安全生产要求的劳动条件，照章指挥，保障劳动者的生命安全以及身体健康也是企业的义务。对于企业的违章指挥和强令冒险作业，法律允许劳动者拒绝服从，且不认为是违反劳动合同的约定；对于企业提供的危害生命安全和身体健康的劳动条件，法律赋予劳动者提出批评、建议，或者向劳动行政部门、司法部门进行检举和控告的权利。违章指挥是指领导者不遵守安全生产规程、制度和安全技术措施，擅自更改安全工艺和操作程序，使用未经培训上岗或无专门资质认证的人员从事可能危及生命或财产安全的生产活动等。强令冒险作业，是指企业强令劳动者实施违反规章制度作业的行为，直接威胁到劳动者的生命安全和身体健康。

在本案中，司机刘某拒绝按照项目负责人的指令驾驶吊车拆卸高压线下的危房，是在行使法律赋予的权利，而不是不服从指挥，违反企业的规章制度和劳动纪律的行为。该建筑公司以不服从单位的工作安排和调度为由，与刘某解除劳动合同的做法是错误的。劳动争议仲裁委员会据此裁决刘某胜诉，撤销建筑公司解除劳动合同的决定无疑是正确的。

当前，一些企业的负责人安全生产意识淡薄，或者片面追求经济效益，而置劳动者身体健康和生命安全于不顾，违章指挥，在不具备安全生产条件的情况下，强令劳动者冒险作业，或者提供危害劳动者生命安全和身体健康的劳动条件，从而导致各种各样的生产安全事故屡禁不绝，对企业自身也造成了严重的经济损失和声誉影响。在此，提醒企业务必遵守安全生产操作，如果违章指挥、强令冒险作业，或者提供不符合要求的劳动条件，即便是合同中对此给予了肯定，劳动者仍有权拒绝和检举，这种违约得不到法律的支持和认可。而且相对于违法的代价来说，企业守法的成本要低得多。

四、企业如何调岗变薪

【案例】

吕某为某销售公司的销售经理。2008 年年初公司以"轮岗"为名，将其调整到人力资源部任人事经理，但吕某认为其更适合从事销售工作，便和公司的领导进行协商，协商未果，吕某就拒绝到新岗位报到。公司准备与其解除劳动关系。吕某向劳动争议仲裁委员会提起申诉，要求确认公司单方变更劳动合同的行为无效，恢复原来的工作岗位，并补发因此而减少的工资2 000元。公司答辩认为，其作出调整吕某工作岗位的依据是"企业中层干部内部轮岗及职务晋升办法"，该办法第 5 条规定："为了提高企业中层领导干部的综合素质，每两年所有的中层领导干部内部轮岗一次。"第 6 条规定："职工晋升较高一级的工作岗位，必须有低一级的两个工作岗位上工作过的经历。"因此，企业调整吕某的工作岗位不但依据充分，而且也为吕某职务晋升做好了准备。另查，该晋升办法经职工代表大会讨论通过并向吕某进行了公示。

这是一起由于企业对员工调岗变薪而引发的劳动争议。《劳动合同法》第 35 条规定："用人单位与劳动者协商一致，可以变更劳动合同约定的内容。"

本条规定为企业对员工的调岗调薪提供了最佳的解决方法——双方协商一致，并据此变更原有的劳动合同。这样不但符合法律的规定，而且也是双方真实意思的表达。但如果双方不能达成合意，而企业又必须对员工调岗变薪，那么企业必须提供能证明单方面调岗调薪合法、合理的依据。因此，企业要注意以下几点：

1. 劳动合同中可以约定调岗变薪的条款

《劳动合同法》第 3 条规定："依法订立的劳动合同具有约束力，用人单位与劳动者应当履行劳动合同约定的义务。"因此，企业可以在"工作内容"条款中约定："甲方可以根据生产和工作需要以及乙方的身体状况、工作能力和工作表现升、降乙方的职务，调整乙方的工作岗位和工作内容，乙方无特殊原因，应当服从甲方的安排"；可以在"劳动报酬"条款中约定："甲方可根据实际经营状况、对乙方的考核结果，以及乙方的工作年限、奖罚记录、岗位和工作内容变化等，相应地调整乙方的工资水平，但不低于本地最低工资标准。"但这种合同必须经过双方协商一致才能生效，否则不具有法律效力。同时，作为劳动合同的补充项，企业必须在相应的规章制度中对调岗变薪的情形进行细化明确，要明确规定可以调岗变薪的生产和工作情况，劳动者的身体状况、工作能力和表现以及绩效考核结果，规定相应的调整方案，并规定有权根据这些情况进行调岗变薪。但这些规章制度必须符合法律的规定、获得工会或者职工代表大会的通过并向员工公示，否则这些规定也是无效的，企业无权根据这些规章制度对员工调岗变薪。

2. 企业需要说明调岗变薪具有充分的合理性

这是一个难点，一方面，需要企业制订详细的职位说明书，将每一岗位的具体要求以职位说明书的形式固定下来。这样，如因公司结构调整或重组提升了岗位职责和技能要求，则应立即修改相应的职位说明书。职位说明书要注意从外语要求、业务经验、技能水平、思想品德、身体素质等诸方面提出详细任职要求。这样，一旦现任员工在公司结构调整或重组后不适合现职，公司即可依据职位说明书将其调整到合适的岗位，以此证明调岗的合理性。

另一方面，企业要制定详细的绩效考核制度和薪酬制度，建立对员工考核的明确标准与制度，并明确设置每一个岗位的薪资区间，以及员工职、薪升降与岗位调整制度，要将考核结果和薪酬调整紧密结合起来，并据此定期对员工进行考核和升降职位、薪资，考核结果要让员工签收。一旦考核不合格，则考核结果可作为公司调整员工岗位以及薪酬的合理性依据。员工一旦工作失误，必须向公司提交说明或者检讨等书面材料，以作为将来可能调整岗位的合理性依据。

案例中的销售公司的规章制度通过了职工代表大会的审查，并且也向吕某公示，因此可以作为调岗的依据。销售公司依据规章制度对吕某进行调岗有明确的依据，有正当理由，可以对吕某调岗。但该公司没有明确的薪酬调整机制，调岗并不意味着同时调薪，因此，对吕某降薪的做法没有合法的依据，应当补齐吕某的工资。

目前，我国的劳动立法中缺乏企业调岗、调薪的相关规定，立法相对滞后，因而企业出于生产经营的需要对员工进行调岗调薪往往会引发争议。企业可以在劳动合同中进行约定，也可以制定规章制度对此作出相应的规定，但约定条款和规章制度必须符合法律的规定，不能损害员工的合法利益。无论是企业还是员工，对员工岗位和薪酬的调整机制，应该有一个正确的认识。企业应依法运用用人自主权，建立健全规章制度，依法订立劳动合同，避免在调岗变薪中给自己带来法律风险。

五、如何变更劳动合同才合法

【案例】

王某大学毕业后到某广告公司工作，与该公司签订了为期两年的合同。王某担任设计部的文职人员，月工资包括基础工资 600 元、社会保险 300 元、效益工资 600 元、交通及话费 40 元、午餐补贴每天 10 元。1 年后王某开始休产假，该广告公司为了节省成本，单方面作出决定，每月向王某支付基础工资 600 元，并电话通知王某。王某当时不在，于是公司把决定告诉了王某的丈夫。王某休完产假后，找公司领导，要领取全额工资。该公司领导表示：王某在合同期怀孕，应及时通知公司她已怀孕，而王某却没有及时告知，给公司的工作安排带来了很多麻烦，额外的雇人给公司带来了比较大的损失，为了弥补损失，公司决定只发基础工资，并且通知了王某，王某应当接受 600 元的工资。而王某认为公司只是通知了自己的丈夫，并未与自己协商，自己根本没有行使发言权，因此公司单方面决定的工资无效，应当按照合同约定的数额发放。双方争议比较大，王某于是请求仲裁。

这是一起企业单方面变更劳动合同引发的劳动争议。《劳动合同法》第 35 条规定："用人单位与劳动者协商一致，可以变更劳动合同约定的内容。变更劳动合同，应当采用书面形式。变更后的劳动合同文本由用人单位和劳动者各执一份。"本条明确规定了变更劳动合同的方法。

劳动合同的变更，是指当事人双方对尚未履行或尚未完全履行的劳动合同，依照法律规定的程序和条件，在原有的劳动合同基础上，进行添加、删除或修改的法律行为。一般情况下，劳动合同一经双方订立，即具有法律强制性，企业和员工都应当严格遵守，不能随意变更。如果在劳动合同的履行过程中，出现了新的情况，使得原劳动合同的履行条件发生改变，那么双方可以协商变更劳动合同的内容。变更劳动合同的首要条件是当事人双方协商一致，任何一方当事人单方面变更劳动合同的行为都是不合法的。此外，变更劳动合同必须采用书面形式，应当用书面形式记载劳动合同变更的内容，而不是达成口头协议就可以变更劳动合同。劳动合同的变更实际上是原劳动合同当事人在原有合同的基础上，根据变化了的条件重新订立新合同的行为，与订立劳动合同一样，也应采用书面形式，而且变更后的合同文本，员工有权持有 1 份。这对于确认和证明劳动合同法律关系已发生变更的事实具有重要意义。在双方就此发生劳动争议的时候，便于责任的归属。

在本案例中，该广告公司一是单方面变更王某的工资，没有与王某协商一致；二是只是口头通知了王某的丈夫，双方没有采用书面的形式变更劳动合同。因此，该广告公司变更劳动合同内容的行为无效，应当全额发放王某的工资。

在实践过程中，企业通常需要变更劳动合同。企业应该注意：如果想要变更劳动合同，必须与员工商量，双发协商一致确定变更的内容，不能单方变更劳动合同；变更劳动合同必须采用书面形式，不能口头约定，否则出现争议时，会处于不利的地位。

六、加班，不是企业免费的"午餐"

【案例】

牛某原来是一名国有企业职工，下岗后到某食品加工厂工作。2007年雪灾使得公司产品的需求量大增，该厂连续接到大额订单，为了不错过这些客户，厂里决定让职工在1周内每天加班4小时，以求能按时完成订单。不久，牛某因妻子生病住院，晚上需要去医院陪护妻子，下班后去幼儿园接孩子，于是便向车间主任请假。车间主任当时并未表态。牛某下班后没有加班，就直接去幼儿园接孩子了。就这样一直等到妻子出院以后，牛某才开始加班。在月末评比时，厂领导以牛某擅自脱岗为由，将其辞退。牛某不服，向厂领导进行解释，但车间主任说牛某没有请假，于是厂领导决定维持原来的处罚。牛某遂向劳动争议仲裁委员会提起申诉。劳动仲裁委员会受理此案后，经调查牛某所称家庭情况属实，未参加加班有正当理由，认为该加工厂让工人每天加班4小时的做法违反《劳动法》的有关规定，其对牛某的辞退处理更是严重侵害了牛某的合法权益。经反复调解，该加工厂认识到了自己的错误，主动撤销了辞退处理决定，并为牛某补发了加班工资。

这是一起企业违反劳动定额标准，强迫员工加班的劳动争议。《劳动合同法》第31条规定："用人单位应当严格执行劳动定额标准，不得强迫或者变相强迫劳动者加班。用人单位安排加班的，应当按照国家有关规定向劳动者支付加班费。"本条明确规定企业不得强令员工加班。

劳动定额，是指在一定的生产和技术条件下，生产单位产品或者完成一定工作量应该消耗的劳动量。劳动定额标准，是指在典型的技术条件下通过技术测定，制定的典型劳动作业或代表性产品的工时消耗产量标准的数据。根据劳动定额标准所确定的劳动消耗水平应当是在正常的技术组织条件下，多数人可以达到或接近的水平。劳动定额标准一经批准发布，即具有法律效力。企业制订劳动定额时，应当以劳动定额标准为依据和参考。加班，是指工作时间超出法定的正常界限，包括劳动者在标准工作日以外延长时间工作（比如提前上班或推迟下班），或者在法定节假日或周休日工作（法定节假日包括元旦、春节、国际劳动节、国庆节，以及法律、法规规定的其他休假节日）。

劳动者的工作权和休息权是宪法赋予的基本权利，为保护劳动者的身心健康，国家对劳动者的工作权和休息权作了明确规定：劳动者每日工作时间不超过 8 小时，平均每周工作时间不超过 40 小时；用人单位应当保证劳动者每周至少休息 1 日；用人单位由于生产经营需要，经与工会和劳动者协商后可以延长工作时间，一般每日不得超过 1 小时；因特殊原因需要延长工作时间的，在保障劳动者身体健康的条件下延长工作时间每日不得超过 3 小时，但是每月不得超过 36 小时。

企业必须严格遵守劳动定额标准，不得强迫或者变相强迫劳动者加班。若出于工作需要，安排劳动者加班的，必须支付高于劳动者正常工作时间工资的工资报酬。按照报酬标准不同可以分为三种情况：安排劳动者延长工作时间的，支付不低于工资的 150％ 的工资报酬；休息日安排劳动者工作又不能安排补休的，支付不低于工资的 200％ 的工资报酬；法定休假日安排劳动者工作的，支付不低于工资的 300％ 的工资报酬。正常工时工资分为日工资和小时工资两种。日工资为本人月工资标准除以平均每月法定工作天数（实行每周 40 小时工作制的为 21.16 天）所得的工资额；小时工资为日工资标准除以 8 小时所得的工资。

案例中的食品加工厂强迫员工加班，而且每天加班 4 个小时，严重超过了法律规定的界限，属于违法加班，牛某有权不加班。而且牛某确实有客观原因无法正常加班，企业不能以此为由解除劳动合同，同时必须支付牛某实际加班时间的加班费。

在企业的人力资源管理活动中，出于业务上的需要而安排劳动者加班的情况在所难免，但是，企业应当意识到加班是以牺牲劳动者的休息、娱乐和家务时间为代价的，可能对劳动者的身体健康带来一定程度的损害，应当由劳动者自愿选择是否要加班。而且，劳动者加班，企业就应当按照上述规定支付加班费，不能把它当作自己的免费"午餐"。现在很多企业安排劳动者加班，但不按规定支付加班费，企业自身因此而面临着较大的诉讼风险，劳动者不追究的话则可以暂时相安无事，但它却始终是一枚威胁企业顺利运转的"定时炸弹"，随时有爆炸的危险。

七、企业拖欠工资，劳动者如何索薪更便捷

【案例】

　　某棉纺厂是一家外商独资企业，由于技术比较先进，效益一直比较好，2008年又扩大了生产规模，同时又招收了20名工人。在签订劳动合同时，棉纺厂提出约定2个月的试用期，每月工资800元，试用期满后，如果合格，就会留用，每月工资将涨到1 000元。20名工人都同意了这样的合同。在2个月的试用期期间，工厂以目前的订单没有完成，资金周转不灵为由，没有发工资。2个月试用期满后，这些工人转为正式工。棉纺厂不但没有发试用期的工资，此后干活的钱也没有发。这些工人的生活陷入困境。为此，20名工人找到厂长交涉，要求发工资。厂方只说要发只能发试用期1个月的工资。工人们不服，提出要去仲裁评理。厂长很生气地说道："有本事就去。既然你们想闹。行，那我就跟你们拖，拖你们一年半载，看你们怎么办？有本事直接到法院啊，那样拖得时间更长。"这几名工人听了之后不知道怎么办了。

　　这是一个企业拖欠工资，员工如何快速索薪的案例。《劳动合同法》第30条规定："用人单位应当按照劳动合同约定和国家规定，向劳动者及时足额支付劳动报酬。用人单位拖欠或者未足额支付劳动报酬的，劳动者可以依法向当地人民法院申请支付令，人民法院应当依法发出支付令。"这一规定明确了企业必须及时足额向员工发放工资，以及员工可以通过支付令索取拖欠工资。

　　劳动报酬，也即劳动工资，是指企业依据国家有关规定或劳动合同的约定，以货币形式直接支付给本单位员工的劳动报酬，一般包括计时工资、计件工资、奖金、津贴和补贴、延长工作时间的工作报酬，以及特殊情况下支付的工资等，是员工生活的主要来源。根据国家相关法律规定，除了企业确因遇到非人力所能抗拒的自然灾害、战争等原因，或确因生产经营困难，资金周转受到影响，并征得本企业工会同意这两种情形下可以延期支付工资外，其他情况下拖欠工资均属无故拖欠。支付令是人民法院依照《民事诉讼法》规定的督促程序，根据债权人的申请，向债务人发出的限期履行给付金钱或有价证券的法律文书。债权人对拒不履行义务的债务人，可以直接向有管辖权的基层人民法院申请发

布支付令，通知债务人履行债务。债务人在收到支付令之日起 15 日内不提出异议，又不履行支付令的，债权人可直接申请人民法院强制执行。对于企业拖欠或者未足额发放劳动报酬的，员工可以向当地人民法院申请支付令，人民法院应当依法发出支付令。

在本案例中，棉纺厂没有征得工会同意就擅自停发 20 名工人的工资，属于无故拖欠工资的情况。这些工人可以直接向法院申请支付令，这样就可以很快地拿到工资了。

企业应打消试图拖欠员工工资的投机心理，员工可以通过仲裁"终局裁决"和"支付令"很快拿到工资，而不用像以前一样等很长时间才能拿到工资。对于企业来说，首先要做的就是按时足额发放工资，不能拖欠员工的工资，也不能在仲裁或者法院作出裁决时，还继续拖欠工资，那样会面临很高的违法成本。同时，如果企业因资金周转不灵，暂时不能按时发工资，要积极与员工沟通，说明理由，以情理为自己争取时间。

八、企业制定规章制度时，不可忽视民主程序

【案例】

小韩初中毕业后，一直找不到工作，每天只能给别人打零工。后来经人介绍到一家外资电子装配厂工作。公司一共有 2 万多人，初中以下学历的占了一半。小韩与公司签了两年的合同，公司负责上社会保险，但工资水平不高。1 年以后，公司的订单比较多，管理层修改了工作时间制度和劳动纪律。工作时间由原来的每天 8 小时增加到 10 个小时，没有加班费，同时对于迟到的工人，每迟到 10 分钟罚 10 块。工作期间不得进行交谈、上厕所、喝水等一系列活动，违者进行罚款。公司给出的理由是工人平时工作效率不高，现在厂里的活又比较多，因此决定加强对工作时间和工作秩序的管理。许多工人表示他们不能接受此项规章制度，该项规定对工人的要求太严了。许多工人表示不能遵守这么苛刻的规定。而经理却表示，工厂是外国老板开的，一切都是外国老板说了算，这些规章制度也是外国老板制定的，工人只需照做就行了，用不着提意见。工人们纷纷表示抗议。

这是一个企业不通过民主程序制定规章制度的案例。在实践中，一些企业通常认为制定规章制度属于自主经营权范畴，擅自制定或者修改

公司的规章制度。这样的做法是违法的。《劳动合同法》第4条规定：
"用人单位应当依法建立和完善劳动规章制度，保障劳动者享有劳动权利、履行劳动义务。用人单位在制定、修改或者决定有关劳动报酬、工作时间、休息休假、劳动安全卫生、保险福利、职工培训、劳动纪律以及劳动定额管理等直接涉及劳动者切身利益的规章制度或者重大事项时，应当经职工代表大会或者全体职工讨论，提出方案和意见，与工会或者职工代表平等协商确定。在规章制度和重大事项决定实施过程中，工会或者职工认为不适当的，有权向企业提出，通过协商予以修改完善。企业应当将直接涉及劳动者切身利益的规章制度和重大事项决定公示，或者告知员工。"这一规定明确了企业在制定或者修改涉及员工切身利益的规章制度时应该遵循民主程序。

企业的规章制度，是企业根据国家法律法规以及企业自身特点制定的，明确劳动条件、调整劳动关系、规范劳动关系当事人行为的各种规章、制度的总称，一般表现为管理制度、操作规程、劳动纪律和奖惩办法等。企业规章制度法律规定的主要内容包括劳动合同管理、工资管理、社会保险、福利待遇、工时休假、职工奖惩以及其他劳动管理等。制定规章制度既是用人单位的法定权利，也是用人单位的法定义务。完善的规章制度可以使用人单位的劳动管理行为规范化，不合理的、违法的规章制度则会侵犯劳动者的权益，最终受损失的还是用人单位。规章制度赋予劳动者在特定的职位上以权利和义务，劳动者可以预测自己的行为对用人单位产生的后果，从而产生激励和约束作用。

企业制定规章制度应该具备三个条件：

1. 民主程序

只有遵照科学、合理的制定程序，才能制定出合法、有效的规章制度。合法、有效的规章制度的制定一般要经历以下几个阶段：

（1）立项阶段：企业的管理人员对企业现状进行分析、预测，提出哪些制度需要确立、哪些制度需要修改和变更，并对提出的制度进行审查，以确认是否有制定的必要性，还可邀请专业人士参与，以提供技术支持和操作指导。

（2）起草阶段：进行制度内容的具体撰写，要确保制度的内容不会违反国家的相关法律、法规，并要结合企业自身的现实需要，还要考虑实际操作性和员工的接受程度。

（3）讨论阶段：应将撰写好的规章制度交由有关部门以及职工代表

大会或者全体职工讨论。企业规章制度的制定一定要注意与工会或者职工代表平等协商，让职工充分反映和表达自己的意见。最后根据各方的讨论意见对制度作必要的修改和调整。

（4）公示阶段：根据法律规定，只有经过公示的制度才能作为企业管理、处罚的法律依据，否则在职工不知情的情况下，企业是不能以此作为执行标准的。

2. 合法性

合法性包括内容合法和程序合法两个方面。内容合法，即管理制度的内容不能与现行法律法规、社会公德等相背离；程序合法是指规章制度的制定必须符合法律规定的程序，如必须是有权部门制作或批准，应当经过职工代表会或职工大会及法律规定的其他民主形式讨论制定。任何有违劳动合同和法律、法规规定的规章制度在实际中都不能作为有效的法律依据。另外，规章制度也不能违反公序良俗。公序良俗是民法的一个基本原则，在其他法律中也有渗透，是各国法院在适用外国法律时的一个保留原则。企业规章制度不仅要在制定时保证合法性，随着企业的发展和法律环境的变化，规章制度也要相应地进行调整、补充和更新，否则，当脱节的规章制度遭遇到新情况的时候，企业就不可能拿出合理的依据来维护自己的合法权益。

3. 公示

公示是规章制度生效的必要条件，建议企业用书面形式包括电子文件形式公布规章制度；用口头公布规章制度的，应提供职工接触书面文本的可能性。为了避免企业规章制度成为单位约束员工的游戏规则，企业的规章制度应当尽量透明化，职工只有在知晓制度内容的情况下才能控制、预测自己的行为。

本案中的外资企业单方修改规章制度，而没有征求工人的意见，该规章制度的修改程序不合法；并且要求员工每天工作 10 个小时等违反法律规定，内容违法，因此该制度无效，工人们可以不遵守，可以继续按照以前的制度工作。

企业在制定规章制度时也要注意以下几点：（1）程序要合法。要严格按照法律规定的程序制定规章制度，保证规章制度的程序合法性。（2）内容要合法。内容不得与现行法律相抵触，否则即便员工通过了该制度，该制度也是无效的。（3）规章制度要具有可操作性，要具体，避免出现不同的理解而使得在进行解释时，作出不利于单位的解释。

第三章

企业出资培训之管理

对手下员工出资培训，后来自己一手培养的人才让人挖了墙角，结果"赔了夫人又折兵"。这正是不少企业不敢对员工进行专业技术培训的顾虑。那么，企业该怎样进行培训管理，方能真正达到开发人力资源为企业发展服务的目的？本章深入的分析将为您提供答案，使您的问题迎刃而解。

一、哪些培训需要订立培训协议，约定服务期

【案例】

被告高某曾是空军的一名战斗机飞行员，退伍后于 1993 年 6 月到南方航空公司河南分公司中原航空公司（以下简称中原航空公司）从事飞行工作，并与中原航空公司签订了无固定期限的劳动合同。合同约定，如果被告高某未满服务年限离开公司，必须支付公司相关培训费用、违约金及其他损失。2006 年 3 月 31 日，被告高某突然向中原航空公司提交辞职申请，该航空公司于 2006 年 4 月 4 日复函，不同意其辞职的申请。然而，被告高某在提出辞职申请 30 天后的 2006 年 5 月 1 日，不再为中原航空公司提供正常的劳动。该公司告到法院，要求被告高某赔偿人民币 813.4 万元。一审法院经审理后认为，被告高某要求解除合同，在没有与原告中原航空公司协商一致的情况下离职已构成违约。据此一审法院判令被告高某赔偿原告中原航空公司违约金、培训费共计 2 035 997.87 元。原告航空公司当即表示不服，遂上诉。二审法院经审理后认为，一审判决事实清楚，证据确凿，适用法律正确，遂维持原审判决。中原航空公司不服，提出再审。2007 年 6 月 25 日上午，法院对此案作出再审判决，认为终审法

院作出的判决证据确凿，认定事实清楚，对申诉人提出的其他赔偿要求不予支持，维持终审判决。①

因航空公司飞行员跳槽引发的索要巨额赔偿案，近几年各地时有发生。劳动自由原则是劳动立法的一项基本原则，劳动者有权依法定程序提出辞职而不受限制。当然，如果劳动者在与用人单位的劳动合同中有特殊约定，则劳动者提前辞职虽属合法却是违约，因此劳动者就要依据劳动合同的约定承担违约责任。就本案来讲，法院的判决是合理的。根据权利、义务对等的原则，飞行员有权辞职，但同时也要承担违约责任，需要赔偿航空公司相应的违约金。作为用人单位，航空公司既有要求辞职员工支付赔偿金的权利，也有为其办理离职手续的义务。航空业和飞行员的岗位有其特殊性，但航空公司与飞行员之间仍是一种劳动关系，需要遵守劳动法律。本案的重要意义在于，它为目前民航界飞行员因流动而引发的种种纠纷提供了又一例可资借鉴的案例。《劳动合同法》已对违约金问题进行了统一规范调整，对违约金的数额也规定了上限，即不能超过用人单位为员工的培训所支付的实际培训费用。因此，可以预见，将来此类天价违约金的索赔案将越来越少。在新的法律背景下，用人单位亦应将留人的策略从"法律契约留人"向"心理契约留人"转变。

飞行员在服务期内跳槽流动是目前民航业的突出现状，航空公司通常都是通过订立培训协议、规定服务期的手段来限制、规范飞行员的流动。那么，究竟在哪些情况下，企业可以与员工订立培训协议，约定服务期呢？

《劳动合同法》第 22 条规定：用人单位为劳动者提供专项培训费用，对其进行专业技术培训的，可以与该劳动者订立协议，约定服务期。

该条规定首先明确了签订培训协议的条件：一是用人单位为劳动者提供专项培训费用；二是对劳动者进行专业技术培训。

人力资源培训与开发，是用人单位向劳动者提供工作所必需的知识与技能，依据劳动者需求与组织发展要求对劳动者的潜能开发与职业发

---

① 参见《2007 年十大劳动争议案件：飞行员跳槽遭 800 万索赔，法院终审判赔 203 万》，载《法制日报》，2008-01-20。

展进行系统设计与规划的过程，最终目的是通过提升劳动者的能力，实现劳动者与用人单位的同步成长。进入新经济时代，满足用人单位的持续发展、劳动者核心专长与技能的形成，以及劳动者素质能力的提升等需求，使得人力资源培训与开发成为人力资源管理实践中一个投入大、产出高、增长潜力大而且被普遍关注的领域。

用人单位对劳动者的培训可以分为常规培训和非常规培训两种。常规培训主要是指入职培训，上岗培训，以及国家规定的、用人单位按照职工工资总额的一定比例提取职工教育培训经费，对职工特别是一线职工的教育和培训。这些培训是用人单位的一项义务，也就是费用由单位支付，通常不涉及签订培训协议的问题。非常规培训，则是用人单位对劳动者的技术业务进步进行了特别的人力资本的投入，通常需要签订培训协议，明确双方的权利义务关系。培训协议一般是用人单位提供费用、派劳动者参加专业技术培训之前，双方在自愿的基础上协商一致订立的，主要约定具体的培训费用、违约金、违约金的支付方式以及培训后的服务期等内容。

专项培训费用包括用人单位承担或部分承担的劳动者因培训而发生的各种学杂费、培训费、参观考察费、观摩费、往返交通费和培训期间的生活补贴等。通常，企业出资对劳动者进行专业技术培训是为了对人力资源的进一步开发，基本期望是劳动者工作能力的提升，从而能继续为企业服务，带来持续的高绩效，所以服务期的约定通常很关键。服务期，是指企业与劳动者约定的，劳动者因享有企业给予的特殊待遇而承诺必须为企业工作的期限。服务期主要是针对核心劳动者而言的，目的是防止劳动者接受企业出资的培训后提前结束服务期，从而给企业带来培训费用等直接经济损失和重新选拔、录用和培训新人所带来的各种间接成本。它是合理保护企业利益，规范核心员工随意跳槽、解除劳动合同的一种法律手段和人力资源管理措施。

二、选择哪些员工去培训

【案例】

　　某公司新招聘2名工作人员小张和小李，公司与这2名新员工签订了3年的劳动合同，约定试用期为3个月。试用期内小张和小李表现都不错，公司也缺乏高级技术人员，于是决定为两人各出资2万元进行为期 20 天的专业技术培训。但是，小张在试用期届满前 5 天通知公司要解除劳动合同，小李在试用期过后的 1 个月也通知公司要解除劳动合同。公司对小张和小李的答复是：解除劳动合同可以，但必须赔偿公司支付的培训费。小张和小李均不同意赔偿 2 万元的培训费。公司最后提起仲裁，仲裁的结果是小李需要赔偿公司的培训费，小张无须支付培训费。

随着经济社会的迅速发展，企业的竞争更多地体现在人才的竞争上。企业核心人力资源的产生和吸纳主要有两个渠道：一是内部培养，着重从内部选拔；二是从外部通过"猎头"寻找优秀人才。企业通过内部培训和外部培训等人力资本投入，提升员工的素质和能力，以满足企业持续发展的需求。为规范企业人力资本投入与员工离职之间的权利、义务，法律规定双方可以签订培训协议，约定服务期。这里所说的培训是指用人单位为劳动者提供专项培训费用，对其进行专业技术培训，用人单位可以因此与劳动者订立培训协议、约定服务期的情形。应当选择哪些员工去参加这种培训呢？本案例中，由于企业选择了不同的培训对象，其后果也截然不同。那么，企业在培训对象的选择上，应当注意哪些问题呢？

1. 尽量不要为处于试用期的员工提供专业技术培训

员工在试用期内与试用期过后离职的责任完全不同。《劳动部办公厅关于试用期内解除劳动合同处理依据问题的复函》规定："用人单位出资对职工进行各类技术培训，职工提出与单位解除劳动关系的，如果在试用期内，则用人单位不得要求劳动者支付该项培训费用。如果试用期满，在合同期内，则用人单位可以要求劳动者支付该项培训费用。"员工在试用期内离职之所以不用支付公司的培训费，是因为劳动者在试用期内享有对合同的任意解除权，这是法律赋予的特权，用人单位无权以合同、协议等形式加以限制。本案例中公司出资培训小张和小李，而小张是在试用期内提出与公司解除劳动合同的，故不需要赔偿公司的培训费；小李是在试用期届满后提出与公司解除劳动合同的，故应当赔偿公司的培训费。

2. 核心员工

对核心员工的理解可以从对用人单位的影响以及自身的替代性来考虑。首先，核心员工必须能够创造高绩效并对用人单位的发展具有重要的影响，这也决定着这部分员工通常掌握着用人单位的核心商业机密，很大程度上左右着用人单位的发展命运；其次，其能力素质或者经验积累模式难以迁移或扩散，具有不可替代性，也可以说是在劳动力市场上比较稀缺。为了维持用人单位的持续竞争力，客观上需要对核心员工进行相应的人力资源培训和开发。

所以，企业决定对员工出资进行培训时，即使对员工的表现很满意、很信任，打算将其培育成核心骨干员工，也不要轻易对处于试用期内的员工进行培训，否则，试用期内员工离职，企业将束手无策。

三、如何认定"专项培训费用"

【案例】

小彭大学毕业后进入了一家著名的跨国公司，被要求与公司签订一份培训协议，协议中双方约定小彭加入一个专门为大学毕业生设计的所谓"明日之星"项目，由公司出资对小彭进行为期两年的"量身定做"的培训；培训完成之后，小彭要为公司服务3年；协议中并且约定了各项违约责任。培训届满之时，公司向小彭发出了劳动合同。但是，小彭认为该"培训"名不副实，干活一点不比老员工少，工资却拿的是试用期工资，故不愿意再签署劳动合同为公司服务，继而提出离职。公司随即以小彭违反服务期约定为由向小彭索要巨额违约金。小彭认为公司根本没有为自己提供过任何专业技术培训，更不要谈为自己支付过专项培训费用，并且要求公司拿出相关证据。双方争执不下。

这是一则由于劳资双方对培训的认识产生分歧而引起的劳动争议。双方争议的焦点在于：哪些费用可以被算作"专项培训费用"？什么样的培训才是"专业技术培训"？

《劳动合同法》规定，用人单位为劳动者提供专项培训费用，对其进行专业技术培训的，可以与该劳动者订立协议，约定服务期。《劳动合同法》当中所规定的"专项培训费用"，是指用人单位因对劳动者进行专业技术培训而支出的专门费用，但它具体包含哪些费用，《劳动合同法》当中并未明确说明。因此才会出现案例中小彭和公司之间对专项培训费用、专业技术培训方面产生的纠纷。对此，《实施条例》第16条从财务上对培训费用作出了补充说明，规定：《劳动合同法》第22条第

2 款规定的培训费用，包括用人单位为了对劳动者进行专业技术培训而支付的有凭证的培训费用、培训期间的差旅费用以及因培训产生的用于该劳动者的其他直接费用。企业只有向劳动者支付了有支付凭证的培训费用，才能视为向劳动者提供了专项培训费用，即认定专项培训费用必须具有支付凭证，这是对专项培训费用的认定提出的要求。同时，专项培训费用并不仅限于企业对员工进行专业技术培训所支付的直接费用，也包括培训期间的差旅费，以及因培训而产生的用于该员工的其他直接费用，当然，这些费用也需要有支付凭证。

法律之所以强调"培训费用"须有支付凭证，主要是要区别于一般性质的培训，如员工入职培训、上岗培训等，这些培训通常是国家有关法律、法规规定的，对职工特别是一线职工的教育和培训。对员工进行必要的上岗培训是企业的一项义务，费用由单位从职工工资总额中按一定比例提取，作为职工教育培训经费支付，通常不属专项培训。同时，强调"培训费用"须有支付凭证，也是为了避免类似案例中所谓的那种"光干活、不培训"的"培训"。因而，案例中的企业如果拿不出证据来证明对小彭支付过专项技术培训费用，就不能以此为由要求小彭支付违约金。

因此，企业出资对员工进行专业技术培训，在签订培训协议约定违约金时，应注意：一是强调"培训费用"须有支付凭证。二是为培训支付的培训费用，一定要注意保留支付凭证。做实做细财务，在财务中明确列出为员工进行专业技术培训所支付的费用，并注意保存凭据，以便在发生争议时有足够的证据来证明自己的主张。

四、服务期与合同期不一致怎么办？

【案例】

周先生与某制造公司签订了为期 3 年的劳动合同，任该公司技术主管。合同履行期间，公司为了落实新产品开发中某项技术的应用，派周先生接受应用技术的培训，并为周先生的培训出资 10 万元。在培训前，双方签订了培训和服务期协定：公司出资派周先生出国接受技术培训，培训费用由公司全额承担，周先生培训归来后应为公司服务 5 年，否则按未服务年限赔偿培训费。周先生培训结束后回企业工作，劳动合同即将期满，但距离周先生的服务期还有 2 年多。公司提出应当续延劳动合同至服务期满，但周先生不同意，双方未能达成一致。公司认为周先生的服务期尚未结束，通知周先生继续工作。周先生则认为，双方不能就变更合同期限达成协议，原合同就应期满终止，并在原劳动合同期满后离开了公司。双方因此发生争议。

这是一则因劳动合同期限与服务期产生冲突引发的劳动纠纷。案例中，某制造公司与周先生争议的焦点在于，当服务期长于劳动合同期限的时候，应当如何处理。《劳动合同法》对这一问题没有作出明确规定。在人力资源管理实践中，员工和企业经常由于服务期和劳动合同期限的冲突产生劳动纠纷。服务期是指用人单位与劳动者约定的，劳动者因享有用人单位给予的特殊待遇而承诺必须为用人单位工作的期限。劳动合同期限是指劳动合同所约定的权利和义务生效的期限。服务期与劳动合同期限既有联系，也有区别。其联系表现在：两者都属于劳动关系存续的一种期限，均以劳动关系的存续为其前提。其主要区别在于：服务期是劳动者因享受用人单位特殊待遇而作出的承诺，而劳动合同期限一般不以劳动者享受用人单位特殊待遇为条件；服务期与劳动者享受特殊待遇相对应，对劳动者有约束力，而劳动合同期限依据我国《劳动法》第31条的规定，对劳动者几乎没有约束力；一般劳动合同期限约束的是所有劳动者，强调用人单位和劳动者双方权利、义务的平衡，而服务期所约束的主要是具有竞争优势的受过专业技术培训的劳动者。

《实施条例》第17条规定："劳动合同期满，但是用人单位与劳动者依照劳动合同法第二十二条的规定约定的服务期尚未到期的，劳动合同应当续延至服务期满；双方另有约定的，从其约定。"服务期是劳动者因接受用人单位给予的特殊待遇而承诺必须为用人单位服务的期限，是劳动者与用人单位之间在劳动关系存续期间因为培训事项作出的特别约定，实际是对原劳动合同期限的一种变更，因而，在劳动合同期满而服务期尚未到期时，劳动合同应当续延至服务期满。劳动者违反服务期约定的，应当承担违约责任。案例中，某制造公司在合同期限内出资对周先生进行了培训，双方签订了培训和服务期协议，周先生应当履行为某制造公司服务5年的承诺义务。现在，周先生在服务期限未满的情况下终止履行劳动合同，属于违约行为，应当依法承担违约责任。

企业在处理培训服务期与劳动合同期限时，应注意：一是尽可能保持合同期限与服务期一致，在约定服务期时，如服务期长于合同期，应及早变更合同期限，妥善处理处于服务期内员工的劳动合同期限变更事宜，避免因服务期与劳动合同期限不一致产生纠纷。二是注意在服务期内企业不得有违法行为，若企业有违反《劳动合同法》的不当行为，则员工可以不受服务期的限制，可随意解除合同并无须支付违约金。三是虽然《实施条例》规定了服务期限与合同期限不一致的处理办法，但在实践中，即使通过服务期规定勉强留住了员工，也难免对员工的士气以及企业归属感等方面产生影响，即通常所说的"留得住人，留不住心"。因此，企业还是要注意通过其他人力资源政策和措施真正留住员工。

五、如何约定违约金

【案例】

小杨大学毕业后一直没有找到令自己满意的工作，后来参加了一个大型的校园招聘会，不久就接到了某玻璃仪器厂的面试通知。经过几轮筛选，小杨最后胜出，被玻璃仪器厂录用，从事技术类工作，双方签订了为期 3 年的劳动合同。

小杨在试用期内表现良好，试用期结束后厂领导希望把他培养成该厂的技术骨干并长期留用。为了提高小杨的专业技能，厂方派他到国外参加专业技术脱产培训 1 个月，培训费用为 6 万元，由玻璃仪器厂全额支付。为了防止培训后小杨跳槽给该厂造成损失，双方签订了一份培训协议作为劳动合同的附件。协议规定：小杨接受培训后要为工厂服务 5 年，若他在这期间提出解除劳动合同，应当支付该厂违约金共计 8 万元，按照培训结束后工作每满 1 年减免赔偿 20% 的方法支付。

经过几年的发展，该厂经营效益大幅增长。第三年的时候，另外一家玻璃仪器厂私下里找到小杨，愿意高薪聘请他作技术总监。面对更好的待遇和发展前途，小杨有些动摇了。于是，该年年底，小杨以劳动合同到期为由，要求终止劳动关系。厂方认为小杨还在培训协议约定的服务期内，应当续订劳动合同，继续履行服务期约定；若想解除劳动关系，应该按照协议的规定支付违约金 3.2 万元。

小杨不服，向当地劳动仲裁委员会申诉。仲裁结果为：小杨提前结束服务期违反了培训协议的约定，需要向厂方支付未履行的两年服务期所应分摊的培训费用作为违约金，但是按照规定最多支付 2.4 万元。

这是一起因为劳动者违反培训协议的服务期约定而引发的关于违约金支付的劳动争议。

《劳动合同法》22条第2款规定：劳动者违反服务期约定的，应当按照约定向用人单位支付违约金。违约金的数额不得超过用人单位提供的培训费用。用人单位要求劳动者支付的违约金不得超过服务期尚未履行部分所应分摊的培训费用。

根据本条对于违约金约定和支付的规定：首先，劳动者违反了服务期约定，就应当支付违约金；其次，约定的违约金总额要封顶，即不能超过用人单位提供的培训费用；最后，违约金的支付要封顶，即不能超过尚未履行的服务期所应分摊的培训费用。之所以要封顶，是因为规定违约金的主要目的是补偿用人单位的损失，在一定程度上也可以限制劳动者过于频繁地跳槽。然而，过高的违约金对劳动者带有强烈的惩罚色彩，而且可能成为束缚劳动者自由择业的枷锁，从而不利于劳动力资源的合理、优化配置。

本案例中，用人单位玻璃仪器厂给小杨提供专项培训费用，进行为期1个月的国外脱产专业技术培训，并在培训协议中约定了5年的服务期，双方签订的培训协议是合法、有效的；小杨在接受了单位的出资培训以后，应当承担为单位服务5年的义务；劳动合同期满后，单位要求小杨劳动合同续延至服务期满，是合法的。小杨提前结束服务期，违反了服务期约定，依法应当承担相应法律责任，应当向玻璃仪器厂支付违约金。但双方约定违约金的支付数额为8万元，超过了单位实际支付的培训费6万元，违反了违约金总额封顶的规定，属于无效条款。因此，小杨最多按照6万元来分摊，每年分摊1.2万元，未履行的服务期实际为两年，按照培训协议规定工作每满1年减免赔偿20%，即支付封顶的规定，劳动仲裁委员会裁定小杨最多支付2.4万元违约金是合法的。

需要注意的是：《劳动合同法》关于培训后服务期限和违约金的规定，其目的并不是禁止劳动者流动，而是为了规范有序流动。也就是说，企业在对员工进行培训时，并不能指望约定了服务期，劳动者就不能走了。而是说，即使在签订服务期的情况下，劳动者仍有选择流动的权利，只不过在违约的情况下要支付用人单位相应的培训费损失。因而，对企业来说，虽然可以通过约定服务期和违约金来规范人员跳槽，但只凭一纸培训协议来留住人才显然不够。人力资源培训开发制度只有与其他制度，如绩效管理、薪酬制度相配套，才能有效发挥作用。

另外，企业应当注意区别违约金与赔偿金，不能把二者混为一谈。虽然它们都是违反劳动合同所应当承担的责任；承担违约金和赔偿金的主观要件都是一方当事人有过错，客观要件都是有违约事实，但是它们有以下几点区别：

(1) 支付依据不同

违约金是一方当事人违反合同约定需要承担的责任。劳动合同的违约责任只有根据法律规定才能约定。根据《劳动合同法》第 25 条的规定，企业可以与劳动者约定由劳动者来承担违约金的情形只有两种情形：一是违反培训协议约定的服务期可以约定违约金；二是劳动者违反约定的竞业限制条款，在竞业禁止期限内到与本企业有直接竞争关系的企业从事相同工作，可以约定违约金。除此之外不得再约定其他违约金条款。违约金要以合同事先约定为前提。而赔偿金即赔偿责任则是法律规定的，根据《劳动合同法》第 90 条，劳动者违反本法规定解除劳动合同，或者违反劳动合同中约定的保密义务或者竞业限制，给用人单位造成损失的，应当承担赔偿责任。也就是说赔偿金的支付，要以给另一方当事人造成损失为前提。赔偿金的给付要按照实际造成的损害结果来进行，而无论合同是否有相应约定。

(2) 功能不同

支付违约金的条件是要有违约事实，而不论对方是否存在损失，因而违约金具有惩罚的性质；而支付赔偿金不仅要有违约的事实，更重要的是要有实际损失，赔偿金通常具有补偿的性质。

(3) 数额与实际损失的关系不同

由于违约金是事先在劳动合同中约定的，因而实际发生的损失与约定的数额可能不一致；而赔偿金则是完全根据实际损失的大小来确定的。

六、服务期内，企业也要正常调整员工工资

【案例】

小张从职业技术学校毕业后进入了一家化工厂，不久，由于专业人才的特殊需求，厂领导决定把小张派往北京总部接受为期两个月的脱产专业技能培训，培训费用全部由厂里支付，双方签订了一份服务期协议，规定小张培训归来后要为工厂服务 5 年，同时工资将由现在的每月

2 000元提高到2 500元。培训结束后，小张开始履行服务期。从第三年开始，企业调整了薪酬战略，将管理岗位的工资全部上调，与小张相同岗位的月工资已经上调到了3 500元，但是小张的工资并没有因此而调整，小张觉得对自己不公平，要求厂方按此标准上调自己的工资，厂方称当初小张脱产培训已经享受了厂方的全额费用支持，而且培训协议中明确规定小张服务期内的劳动报酬是2 500元/月，小张对此并无异议，因而拒绝为其提高工资待遇。双方争执不下。

这是一起服务期内员工与企业因薪酬调整而产生的劳动纠纷。案例中双方争议的焦点在于：员工在与企业约定的服务期内，是否适用企业的正常工资调整机制？

《劳动合同法》第22条第3款规定："用人单位与劳动者约定服务期的，不影响按照正常的工资调整机制提高劳动者在服务期期间的劳动报酬。"根据规定，员工在服务期内，应当享受按照正常的工资调整机制提高其劳动报酬的权利。这一规定是为了保护员工在服务期间的劳动报酬按照正常的工资调整机制进行调整。

工资调整机制，是指企业根据经营利润状况、自身发展需要、绩效考核结果以及其他客观条件等因素，对员工的工资收入水平进行调整的机制。培训协议中约定的工资待遇虽然是双方的真实意思表示，具有明确性，但同时也存在局限性和固定性，在服务期比较长的情况下，恐怕难以适应劳动力薪酬市场的浮动，也无法准确体现员工在服务期内劳动生产力的实际价值；此外，由于工资的刚性特点，企业工资总体上通常呈现出不断上涨的趋势，而《劳动合同法》上述规定恰好保证了动态的"同工同酬"。案例中，化工厂与小张约定的服务期为5年，自第三年开始为了吸引人才将同岗位工资线上调1 000元/月，企业以小张处于服务期为借口拒绝调整小张的工资待遇是违法的，理应答应小张的合理要求。企业在履行培训协议的过程中要注意法律的相关规定，不能只凭一纸约定剥夺劳动者享受工资调整和同工同酬的权利。

第四章

留住核心员工之道：竞业限制

　　商业机密和知识产权是企业的核心竞争力之源，也是企业安身立命之本。企业从外部引进人才，常常会涉及商业秘密和竞业限制问题。如何防范和规避核心员工的流动，对核心员工进行合法、有效的管理，是对人力资源管理的一大挑战。那么，如何防止企业核心员工泄露商业机密呢？怎样防止其他企业恶意"挖墙脚"？您是否也在为这个问题苦苦思索呢？不用着急，通过本章对相关法律规定的详细介绍，相信可以帮您找到完美的解决之道。

一、如何有效保护用人单位的商业秘密

【案例】

　　2006 年 8 月 30 日，某电脑报及部分网站上刊登了某网络公司对 6 位前雇员的"通缉令"，大致意思是该 6 名员工与公司存在竞业禁止协议，希望同行业企业不要雇用此 6 人，以免引起纠纷（连带责任），并公布了这 6 名离职员工的姓名、照片、身份证号码。继"真人通缉令"之后，该网络公司针对 2006 年离职的游戏开发团队的主要员工，又举起劳动索赔的大旗，在不同的法院提起诉讼共 43 起，其中个案的索赔金额达 600 万元。2007 年 5 月 22 日下午，这一系列纠纷中的一案在某法院开庭审理。此案的被告童某、赵某等 5 位，都曾为该网络公司的网游核心开发人员，离职前，他们正在开发、完善两款网络游戏。2006 年七八月份，游戏开发团队的领军人物赖某突然被公司开除，引发争议，童某等人随后提出辞职。该网络公司在法院诉称，童某等 5 人提出离职后，未经公司许可，便拒绝到公司上班，也不肯向公司指定的工作人员交接工作。公司与一马来西亚公司签约的升级

游戏项目被迫中断，公司前期投入的开发费用也付诸东流，所以，向每个被告索赔提前离职造成的经济损失 200 万元，并请求判令 5 人履行交接手续。

2007 年 3 月，该网络公司再次在法院提起诉讼，要求 5 被告共同赔偿因未依法办理离职交接手续给原告造成的损失共计人民币 574.4 万元、美元 5 万元。该劳动争议案已被受理。庭上，该网络公司改变诉求，只依据"员工服务期协议"向 5 名被告索取 16 万元到 30 万元不等的违约金共 112 万元，离职赔偿金并入 3 月份起诉的案件里。原告代理人表示，5 名被告作为公司核心开发人员，都与公司签订了"员工服务期协议"，他们提前离职 20 个月，按规定，要付给公司月薪乘以 20 个月的违约金，这样算下来 5 人的违约金为 16 万元至 30 万元不等。5 被告表示，2006 年 7 月 17 日，他们提出离职后，并没有离开公司，而是等待办理相关手续，但后来由于人身安全受到威胁，他们从 2007 年 8 月 5 日起，不再到公司去。另外，被告代理律师表示，原告并没按照"员工服务期协议"给几位被告特殊待遇，所以，这些条款只是单方面约束员工，显失公平，是无效的。此前，劳动仲裁也认为双方所签的不是服务期协议。本案尚在审理中。该网络公司与离职员工间的诉讼案件已经达到了 43 起之多，其中 13 起为员工起诉公司、30 起为公司起诉员工，员工起诉公司的 13 起中，已有 7 起结案，全部为员工胜诉；公司起诉员工的 30 起案件中，已撤诉 1 起、判决 1 起，判决的为员工胜诉。[①]

跳槽、离职是在任何行业都很正常的行为，业内主创人员离职，甚至带着团队集体离职的事情也屡见不鲜，尽管干系重大，像该网络公司这样对离职人员发出"业界封杀令"并动用法律手段追究责任的却不多。"竞业限制"是否也要有合理边界？该网络公司"封杀员工"一案对于司法实践中以及《劳动合同法》中关于"竞业限制"规定的探讨有重要参考意义。按照《劳动合同法》的规定，用人单位和劳动者签订保密协议，约定竞业限制条款的，应该约定在员工解除或者终止劳动合同后，在竞业限制期限内按月给予劳动者经济补偿。竞业限制协议应该是在双方自愿的情况下签署的，同时需要双方的共同遵守。若用人单位没

---

① 参见《2007 年十大劳动争议案件：中国首例员工封杀令——游戏公司向离职员工索赔百万》，载《法制日报》，2008-01-20。

有给劳动者竞业限制补偿金的，就不能要求劳动者履行竞业限制义务。另外，员工在离职时未作工作交接的，公司可以要求其承担赔偿责任，但是前提是公司有证据证明自己的经济损失。用人单位积极寻求合法的手段维护自己的合法权益，是值得肯定的，但任何维权行为均应符合法律的规定，并应有合法、有效的证据，同时，亦应注意管理的尺度问题。

为了规范保密和竞业限制中用人单位与劳动者的权利和义务，《劳动合同法》第 23 条规定："用人单位与劳动者可以在劳动合同中约定保守用人单位的商业秘密和与知识产权相关的保密事项。对负有保密义务的劳动者，用人单位可以在劳动合同或者保密协议中与劳动者约定竞业限制条款，并约定在解除或者终止劳动合同后，在竞业限制期限内按月给予劳动者经济补偿。劳动者违反竞业限制约定的，应当按照约定向用人单位支付违约金。"

《劳动合同法》第 24 条规定："竞业限制的人员限于用人单位的高级管理人员、高级技术人员和其他负有保密义务的人员。竞业限制的范围、地域、期限由用人单位与劳动者约定，竞业限制的约定不得违反法律、法规的规定。在解除或者终止劳动合同后，前款规定的人员到与本单位生产或者经营同类产品、从事同类业务的有竞争关系的其他用人单位，或者自己开业生产或者经营同类产品、从事同类业务的竞业限制期限，不得超过二年。"

这一规定表明，用人单位可以通过在合同中与劳动者约定相应的条款，达到防范员工泄露自身的商业秘密和与知识产权相关的信息的目的。即法律允许劳动关系的双方当事人通过合同约定有关保守商业秘密和与知识产权相关的事项的权利和义务。

商业秘密，是指不为公众所知悉，能为权利人带来经济利益，具有实用性并经权利人采取保密措施的技术信息和经营信息。"技术信息和经营信息"，包括设计、程序、产品配方、制作工艺、制作方法、管理诀窍、客户名单、货源情报、产销策略、招投标中的标底及标书内容等信息。商业秘密具有三个特点：其一，不为公众所知悉，指该有关信息不为其信息所属领域的相关人员普遍知悉；该信息在通常情形下不容易从公开或半公开的场合获得。凡是公众所知晓的信息都不属商业秘密范围。其二，能为权利人带来经济利益，具有实用性。商业秘密必须具有商业价值，可以是现实的商业价值，也可以是潜在的商业价值，这些商业价值可以给权利人带来竞争优势。其三，经权利人采取保密措施。此种措施包括限定秘密公开范围，在涉密信息的载体上标有保密标识或者采取保密码，签有保密协议，对于涉密的场所限制来访者等。

"与知识产权相关的事项"，是《劳动合同法》新提出的一项保密内容，是指尚未依法取得知识产权，但与知识产权相关的需要保密的事项。知识产权（Intellectual Property）原意是指"知识财产"或"知识所有权"。知识产权是一种无形财产权，是从事智力创造性活动取得成果后依法享有的权利。根据 1967 年在斯德哥尔摩签订的《建立世界知识产权组织公约》的规定，知识产权包括下列各项知识财产的权利：文学、艺术和科学作品；表演艺术家的表演及唱片和广播节目；人类一切活动领域的发明；科学发现；工业品外观设计；商标、服务标记以及商业名称和标志；制止不正当竞争以及在工业、科学、文学或艺术领域内由于智力活动而产生的一切其他权利。总之，知识产权涉及人类一切智力创造的成果。从法律上看，知识产权具有三个特征：（1）地域性，即除签有国际公约或双边协定外，依一国法律取得的权利只能在该国境内有效，受该国法律保护；（2）独占性或专有性，即只有权利人才能享有，他人不经权利人许可不得行使其权利；（3）时间性，各国法律对知识产权保护分别规定了一定期限，期满后权利自动终止。

保守用人单位的商业秘密和与知识产权相关的保密事项，是劳动者的法定义务，是劳动者对用人单位的忠诚义务的要求和具体体现。用人单位与劳动者可以在劳动合同中约定保守用人单位的商业秘密和与知识产权相关的保密事项是劳动者的义务，并确定具体的违反这一义务应承担的责任。实践中，劳动者泄露用人单位秘密的最常见的方式，就是在解除或者终止劳动合同后，到与本单位生产或者经营同类产品、从事同类业务的有竞争关系的其他用人单位工作，或者自己开业生产或者经营与本单位有竞争关系的同类产品、从事同类业务，在这一过程中利用原用人单位的商业秘密。在一个市场竞争时代，技术、经营信息作为企业的核心机密，具有极高的价值。商业秘密和与知识产权相关的保密事项是企业参与市场竞争的秘密武器，伴随着巨大而核心的经济利益，也存在相当的泄密产生的道德风险和法律风险。员工作为企业的内部成员，最有可能接触到企业的商业秘密，因此，如何让自己的员工保密无疑是企业商业秘密保护的最重要的手段之一。除了反不正当竞争法、刑法等法律对商业秘密进行保护之外，劳动立法也对企业商业秘密保护作出了相关规定。

《劳动合同法》对商业秘密保护的规定主要是从合同的角度予以规定，主要包括保密义务和竞业限制两个方面。竞业限制，是指用人单位与本单位的高级管理人员、高级技术人员和其他知悉其商业秘密的劳动者，在劳动合同或者专项协议中约定的，劳动者在劳动合同终止或者解除后的一定期限内，不得到生产与本单位同类产品或者经营同类业务的有竞争关系的其他用人单位工作，也不得自己开业生产或者经营与用人单位有竞争关系的同类产品或者业务的规定。竞业限制的实质是对劳动者择业权的限制，其目的在于保护用人单位的商业秘密。竞业限制，是解决劳动者劳动权、择业自由与公平竞争市场规则冲突的有效途径。劳动合同解除或者终止后，劳动者重新择业，通过劳动换取报酬，这是法律赋予劳动者的基本权利，但劳动者行使这一基本权利，可能造成不正当竞争。劳动者离开原单位后，如果将从原单位获得的商业秘密应用于新用人单位的经营中，就与原单位形成了不正当竞争，给原单位造成了损失。因而，如何平衡保护劳动者的择业自由权与维护平等竞争的市场法则之间的关系，就成为一个重要问题。竞业限制制度，一方面，要在一定程度上限制劳动者的择业自由，防止其重新就业后造成与原单位的不正当竞争，另一方面，又要通过竞业限制经济补偿，补偿劳动者因择业自由受到一定限制而遭受的损失。

竞业限制往往与商业秘密的保护联系密切，竞业限制是保护用人单位商业秘密的手段之一。通过签订竞业限制协议，减少劳动者泄露、非法使用用人单位商业秘密的机会。竞业限制与商业秘密保护既有联系，又有区别。竞业限制协议的存在可以是保护商业秘密的一个手段，但竞业限制本身并不等同于商业秘密保护；竞业限制的内容也不仅仅是保护商业秘密。反之，商业秘密的保护并不只有竞业限制一个途径。具体讲，商业秘密保护与竞业限制的区别在于：（1）功能不尽相同。保密义务主要限于保护企业商业秘密，竞业限制既可能是保护商业秘密，也可能只是约束劳动者就业机会或应对竞争对手挖人。（2）义务产生基础不同。保密义务的产生是基于法律规定，或者基于劳动合同的附随义务，不管双方是否有明示的约定，员工在职期间和离职以后均须承担保守单位商业秘密的义务。而竞业限制义务则是基于双方之间约定而产生的，无约定则无义务。（3）约束期限不同。保密义务的存在是没有期限的，只要商业秘密存在，义务人的保密义务就存在；而竞业限制的期限由当事人具体约定，这个期限包括劳动关系存续期间和双方约定的劳动合同终止或解除后一段时间，而且在劳动合同终止或解除后的期限不能超过两年。（4）补偿对价关系不同。员工承担保密义务不需要权利人支付保密费；而对于离职后履行竞业限制义务的劳动者，用人单位则需支付合理的补偿费。（5）法律责任形式不同。违反保密义务的员工，应当承担相应的民事责任；构成犯罪的，承担刑事责任。而违反竞业限制义务的责任人通常只需要依据约定承担民事责任。

因此，从用人单位的角度来看，为了保护自身的商业秘密和与知识产权相关的事项不被侵害，可以对负有保密义务的劳动者，在劳动合同或者保密协议中约定竞业限制条款。

二、如何约定竞业限制条款

【案例】

潘某是西安某大学机械电子工程专业的高材生。在校期间，他取得了很多骄人的学术成绩。2006年7月份本科毕业后，潘某被美国某著名机电研究院选中，作为国际优秀培养生前往该研究院学习。经过两年的努力，潘某顺利取得该研究院颁发的硕士学位。2008年9月，潘某回国后被北京市一家大型机电公司高薪聘为机电工程师，负责企业的所有研制和开发工作。鉴于潘某这样的人才在市场上很紧缺，企业负责人怕万一哪天他被别的企业挖走了会把自己单位在业界领先的技术信息透露出去，于是单位在潘某的劳动合同中加了竞业限制条款。条款规定：潘某与本单位解除或终止劳动合同后，在两年内不得到国内任何一家与机电相关的企业工作，否则就要赔偿违约责任。潘某拿到劳动合同后，发现其中关于竞业限制的条款太苛刻，他找到单位负责人要求重新商定竞业限制的范围和地域，否则拒绝签合同。

这是一个有关如何约定竞业限制范围和地域的问题。

《劳动合同法》第24条规定，竞业限制的范围、地域、期限由用人单位与劳动者约定，竞业限制的约定不得违反法律、法规的规定。

竞业限制，是指用人单位与本单位的高级管理人员、高级技术人员和其他知悉其商业秘密的劳动者，在劳动合同或者专项协议中约定的，劳动者在劳动合同终止或者解除后的一定期限内，不得到生产与本单位同类产品或者经营同类业务的有竞争关系的其他用人单位工作，也不得自己开业生产或者经营与用人单位有竞争关系的同类产品或者业务的规定。法律要求用人单位和劳动者在法律规定的原则下，自行商议决定限制的范围、地域、时间、经济补偿以及违约责任等，体现了"有限制的意思自治原则"。案例中，机电公司单方决定竞业限制内容的做法是错误的。用人单位在和劳动者约定竞业限制的范围、地域时，应该考虑到这些限制条件与劳动者利益密切相关，因此不宜限制过严。若竞业限制的范围太大，就会使劳动者无法运用多年积累的专业技术、知识选择合适的工作，这实际上是变相地剥夺了劳动者的就业权。所以，竞业限制的范围应当限定在劳动者所从事的特定业务，而且是与原单位构成竞争关系的其他用人单位，而不应扩大到整个行业。竞业限制的范围，既包括自己生产经营，也包括到与本单位有竞争关系的其他用工单位。双方应尽可能约定能够预计到的，在法律规定的范围内所有的可能区间。竞业限制期限，是劳动者接受竞业限制的时间，从劳动合同解除或者终止之日起，到竞业限制期限届满结束。竞业限制期限最长不得超过 2 年。也就是说，劳动合同解除或者终止最长 2 年后，劳动者不再受竞业限制的约束。

总之，企业在约定竞业限制条款时，应当注意：一是坚持平等自愿、协商一致原则。有关竞业限制的范围、地域、期限等要与员工协商确定，单方决定无效。二是坚持公平原则，合理确定双方的权利、义务，照顾双方利益。三是约定不违法，如竞业限制一定要支付劳动者经济补偿，而且经济补偿的支付时间、周期以及方式也必须合法。

三、竞业限制要支付劳动者经济补偿

【案例】

2006 年 1 月，经朋友推荐，张先生到北京市某设计公司担任技术部门主管的职务，双方签订了 2 年期的劳动合同。张先生从事产品开发工作，与其主管部门的几名技术人员一起开发了一种新产品，为公司带来了很好的收益。为了保证新产品的顺利开发及以后的合理利用，公司要求与张先生等员工签订竞业限制条款。条款约定：双方在解除或终止劳动合同后，张先生自离开公司之日起 1 年内，不得到生产经营同类产品或业务且有竞争关系的其他公司任职；也不得自己生产经营与本公司有竞争关系的同类产品或业务，否则将赔偿企业的经济损失。

2008年1月，张先生的劳动合同期限即将到期，公司为了强化产品开发力度，计划找一个更合适的技术人员担任技术部门主管。于是，公司通知张先生：劳动合同到期后不再续订。张先生接到公司的通知后，要求公司考虑以往情况给予留任，但公司表示已有合适人选，希望张先生谅解。于是，张先生在合同到期后只能按期办理了相关离职手续。结算工资时，张先生要求公司给予竞业限制补偿金，公司表示以后看情况再定。合同终止后，张先生离开了公司，考虑到曾经与原公司有过一个"在一年内不得前往与公司有竞争业务的单位工作"的协议，因此，半年过去了，张先生尚未找到一个比较满意的工作。为了维持生计，张先生再次向原公司提出支付经济补偿金的要求，公司此时表示：因为公司未支付张先生经济补偿金，所以张先生也不必遵守竞业限制的协议，可以尽管去找合适的工作。张先生认为公司应在合同终止时即告知不必遵守协议，现在告知则应赔偿自己半年来的经济损失。在进一步交涉未果的情况下，张先生即向劳动争议仲裁委员会申请仲裁，要求原公司赔偿半年来的经济损失。

这是一起有关用人单位拒绝支付竞业限制经济补偿的案例。

《劳动合同法》第23条第2款规定，对负有保密义务的劳动者，用人单位可以在劳动合同或者保密协议中与劳动者约定竞业限制条款，并约定在解除或者终止劳动合同后，在竞业限制期限内按月给予劳动者经济补偿。

该条规定意味着，用人单位与劳动者约定竞业限制条款后，在要求劳动者履行保守秘密的同时，必须相应地给予劳动者一定的经济补偿。因为劳动者履行竞业限制会对自己的再次就业产生极大的影响，甚至会直接导致其无法在自己的专业范围内就业，因此，企业为其支付一定的经济补偿金是对劳动者保守商业秘密而带来的个人损失的弥补。

竞业限制条款是劳动合同的补充条款，因此，用人单位与劳动者可以根据自身情况商量约定，而不是必须约定。竞业限制内容涵盖了双方当事人的权利和义务，具体包括：竞业限制的范围、地域，经济补偿金的数额及支付方式，竞业限制的期限，违约金的支付等相关内容。竞业限制条款的实质是对员工将来的就业范围进行一定限制，以更好地保护企业商业秘密。但同时需企业对负有竞业限制义务的员工给予一定的经济补偿，否则，竞业限制义务将自动终止。补偿的标准应根据保护商业秘密给企业带来的效益，竞业限制的区域、期限等因素，由双方共同约定。如果用人单位拒绝支付竞业限制经济补偿金的话，竞业限制条款不成立，劳动者不受此规定的约束。用人单位一定要弄明白这条规定，即只有支付了相应的经济补偿金，才能要求劳动者履行竞业限制的义务，否则竞业限制的义务不存在。在现实生活中，有时候用人单位与劳动者约定了竞业限制条款，但随着实际情况的发展，可能不需要劳动者再履行之前的竞业限制的约定。在这种情况下，用人单位需要提前1个月书面通知劳动者终止支付补偿，而劳动者从终止支付补偿之日起无须履行竞业限制义务。

四、哪些人需要约定竞业限制条款

【案例】

王某原在一家外资服饰公司工作，担任财会。后因身体原因，王某向公司提出辞职。本来这是一个劳动合同的解除问题，企业在收到王某的辞职报告后，按照有关劳动法规，为王某办理退工手续就行了。没想到的是，这家公司的总经理助理找到王某，要求她签订一份"解除劳动合同协议书"，该协议书对王某今后就业提出了竞业限制条款。

对企业的这个要求，王某感到不解。自己从事的不是什么保密工作，应该是没有竞业限制的。为了弄清楚有关竞业方面的规定，她来到劳动法律服务站咨询。在服务站，王某被法律工作者明确告知：竞业限制应该在签订劳动合同时就约定，或者签订附加的保密协议。了解了有关法规，王某知道企业的这个要求是无理的、于法无据的，自然就不愿意签订协议书。之后几天，总经理助理却多次要求王某签订协议书，并声称只要她签字，就可以马上办理退工手续，否则企业将对此事没完没了。面对威胁，王某聘请了律师，并由律师向该服饰公司发出协商解决双方争议的律师函，但是，该服饰公司在收到王某的律师函后，全然不当回事，既没有在3天内答复王某是否协商，也没有回复同意给王某办理退工手续。此后不久，该公司竟给王某寄来了旷工处理通知。就在王某与律师协商准备就旷工通知与企业交涉时，该企业又寄来第二份旷工处理决定。

在法律援助中心支持下，王某依法对这家服饰公司提起劳动争议诉讼。工会指派的代理人提出：王某根据法律规定，提前30日以书面形式向企业提出辞职，已经履行了劳动者的义务，企业应该依法为王某办理辞职手续；该服饰公司提出签订竞业限制条款，于法无据。在王某提出辞职，并到了法定解除劳动合同之日，企业不但不办理退工手续，却作出旷工处理决定，属于违法行为。

根据这三点，工会派出的代理人提出申诉请求：要求仲裁委依法撤销该公司对王某的"旷工"处理，并通报该公司全体职工，依法支付王某12月份的工资报酬2 500元；依法办理王某的退工手续，并依法支付延误劳动者享受失业保险待遇的经济赔偿⋯⋯

最后，王某终于拿到了胜诉的仲裁书，而且，仲裁委几乎全面支持了她的诉讼请求。[①]

这是企业和员工双方关于竞业限制条款约束对象争议所引发的劳动纠纷。双方争议的焦点在于：企业可以与哪些人员约定竞业限制条款？

《劳动合同法》第24条规定："竞业限制的人员限于用人单位的高级管理人员、高级技术人员和其他负有保密义务的人员。"对竞业限制的人员适用范围作出了明确规定。

竞业限制的人员范围，包括企业的高级管理人员、高级技术人员和其他负有保密义务的人员。高级管理人员指企业从事决策和管理事务的人，包括公司的董事、经理、监事，以及非公司制企业的厂长、经理或者其他负责人等；高级技术人员一般指在我国干部统计工作中拥有高级专业技术职称的人员，如高级工程师、主任医师、教授、高级会计师等；其他知悉企业商业秘密的人员指因为工作关系可能接触到企业商业秘密的人，包括文秘人员、档案保管人员、财务人员、市场计划与营销人员、公关人员、法务人员等。订立竞业限制协议必须具备一个前提条件：该员工所在岗位是掌握企业商业秘密的，应当承担保护商业秘密的义务。如果离开了商业秘密这个前提，竞业限制条款无疑就变成了"霸王条款"。在本案例中，企业不分青红皂白地与所有员工签订保密协议无疑是不恰当的，像王某这样接触不到企业商业机密的工作人员，没有必要签保密协议。

---

① 资料来源：南方人力资源网。

在信息技术高度发展的今天，如何全面保护好自己的商业秘密，是摆在很多企业领导面前的一道难题。竞业限制作为劳动者的一项义务，可以避免因劳动者利用从用人单位获得的有用信息和特殊技能进行不正当竞争，对于社会经济的发展和秩序有重要意义。但是竞业限制条款不能滥用，企业不能想和哪名员工签订就和哪位员工签订。签订竞业限制条款时，要注意主体是否恰当，必须确定限制对象是否掌握了企业的商业机密，是不是负有保密义务的人员。如果滥用竞业限制条款，就会侵害劳动者的合法权益。用人单位一定要把握好这个度，做到既保护自身的商业秘密，又不损害员工的利益。

五、竞业限制期限不得超过两年

【案例】

钱某大学毕业后进入了一家著名跨国软件信息技术公司，在第一次合同到期后，公司与钱某续订了 4 年期限的劳动合同，并提拔钱某为该公司技术开发部的技术总监。由于技术总监一职掌握着大量公司的核心技术和商业机密，公司在劳动合同中规定了竞业限制条款，条款中规定：双方在解除劳动合同之后，自钱某离职之日起 3 年内，钱某不得到生产经营同类产品或业务且有竞争关系的其他公司任职；也不得自己生产经营与本公司有竞争关系的同类产品或业务。如果钱某违反竞业限制条款中的相关规定，就将向企业支付违约金并赔偿损失。

钱某劳动合同到期后，由于与公司在待遇问题上存在较大争议，双方没能续签合同。钱某在离开公司后，发现由于竞业限制条款的限制，他很难再找到新的工作。想想这 3 年的漫长时光，钱某决定去找原公司协商一下看看能否将竞业限制期缩短，却被公司断然拒绝。钱某无奈之下，只好向仲裁机关提起仲裁。

这是一个因竞业限制时限引发的劳动纠纷。争议焦点在于：竞业限制究竟规定多长时间才合适？

《劳动合同法》第 24 条第 2 款规定："在解除或者终止劳动合同后，前款规定的人员到与本单位生产或者经营同类产品、从事同类业务的有竞争关系的其他用人单位，或者自己开业生产或者经营同类产品、从事同类业务的竞业限制期限不得超过两年。"

据此规定，企业与员工可以自由约定竞业限制的时限，但其最长不得超过两年，如果超过两年，超出部分无效。案例中，企业与钱某所约定的竞业限制期限为 3 年，超过《劳动合同法》中规定的竞业限制的最长时限，给钱某的职业生涯造成了非常严重的影响，钱某有权要求公司缩短竞业限制期限。

企业在与员工约定竞业限制时，应注意竞业限制的时限必须与客观情况相吻合，考虑到员工未来的生存与发展，并不得超过两年的最长期限。但同时应当注意的是，对于侵犯商业机密的行为，应依照有关法律规定追究当事人的法律责任，不受竞业限制最长期限不得超过两年的限制。

六、竞业限制记得要约定违约责任

【案例】

杨某是北京某大学 MBA 进修班的毕业生。2006 年 7 月 12 日，他到北京市某咨询有限公司担任咨询师的职位。双方签订了 2 年的劳动合同。合同中特别约定，杨某必须保守咨询公司的商业秘密，否则，承担相应的违约责任和损害赔偿责任。杨某也书面承诺：其在本公司工作期间所得知的相关情报，诸如顾客资料、薪酬支付体系、合约事项等，全部作为保密事项。如有违反，杨某将受到解雇处分，同时赔偿公司的经济损失。

由于杨某接的几个项目完成得都比较好，公司领导对其颇为满意，杨某由普通的咨询师做到了中层管理职位，后来又当上了业务部门的经理。杨某升到经理的职位时，公司与其约定了竞业限制条款。2008 年 7 月合同到期之前，这家公司发现，杨某在工作之余又和另外一家咨询公司签订了一份兼职协议书，其中明确约定，杨某是另一家公司的"兼职咨询师"，杨某为兼职公司联系所签的咨询合约按咨询费的 15％提成。杨某没有向自己的受聘公司提起这件事。原咨询公司认为，杨某此举违反双方之间的竞业限制约定，而且存在主观欺诈恶意，应赔偿损失。

到另一家公司做兼职的事情暴露后，双方合同期限也已届满，杨某索性带着自己的全部客源离开了"老东家"，将自己掌握的客户信息披露给"新东家"，导致两家大客户最终与其"新东家"签订了委托合同书。对此，杨某认为这是正当的人员流动，客户选择新的合作伙伴也是在市场机制下自由选择的结果，并没有违反法律。

"老东家"原咨询公司向杨某提出赔偿事宜，向北京市仲裁委员会申请提起劳动争议仲裁。仲裁委员会认为，杨某的行为已经违背了竞业限制规定，其行为违背了双方劳动合同中约定的保密事项和竞业限制规定，遂裁定杨某承担违约赔偿责任，维护了企业的合法权益。

这是一起关于劳动者违反竞业限制的案例。劳动者和用人单位约定竞业限制条款后，在领取竞业限制补偿金的同时，需履行自己的义务。用人单位可以同劳动者在竞业限制条款中明确约定违约责任，防止劳动者不顾及之前的约定而损害用人单位的利益。

《劳动合同法》第23条规定，劳动者违反竞业限制约定的，应当按照约定向用人单位支付违约金。

《劳动合同法》不仅规定企业要在竞业限制期间向员工支付补偿金，同时也要求员工履行保密义务。竞业限制约定是一种合同关系，而合同是双方在平等自愿、协商一致的基础上合意产生的，对双方的行为都有约束作用。因此，员工在签订竞业限制条款后，就要履行相关的保密义务，否则就将承担违约的法律责任。

企业在与员工约定竞业限制条款时，要特别注意：一是须明确员工的违约责任，以便在员工违约时有明确的条款依据。二是明确损失赔偿，明确劳动者违反竞业限制、泄露企业商业秘密，给企业造成损失时的赔偿责任。同时，要注意收集、保存证据，证明企业因员工违约行为遭受的损失，为追究相关责任提供依据。

第五章

人力资源退出：如何解除劳动合同

俗话说"天下无不散之筵席"，劳动合同的解除是人力资源管理面临的最终挑战。无固定期限劳动合同如何解除？"末位淘汰"需要注意什么问题？服务期解除合同是否需要支付违约金？这一切都关系到企业能否建立良好的人力资源的退出机制。对劳动合同的解除与终止，《实施条例》有着进一步的规定。别着急，这一章就将为您展示劳动合同解除和终止的种种学问。

一、双方协商一致，可解除劳动合同

【案例】

胡女士在一家上市的广告公司从事创意总监的工作，由于她经验丰富，思维活跃，为该广告公司创造了很大的业绩，其优秀的业绩得到了业界其他人士的认可。去年，公司与其签订了无固定期限劳动合同，并且为其加薪5%。谁知今年年初，胡女士家庭突遭变故，胡女士精神受到很大的打击，工作积极性逐渐下降，在工作中常常不能集中精神。家人和朋友劝她辞去工作，去国外散心，胡女士也觉得自己这样下去不是办法，于是决定辞掉在广告公司的工作。胡女士找到公司的人力资源部，要求与公司解除劳动合同。公司考虑到胡女士在这种状态下很难有好的工作热情，因此就同意解除胡女士的劳动合同。双方在协商一致的基础上办理了合同的解除手续。

这是一个企业与劳动者在协商一致的基础上解除无固定期限劳动合同的案例。

《劳动合同法》第36条规定，用人单位与劳动者协商一致，可以解

除劳动合同。《实施条例》第 18 条、第 19 条规定，用人单位与劳动者协商一致的；可以依照劳动合同法规定的解除劳动合同的条件、程序，解除固定期限劳动合同、无固定期限劳动合同和以完成一定工作任务为期限的劳动合同。《实施条例》重申双方协商一致，可以依法解除包括无固定期限劳动合同在内的所有合同。

协商一致解除劳动合同，是指用人单位与劳动者在平等自愿基础上，互相协商，提前终止劳动合同效力的法律行为。法律规定，在用人单位与劳动者协商一致的情况下，可以解除劳动合同，是为了保障企业用人自主权和劳动者择业权的实现。劳动合同既然是双方协商一致签订的，当然也可以双方协商一致解除。协商一致解除劳动合同主要有两种情形：（1）用人单位提出解除合同动议，劳动者同意，双方协商解除劳动合同，单位要向劳动者支付经济补偿。（2）劳动者提出解除合同动议，企业同意，双方协商解除合同，用人单位可以不支付经济补偿。只要双方协商一致，劳动合同就能解除，无论双方之间签订的是固定期限劳动合同，还是无固定期限劳动合同。其特点是无须提前通知，劳动关系比较和谐平稳。案例中胡女士提出解除合同，单位同意，双方协商达成一致，解除无固定期限劳动合同的行为符合法律规定。

实践中，协商一致解除劳动合同要注意：

第一，协商应当建立在双方当事人平等自愿的基础之上。平等，是指双方当事人法律地位平等，用人单位与劳动者均有权提出解除劳动合同，解除合同的协商过程不存在一方对另一方的压迫；自愿，是指解除劳动合同是双方在自愿基础上的理性选择，一方不得以任何手段威逼利诱另一方达成合意。平等、自愿是协商一致解除的基础和前提，协商一致是平等自愿的具体体现。

第二，协商一致，不仅是针对解除劳动合同这一行为达成一致意见，对一方或双方解除劳动合同的条件也应当达成一致。例如，劳动者提出解除合同，用人单位可能要求劳动者补偿在合同存续期间的培训费用。只有这些伴随着解除合同的条件也达成一致时，才称为协商一致解除合同。

第三，需要注意的是，协商一致解除劳动合同，关键要区分哪一方先提出解除合同动议，谁先提出解除合同，直接涉及是否需要支付经济补偿。用人单位先提出要解除劳动合同，劳动者同意，单位应当依法向劳动者支付经济补偿。如果是由劳动者提出解除合同，单位同意，单位可以不支付劳动者经济补偿。

二、提前 30 天通知，员工可以解除无固定期限劳动合同

【案例】

王某原是北京某著名 IT 公司的技术人员，与公司签订了无固定期限的劳动合同。在工作期间，他认真负责，对技术开发工作尽心尽力。由于工作环境和条件都不错，王某对工作也还满意，唯一美中不足的地方是，由于不满于研发部门主管的管理方式，王某长期与部门主管不合。因为这个原因，他已经多次找公司领导反映，要求调换部门。一次，王某和部门经理在某一技术问题上出现分歧，两个人情绪都非常激动，言辞激烈，甚至破口大骂。第二天，王某带着解除合同通知书来到人事部门，通知公司 30 日后解除合同。

这是一个签订了无固定期限劳动合同的劳动者提前 30 天通知用人单位要求解除劳动合同的案例。

《劳动合同法》第 37 条规定，劳动者提前 30 日以书面形式通知用人单位，可以解除劳动合同。《实施条例》第 18 条规定，劳动者提前 30 日以书面形式通知用人单位的，依照劳动合同法规定的条件、程序，劳动者可以与用人单位解除固定期限劳动合同、无固定期限劳动合同或者以完成一定工作任务为期限的劳动合同。《实施条例》重申，劳动者提前 30 天通知，可以单方解除包括无固定期限劳动合同在内的所有劳动合同。法律规定劳动者单方解除劳动合同主要有三层意思：（1）劳动者享有提前通知用人单位解除劳动合同的权利。（2）劳动者提出解除合同应当遵守预告期规定。也就是说，劳动者在向用人单位提出解除劳动合同的意向后需要至少再工作 30 天后才能正式解除劳动合同。（3）劳动者在解除劳动合同时，必须以书面形式告知对方。因为这一时间的确定直接关系到解除预告期的起算时间，也关系到劳动者的工资、经济补偿等利益，所以必须采用书面方式表达，这也是劳动合同作为要式合同的要求。

由于劳动者相对于用人单位而言是处在弱势的地位，所以，我国的法律赋予劳动者单方面解除合同的权利，即辞职权。《劳动合同法》以立法的形式原则性规定了劳动者单方解除劳动合同的权利。案例中王某与公司部门主管关系不和，影响其工作情绪，王某在提前 30 天书面通

知用人单位解除劳动合同后，与用人单位解除合同。这样，王某既行使了自己的辞职权，又符合法律法规的相关规定，是正确的。

实践中员工离职的现象是常见的，也是不可避免的。作为理性的管理者，应当正确地应对员工离职：既要注意员工离职的法律程序，又要灵活使用管理手段留住人才。根据人才离职的原因，聪明的管理者应当采取不同的对策与措施：对待追求高薪酬者，要与之进行真诚的沟通，力求通过薪资谈判留住人才；对寻求组织前途和环境者，实在无法留住，也要设法把他对企业的建议留下来；对因厌恶企业文化而跳槽者，须弄清楚本公司的文化缺陷在哪里；对负气离开者，要争取些时间，去做解释与沟通的工作；对外力推动者，比如上班家远、太太反对等，要争取设法改变其外在环境；对试探离开者，要让其明确组织对他的评价，尤其是组织所做的 360 度评估；对自寻烦恼者，要充分肯定其成绩，增强其自信心，必要时为其调换工作岗位。对执意要走、留也无益者，就索性给对方一把"梯子"，好聚好散。①只有降低核心员工的离职率，同时将低效员工释放于组织之外，才能顺利实现企业的人才流通机制，提高企业用人的效率。

三、试用期内员工辞职，须提前 3 天通知

【案例】

刘某是某大学新闻传媒专业的毕业生，毕业之后经过努力，在一家报社找到了工作。报社由于缺乏刘某这样的人才，便与其签订了无固定期限劳动合同，并且约定了 1 年的试用期。工作了 3 个月后，刘某感觉报社的工作环境略显沉闷，自己不是很适应这里，她希望能够转换环境。一天刘某的同学告诉她，自己正在工作的一家广告公司正在招聘新人。刘某觉得这家企业很符合自己的要求，因此想去试试。第二天她向报社递交了辞职申请，并于 3 天后解除了与报社的无固定期限劳动合同。

这是一个试用期内劳动者提前 3 天解除无固定期限劳动合同的

---

① 引自胡惠：《管理者如何面对员工辞职》，载中国劳动争议网：http://news.xinhuanet.com/fortune/2006—04/26/content_4476660.htm。

案例。

《劳动合同法》第37条规定，劳动者在试用期内提前3日通知用人单位，可以解除劳动合同。《实施条例》第18条第3项规定，劳动者在试用期内提前3天通知用人单位，可以依照劳动合同法规定的条件、程序，与用人单位解除固定期限劳动合同、无固定期限劳动合同或者以完成一定工作任务为期限的劳动合同。这是对试用期内劳动者提前解除合同的规定。按照这一规定，劳动者在试用期内提前3天通知用人单位，就可以解除包括无固定期限劳动合同在内的所有合同。

试用期既是用人单位对新招收职工各方面的情况进行考察的期限，也是新招收职工考察用人单位的劳动条件、劳动报酬是否符合劳动合同规定的选择期限。在试用期内，劳动者与用人单位的劳动关系处于一种不确定状态，劳动者对是否与用人单位建立正式的劳动关系仍有选择的权利。为此，劳动者在试用期内，发现用人单位的实际情况与订立劳动合同时所介绍的实际情况不相符合，或者发现自己不适于从事该工种工作，以及存在其他不能履行劳动合同的情况，劳动者无须任何理由，可以通知用人单位予以解除劳动合同。与《劳动法》的规定不同的是，《劳动合同法》及《实施条例》规定劳动者在试用期内辞职，应提前3日通知用人单位。这样规定主要是给用人单位留下工作交接的时间，以便用人单位安排人员接替其工作。本案例中刘某在试用期内发现自己不适应用人单位的工作环境，依照《实施条例》的规定可以提前3天通知用人单位解除无固定期限劳动合同。

四、企业劳动条件不合规，员工有权辞职

【案例】

刘某从某矿业学校毕业后，被某有色金属矿山企业录用，并签订了5年期劳动合同。劳动合同中约定，刘某负责指导一线开采工作；企业提供必要的劳动保护条件，工资待遇与企业管理人员相同。刘某工作后，企业为刘某提供了半年的培训，然后按劳动合同约定安排到一线工作，但一直没有提供相应的劳动保护设备。刘某找到企业负责人，答复说刘某是按管理人员对待的，不是真正的一线工人，不能像一线工人那样领取劳动保护设备，由于工作需要，也无法享受企业机关科室人员的工作环境。刘某认为企业的这种做法违反了劳动合同中关于劳动条件的

约定，提出解除劳动合同。企业则提出，如果刘某擅自解除劳动合同，应赔偿企业录用和培训费用。刘某不服，到当地劳动争议仲裁委员会申诉。劳动争议仲裁委员会审理后裁定：企业违反了劳动合同中关于劳动条件的规定，刘某可以解除劳动合同，不需支付赔偿费用；用人单位应当向刘某支付经济补偿金。

这是一个用人单位不依法提供劳动保护，劳动者即时解除劳动合同的案例。

《劳动合同法》第 38 条第 1 项规定，用人单位未按照劳动合同约定提供劳动保护或者劳动条件的，劳动者可以解除合同。《实施条例》第 18 条第 4 项规定，用人单位未按照劳动合同约定提供劳动保护或者劳动条件的，依照劳动合同法规定的条件、程序，劳动者可以与用人单位解除固定期限劳动合同、无固定期限劳动合同或者以完成一定工作任务为期限的劳动合同。这条规定了用人单位有为劳动者提供相应的劳动保护和劳动条件的义务。

劳动保护和劳动条件是指在劳动合同中约定的用人单位对劳动者所从事的劳动必须提供的生产、工作条件和劳动安全卫生保护措施，即用人单位保证劳动者完成劳动任务和劳动过程中安全健康保护的基本要求，包括劳动场所和设备、劳动安全卫生设施、劳动防护用品等。如果用人单位未按照国家规定的标准或劳动合同的规定提供劳动条件，致使劳动安全、劳动卫生条件恶劣，严重危害职工的身体健康，并得到国家劳动部门、卫生部门的确认，劳动者可以与用人单位解除劳动合同。

本案例中用人单位以刘某工作条件特殊为由，拒绝为其提供相应的劳动保护条件。这一行为不仅违反了劳动合同的规定，也与相应的法律法规背道而驰。刘某根据劳动合同法的有关规定，可以提出解除劳动合同。用人单位应当按照劳动合同法规定向刘某支付经济补偿金。

案例启示：劳动者在签订劳动合同的时候，不仅要注意合同期限、工作内容、劳动报酬等"硬件"要素，对劳动条件、社会保险、安全生产状况等"软件"要素也应当给予一定的关注。用人单位应当依法履行自己的义务，为劳动者安全生产提供一个良好的环境。

五、企业不依法上保险，员工有权解除合同

【案例】

曾先生供职于一家网络公司，月薪 8 000 元。在工作期间，他谦虚勤奋，办事周到，赢得了同事们的好评，但是让曾先生感到不安的是，公司至今未给其上养老保险。曾先生认为，养老保险关系到自己年老之后的生活水平，因此一定要上；可是单位却总是以种种理由拖延逃避，曾先生愤怒之余又无能为力只好寻求律师帮助。在向律师进行咨询后，曾先生发现法律规定，用人单位不依法为职工上保险，职工有单方面解除合同的权利。于是他就委托律师拟写了解除劳动合同通知书寄至了单位，向单位行使了单方解除合同的权利。并旋即向海淀区劳动争议仲裁委员会提起了劳动争议仲裁，要求公司为其补上该缴的保险金。

这是一个用人单位不依法为劳动者缴纳社会保险，劳动者解除劳动合同的案例。

《劳动合同法》第 38 条第 3 项规定，用人单位未依法为劳动者缴纳社会保险费的，劳动者可以解除劳动合同。《实施条例》第 18 条规定：用人单位未依法为劳动者缴纳社会保险费的，依照劳动合同法规定的条件、程序，劳动者可以与用人单位解除固定期限劳动合同、无固定期限劳动合同或者以完成一定工作任务为期限的劳动合同。

社会保险是指国家依法建立的对劳动者在因年老、疾病、工伤、生育、死亡、失业等风险，暂时或永久失去劳动能力从而失去收入来源时，给予物质帮助的制度，包括养老保险、医疗保险、失业保险、工伤保险和生育保险。参加社会保险是法律赋予劳动者的合法权益，具有国家强制性，用人单位应当依照有关法律、法规的规定，负责缴纳各项社会保险费用，并负有代扣代缴本单位劳动者社会保险费的义务。因此，《劳动合同法》和《实施条例》规定了当用人单位未依法为劳动者缴纳社会保险费的情况下，劳动者可以随时与用人单位解除包括无固定期限劳动合同在内的所有劳动合同，不需要提前通知企业；同时用人单位应当依法向劳动者支付经济补偿。

实践中，许多用人单位或是由于缺乏必要的法律知识，或是心存侥

幸，企图逃避法定义务，因此，在为劳动者缴纳社会保险时存在着以下三点主要的问题：（1）与劳动者协商，通过高工资、高奖金等方式来代替为劳动者缴纳社会保险。依法缴纳社会保险费是用人单位和劳动者的法定义务，不能放弃。即使用人单位通过与劳动者协商，使劳动者同意用人单位不为其缴纳社会保险，这种同意也是无效的，用人单位同样要承担法律责任。（2）没有正确区分社会保险和商业保险。某些企业认为不管哪种保险，只要给劳动者交了保险就可以了。其实不然。社会保险是强制性的，企业必须要为员工缴纳；商业保险是非强制性的，商业保险不能代替社会保险。只给员工买商业保险，而不缴纳社会保险，企业需要承担相应的法律责任，员工也可以因此行使单方解除权，解除合同。（3）缴纳标准低于法律规定。有些企业投机取巧，通过少计算社会保险的缴纳基数等方式，尽量少缴纳社会保险费。实际上，少缴纳和不缴纳社会保险费的法律后果是一样的，都是违法的，劳动者都可以解除合同。

在此提醒用人单位，在招录员工的时候一定要记得依法为员工上齐应上的社会保险，这样既保护了员工的合法权益，又减少了许多法律风险。

六、企业规章制度不合法，员工有权辞职

【案例】

何某大学毕业后进入一家外贸企业就业，在企业中表现非常出色，企业看重何某的才能，去年与其签订了无固定期限劳动合同。何某工作更为勤奋。然而有一天，部门经理突然叫何某到办公室，并询问何某是否与公司的另一名同事是恋人关系，何某承认了；部门经理十分生气，告知何某公司规定同一公司内的同事之间不能谈恋爱，并将公司的规章制度书面材料拿给何某，让她好好看清楚，并要求她立即与那名男同事分手。何某觉得公司的规定有违法律，便与部门经理辩解，却被狠狠斥责了一番。何某越想越觉得不能容忍，于是立即与公司解除了劳动合同。

这是一个用人单位规章制度违反法律规定，劳动者解除无固定期限劳动合同的案例。

《劳动合同法》第 38 条第 4 项规定，用人单位的规章制度违法，劳动者可以解除劳动合同。《实施条例》第 18 条规定：用人单位的规章制度违法的，依照劳动合同法规定的条件、程序，劳动者可以与用人单位解除固定期限劳动合同、无固定期限劳动合同或者以完成一定工作任务为期限的劳动合同。这一条赋予签订无固定期限劳动合同的劳动者在用人单位规章制度违法的情况下的合同解除权。

"用人单位的规章制度违法"，包含两层意思：第一，用人单位的规章制度的内容本身违反了法律、法规的规定或与劳动合同与集体合同的内容相冲突。第二，用人单位的规章制度的制定过程和公布的程序违法。程序违法，指的是在制定规章制度的时候没有执行相应的民主程序，涉及劳动者切身利益的规章制度的决定、修改时没有交由工会和全体职工代表讨论通过；直接涉及劳动者切身利益的规章制度没有经过公示，或者没有告知劳动者。案例中用人单位的规章制度不仅从内容上违反法律的有关规定，而且也没有合法的制定和公布程序，属于典型的规章制度违法的情况，依照法律规定，劳动者可以立即与用人单位解除劳动合同。

有些企业单方制定规章制度，利用自己的强势地位，要求劳动者遵守诸如合同期间不能结婚、不能生育等所谓的"规定"。企业认为只要劳动者在合同上签字，就必须受这类制度约束，就要明白"规矩"，忍气吞声。其实不然。规章制度只有在合法的前提下，在企业内部才具有约束力。如果规章制度违法，侵犯了劳动者的合法权益，劳动者可以立即解除合同。这个案例提醒企业管理者，在制定规章制度时，要保证制度的内容、制定程序等合法，这样才能受到法律的保护。否则，规章制度形同虚设，不但达不到企业经营管理目标，给劳动者造成损失的还要承担赔偿责任，得不偿失。

七、"生死合同"可以随时解除

【案例】

小王，26 岁，初中文化，是众多进城务工农民之一。他希望在大城市里能够通过自己的双手，踏踏实实赚点钱。凭着结实的身板，小王成功地在一家建筑公司找到了搬运工的工作。签合同的那一天，小王见到合同上有这样一个条款："乙方若在建筑工地上发生任何事故，均属于个人责任，公司不承担任何责任。"初中文化的小王隐隐感觉不对，于是他找到公司的负责人，哪知负责人蛮横地对他说："所有的工人都是签的这样的合同，这是规矩，你想干就签，不想干就走人！"没有办法，出于对"规矩"的惧怕，小王留下来了。后来，在一次法律咨询会上，一名律师告诉小王，建筑公司的劳动合同是违法的，小王可以解除劳动合同。小王困惑了：这不是"规矩"吗？难道"规矩"也可以破？

这是一个用人单位与劳动者签订"生死合同"，免除自己的责任，排除劳动者权利的案例。究竟劳动者有没有权利解除"生死合同"呢？

《实施条例》第18条第9项规定，用人单位在劳动合同中免除自己的法定责任、排除劳动者权利的，依照《劳动合同法》规定的条件、程序，劳动者可以与用人单位解除固定期限劳动合同、无固定期限劳动合同或者以完成一定工作任务为期限的劳动合同。这一规定赋予了劳动者在面对这一情况时立即解除合同的权利。

《劳动合同法》规定，用人单位在劳动合同中免除自己的法定责任，排除劳动者权利的，劳动合同无效。在实践中，通常表现为劳动合同简单化，法定条款缺失，仅规定劳动者的义务，有的甚至规定"生老病死都与企业无关"，"用人单位有权根据生产经营变化及劳动者的工作情况调整其工作岗位，劳动者必须服从单位的安排"等霸王条款。这种行为实质是利用劳动合同的形式对劳动者合法权益的严重侵害，因此，《劳动合同法》规定，在这种情形下，劳动者可以随时与用人单位解除劳动合同，不需要提前通知；用人单位在解除劳动合同后还要向劳动者支付法定的经济补偿。本案例中用人单位的行为就是典型的在劳动合同中免除自己的责任，排除劳动者的权利的行为，因此，小王有权依据《劳动合同法》及其实施条例的规定与该建筑公司解除劳动合同。

八、员工试用期不符合录用条件，企业可以解除合同

【案例】

小李就读于某大学计算机专业，但是在大学学习期间专业实践能力较弱，缺乏实践经验。毕业后，小李应聘某信息技术公司的初级软件工程师工作。该工作要求从业者有较熟练的软件开发能力和实践经验。经过简单面试，小李得到了这份工作，并与公司签订了劳动合同，约定试用期1年。哪知才刚刚开始工作，公司就发现小李的实践能力很弱，半

年考核结果证明小李根本不满足录用条件。公司决定与小李解除劳动合同。但是小李认为自己尚在试用期内，不能说解除合同就解除合同。于是双方产生争议，并申请劳动仲裁。

这是一个劳动者在试用期内被证明不符合录用条件，用人单位解除劳动合同的案例。

《劳动合同法》第39条第1项规定，劳动者在试用期间被证明不符合录用条件的，用人单位可以解除劳动合同。《实施条例》第19条第2项规定，劳动者在试用期间被证明不符合录用条件的可以依照劳动合同法规定的解除劳动合同的条件、程序，与劳动者解除固定期限劳动合同、无固定期限劳动合同和以完成一定工作任务为期限的劳动合同。这条规定明确了试用期内劳动者被证明不符合录用条件，企业可以解除包括无固定期限劳动合同在内的所有合同。

试用期是劳动者与用人单位进行双向考察的时期，试用期内，用人单位对新招收的职工进行思想品德、劳动态度、实际工作能力、身体情况等进行进一步考察，避免用人单位遭受不必要的损失；劳动者则可以考察了解用人单位的工作内容、劳动条件、劳动报酬等是否符合劳动合同的规定。试用期内，如果劳动者被证明不符合录用条件，用人单位有权解除其劳动合同，但用人单位要举证证明劳动者不符合录用条件。案例中的小李在试用期内表现出的能力与公司对该岗位人员的任职条件差距较大，且试用期过半的考核结果显示小李并不符合该公司对该岗位的录用条件，因此，公司与其解除劳动合同符合法律的规定。

试用期内用人单位解除劳动者劳动合同应该注意以下几点：

1. 以试用期内不符合录用条件解除劳动合同需要在试用期内进行，否则即使有证据证明劳动者在试用期内有不符合录用条件的事实，用人单位也不能以试用期不符合录用条件为由与其解除劳动合同。实践中有些用人单位在劳动者试用期满之日作出因试用期不符合录用条件而解除员工的劳动合同的决定，并在第二天将这一决定告知员工；或者在制度中规定试用期满后员工应递交转正申请，并在接到员工转正申请的时候再决定该员工是否转正。不难看出，这些做法都存在着法律风险。用人单位可以把试用期分为两个部分——"观察期"和"修整期"。"观察期"占试用期的四分之三左右，其间企业依照录用条件对员工进行考量，在观察期满前作出考评报告，并进行绩效面谈，指出不符合录用条件之处，并与员工讨论整改措施。"修整期"占试用期的四分之一左右，主要针对员工在观察期的绩效考评状况的整改情况进行考察，若员工经整改已经符合录用条件，则办理转正手续，反之，与其解除合同。

2. 用人单位应当要有关于"录用条件"的相关规定。只有明确的录用条件才能够证明劳动者是否在试用期内符合条件。用人单位在制定录用条件的时候应当注意：（1）录用条件应当与员工从事的岗位挂钩，尽量减少千人一面的条件，如："服从公司安排""完成领导交付的任务"等。（2）制定的录用条件应当要能够用具体的数据或标准评判，避免模糊性描述，这样方便考核的进行和录用决策的作出，在产生争议的时候也方便举证。（3）不要将岗位职责等同于录用条件。仅仅从业务能力的好坏来评价员工是否与企业相匹配是不够的，员工还应该具备"严格遵守企业规章制度"，"严格保守企业商业机密"，"正确履行考勤义务"等条件。企业在制定录用条件的时候应该对以上因素综合考虑。

3. 用人单位应当提供有效的证据证明劳动者在试用期间不符合录用条件。所谓证据，实践中主要看两方面：一是用人单位对某一岗位的工作职能及要求是否作出描述；二是用人单位对员工在试用期内的表现有没有客观的记录和评价。如果用人单位没有证据证明劳动者在试用期间不符合录用条件，用人单位就不能解除劳动合同，否则，需承担因违法解除劳动合同所带来的一切法律后果。

4. 注意试用期考核的方式。考核方式应当与录用条件相匹配，根据录用条件不同，考核方式可以分为两种：（1）对于能够用数字明确衡量的录用条件，如销售额、出勤率等，应做好信息收集和记录，并保留存档；（2）对于像"客户满意度"等较主观的标准，可以使用360度量表之类的工具，对员工进行评分，然后将某一分数设为是否符合录用条件的判定标准。

5. 用人单位应注意试用期劳动合同解除应当以书面形式作出，且企业应当保留解除合同的"告知"程序的记录或文件，以确保"告知"本身有效。

九、员工严重违纪，企业可以解除合同

【案例】

小刘是某房地产公司的业务代表，业绩非常突出，待遇非常优厚，

公司非常器重他，于是，与他签订了无固定期限的劳动合同。起初小刘还兢兢业业地工作，后来随着业务越做越好，人就逐渐骄纵起来，常常在办公室影响其他同事做事。为此，公司领导曾经委婉建议小刘稍加收敛，培养团队精神。但小刘一向是"虚心接受，坚决不改"，仍然我行我素，随着其他员工越来越多的投诉，公司领导也越来越不满。一天上午，小刘竟然当着其他同事的面对一位年轻的女同事出言不敬，女同事不堪羞辱，伏在办公桌上哭了起来。小刘不顾周围几位男同事的怒目，言语竟然更加放肆。一位男同事实在看不过去，出口指责小刘。小刘听了勃然大怒，冲过去一只手一把扯住那位男同事的头发，另一只手握紧了拳头捣向其肚子。幸亏其他同事及时将小刘用力拉开，那位男同事才没有受伤。小刘被拉开后仍不觉得泄气，突然转身抓起那位男同事放在办公桌上的业务合同一把撕烂。尽管由于公司补救及时，没有因合同撕毁而造成太大损失，但此事在员工中间已产生了恶劣影响。公司也忍无可忍，公司的规章制度中明确规定，员工在上班期间与他人打架斗殴并作出过激行为，属于严重违纪。鉴于小刘的行为严重违反公司的劳动纪律及规章制度，公司作出了解除与小刘的无固定期限劳动合同的决定。

这是一个劳动者严重违反用人单位的规章制度，用人单位与其解除无固定期限劳动合同的案例。

《劳动合同法》第39条第2项规定，劳动者严重违反企业规章制度的，用人单位可以解除劳动合同。《实施条例》第19条第2项规定，劳动者严重违反企业规章制度的，用人单位可以依照劳动合同法规定的解除劳动合同的条件、程序，与劳动者解除固定期限劳动合同、无固定期限劳动合同和以完成一定工作任务为期限的劳动合同。这一条明确了企业有权解除严重违纪职工的无固定期限劳动合同。

企业规章制度，是指用人单位依照法定内容、法定程序制定的涉及员工切身利益并在本单位实施的书面的劳动规范。劳动者只有遵守企业的规章制度，才能够保证自己在工作期间合理、高效、安全地完成本职工作，并且保证他人的工作和整个部门或单位的持续有效运行。因此，如果劳动者在工作中严重违反了用人单位的规章制度，可能影响用人单位的正常生产经营，损害用人单位的合法利益。针对这一情况，法律赋予用人单位单方面解除劳动合同的权利。即使劳动者签订的是无固定期限劳动合同，一旦严重违反用人单位的规章制度，用人单位都有权解除其劳动合同。本案中小刘在工作时间、工作场所滋事打人且撕毁公司业务合同，严重违反公司的劳动纪律及规章制度，某房地产公司据此作出解除劳动合同的决定，依据充分，符合法律法规的要求，因此是合法的。

实践中，用人单位解除严重违反企业规章制度的员工要注意以下三点：首先，规章制度的内容必须是符合法律、法规的规定，而且是通过民主程序公之于众。其次，劳动者的行为客观存在，并且是属于"严重"违反用人单位的规章制度，何为"严重"，一般应根据劳动法规所规定的限度和用人单位内部的规章制度依此限度所规定的具体界限为准。如，违反操作规程，损坏生产、经营设备造成经济损失的，不服从用人单位正常工作调动，不服从用人单位的劳动人事管理，无理取闹，打架斗殴，散布谣言损害企业声誉等，给用人单位的正常生产经营秩序和管理秩序带来损害。最后，用人单位对劳动者的处理是按照本单位规章制度规定的程序办理的，并符合相关法律法规规定。

十、员工兼职受到法律限制

【案例】

向先生是上海某化学制药厂的高级研究员，年轻有为而专业知识精湛，在生化制药研究领域又有着出色的表现。向先生与制药厂签订了无固定期限的劳动合同。一天，向先生的一位好友邀请向先生到另一个研究所参与一个新兴的项目研究，向先生认为这个项目很具有挑战性，值得一试，同时还能够增加收入，很合算，只要不透露制药厂的秘密就好了。于是，向先生开始奔波于研究所和制药厂之间。可是，由于研究所的项目越来越难，需要投入的时间和精力越来越多，向先生逐渐放松了制药厂的工作。制药厂的领导得知后，找向先生谈话，劝他放弃研究所的项目，不然要与其解除劳动合同。但是，领导的劝阻并没有奏效，向先生仍一意孤行，继续项目的研究。制药厂经过研究，决定与向先生解除劳动合同。

这是一个劳动者同时与两个以上的用人单位建立劳动关系，对完成本单位工作任务造成严重影响，用人单位解除其无固定期限劳动合同的案例。

《劳动合同法》第39条第4项规定，劳动者同时与其他用人单位建立劳动关系，对完成本单位的工作任务造成严重影响，或者经用人单位提出，拒不改正的，用人单位可以解除劳动合同。《实施条例》第19条第5项规定，劳动者同时与其他用人单位建立劳动关系，对完成本单位的工作任务造成严重影响，或者经用人单位提出，拒不改正的，用人单位可以按照《劳动合同法》规定的解除劳动合同的条件、程序，与劳动者解除固定期限劳动合同、无固定期限劳动合同和以完成一定工作任务为期限的劳动合同。这一规定明确了签订无固定期限劳动合同的劳动者建立双重劳动关系，对本单位工作任务造成严重影响的，用人单位有权解除其劳动合同。

根据我国法律的规定，除了非全日制劳动者以外，一个劳动者一般不能与两个或两个以上的用人单位同时签订劳动合同。由于劳动者的个人精力是有限的，同时在两个以上的用人单位从事工作，可能会对劳动者的本职工作产生影响，长久下去，则可能会给用人单位以及其他员工带来不利的影响。本案例中的向先生在与制药厂的劳动合同未终止解除之前与另一个医院建立劳动关系，并且对其本职工作造成了严重的影响，经制药厂领导劝阻还不改过，因此，制药厂有权与其解除劳动合同。

实践中，用人单位可以通过两种方式来解除兼职劳动者的劳动合同：第一种方式是证明劳动者同时与其他单位建立劳动关系，影响了本单位工作任务的完成，依据劳动合同法的规定，与劳动者解除劳动合同；第二种方式就是用人单位向劳动者提出，如果劳动者拒不改正，那么就与其解除劳动合同。如果用人单位选择以第一种方式解除劳动合同，那么就需要寻找证据证明劳动者与其他单位建立了劳动关系，并且给完成本单位工作任务造成了严重影响。采用第一种方式解除劳动合同对用人单位而言更加困难，因此建议用人单位采取第二种方式。

十一、非因工负伤医疗期满后不能工作，企业可以解除劳动合同

【案例】

丁某应聘进入某公司从事司炉工作。去年，双方依法签订了无固定期限的劳动合同。今年年初，丁某在放假期间参加了自驾游旅行，因疲

劳驾驶发生交通事故，住院治疗。医疗期满后，他的身体状况已不能从事原来的工作。于是，公司领导与丁某谈话，调整丁某的工作，让其从事公司的保洁工作。由于丁某的腿部受伤严重，不能站立较长的时间，每隔一段时间就需要坐下来休息一会儿，不能及时完成公司的保洁任务。最后公司决定：支付丁某1个月的工资后，解除劳动合同，并按国家规定支付经济补偿金。丁某认为自己签订的是无固定期限劳动合同，公司此举明显对其不负责任，不同意公司的决定，要求公司继续履行原劳动合同，劳动争议由此发生。

这是一则劳动者非因工负伤医疗期满后，不能从事原工作，用人单位与其解除无固定期限劳动合同的案例。

《劳动合同法》第40条第1项规定，劳动者患病或者非因工负伤，在规定的医疗期满后不能从事原工作，也不能从事由用人单位另行安排的工作的，用人单位提前30日以书面形式通知劳动者本人或者额外支付劳动者1个月工资后，可以解除劳动合同。《实施条例》第19条第8项规定，劳动者患病或非因工负伤在规定的医疗期满后不能从事原工作，也不能从事由用人单位另行安排的工作的，用人单位可以按照劳动合同法规定的解除劳动合同的条件、程序，与劳动者解除固定期限劳动合同、无固定期限劳动合同和以完成一定工作任务为期限的劳动合同。这一法条包含以下几层意思：（1）职工患病或非因工负伤医疗期内，用人单位不能解除劳动者的劳动合同。（2）职工医疗期满后不能从事原工作，也不能从事由用人单位另行安排的工作的，用人单位可以解除劳动合同。（3）用人单位解除劳动合同应当履行提前通知义务。

在市场化经济的条件下，竞争越来越激烈，如果让企业承担过多的社会责任，企业难以很好地参与到竞争中来，不利于企业和经济的发展。因此，《劳动合同法》规定，劳动者患病或者非因工负伤，在规定的医疗期满后不能从事原工作，也不能从事由用人单位另行安排的工作的，用人单位提前30日通知或者额外支付1个月工资以后可以解除合同。劳动者是否签订了无固定期限劳动合同并不影响企业行使合同解除权。案例中，丁某医疗期满后不能从事原来工作，公司给他安排了对身体能力要求较低的保洁工作，但由于身体原因他仍不能从事这项工作。在这样的情况下，公司支付丁某一个月工资后解除合同，并按国家规定支付经济补偿金后，可以解除丁某的无固定期限劳动合同。因此公司解除合同是符合法律规定的，丁某的要求不合理。

实践中，劳动者患病或非因工负伤医疗期满后解除合同在操作上应当注意以下几点：

（1）解除患病或者非因工负伤劳动者劳动合同应该等到医疗期满之后。在医疗期满后，用人单位对不能从事原工作岗位的职工应当对其调换岗位，并在平等自愿、协商一致的基础上与劳动者商议劳动合同内容的变更，之后还有协助劳动者适应岗位的义务。如果单位尽了这些义务，劳动者仍然不能胜任工作，单位可以在提前 30 日书面通知的前提下，解除与该劳动者的劳动合同。

（2）劳动者非因工致残和经医生或医疗机构认定患有难以治疗的疾病，医疗期满，应当由劳动鉴定委员会参照工伤与职业病致残程度鉴定标准进行劳动能力的鉴定。被鉴定为 1 级至 4 级的，应当退出劳动岗位，解除劳动关系，并办理退休、退职手续，享受退休、退职待遇。

（3）用人单位应当提前 30 日以书面形式通知劳动者本人，如有特殊原因不能提前通知的应当额外支付劳动者 1 个月工资后，才可以解除劳动合同。

（4）用人单位应当依法向劳动者支付经济补偿。

十二、"末位淘汰"制的适用问题

【案例】

李总是上海某企业的总经理，他平时喜欢看一些管理类的畅销书，从中学习管理技巧。一日，他在某著名企业 CEO 的自传中发现了一种管理方式——末位淘汰制，即每年辞退年终考核分数最低的若干名员工。李总认为这个方法能够刺激员工内部的竞争，对提高公司绩效很有用。在公司例会中，征得其他公司领导的同意后，李总在公司内正式推行"末位淘汰制"。

于是，李总在公司部门经理会上布置了这项工作："今年公司决定推行'末位淘汰制'，辞退那些不能胜任工作的员工。各部门经理首先要承担起考核的责任，在年底时对本部门的员工进行公正的考核、打分。根据公司的发展情况和人员数量，决定每个部门将辞退分数最低的两名员工。"然后，李总又在全体职工大会上，将公司的决定和具体实施细则作了详细的讲解。"末位淘汰制"在公司内部起到了一定的促进作用，员工的工作积极性提高了很多。员工为了保住自己的饭碗，员工之间的竞争也突显出来。李总对推行的效果非常满意。转眼间到了年底，各部门按照要求考核并辞退了分数最低的两名员工。出乎公司和李总意料的是，有一名被解雇的员工，向当地劳动争议仲裁委员会提起申诉。

这是一个用人单位与不能胜任工作的劳动者解除合同的案例。

《劳动合同法》第40条第2项规定：劳动者不能胜任工作，经过培训或者调整工作岗位，仍不能胜任工作的，用人单位提前30日以书面形式通知劳动者本人或者额外支付劳动者1个月工资后，可以解除劳动合同。《实施条例》第19条第9项规定，劳动者不能胜任工作，经过培训或者调整工作岗位，仍不能胜任工作的，用人单位可以依照劳动合同法规定的解除劳动合同的条件、程序，与劳动者解除固定期限劳动合同、无固定期限劳动合同和以完成一定工作任务为期限的劳动合同。

"不能胜任工作"，是指不能按要求完成劳动合同中约定的任务或者同工种、同岗位人员的工作量。用人单位不得故意提高定额标准，使劳动者无法胜任。劳动者不能胜任工作，并不是劳动者主观因素造成的，而是劳动者不具备履行劳动合同的能力。所以《劳动合同法》规定在劳动者不胜任工作的情况下，用人单位需提前通知或额外支付1个月的工资后可以解除合同。那么，通过"末位淘汰"的方式辞退不能胜任工作的员工，是否合适？

"末位淘汰"，是企业为满足竞争的需要，通过科学的评价手段，对员工进行合理排序，并在一定的范围内，实行奖优罚劣，对排名在后面的员工，以一定的比例予以调岗、降职、降薪或下岗、辞退的行为。[①]企业采取这种制度是为了激发在岗者的工作潜力和效率，提高企业的竞争力。本案例中公司通过"末位淘汰制"确实达到了这样的效果。但是涉及辞退员工的行为，就必须考虑其合法性。那么，本案例中公司的做法是否合法呢？首先，员工排在"末位"，不等同于员工不胜任工作。只要符合该职位的任职资格，员工就是能胜任工作的。其次，即使员工不能胜任工作，企业也不能直接解除合同，只有员工接受培训或调整工作岗位后仍不能胜任工作，企业才可以解除合同。因此，本案例中公司

---

① 参见彭剑锋主编：《人力资源管理概论》，94页，上海，复旦大学出版社，2003。

的做法是不合法的。企业在采用新概念、新的管理方法时，需要考虑其可操作性，更要考虑合法性，不能不假思索，生搬硬套。否则，引发劳动争议，将给企业造成负面影响。

实践中，用人单位在解除不胜任工作的劳动者的合同的时候需要注意以下几点问题：（1）所谓"不能胜任工作"，是指劳动者不能按要求完成劳动合同中约定的任务或者同工种、同岗位人员的工作量。但用人单位不得故意提高定额标准，使劳动者无法完成。（2）用人单位负有协助劳动者适应岗位的义务，即必须经过培训或者调岗。劳动者不能完成某一岗位的工作任务，用人单位可以对其进行职业培训，提高其职业技能，也可以把其调换到能够胜任的工作岗位上。如果单位尽了这些义务，劳动者仍然不能胜任工作，说明劳动者不具备在该单位工作的职业能力，此时，用人单位有权解除其劳动合同。（3）用人单位作出解除劳动合同的决定后需要提前 30 日以书面形式通知劳动者本人，或者额外支付劳动者 1 个月工资作为代通知金，之后才能与劳动者解除劳动合同。（4）用人单位需要依法支付劳动者相应的经济补偿。

十三、解聘，慎用"客观情况发生重大变化"

【案例】

小娟应聘到北京一家外企公司工作，并签订了 1 年期限的劳动合同，负责与公司另一位同事小丽一起在前台接听电话并接待来访者，月工资为 1 800 元。由于小娟经常在工作时间翻阅前台收到的免费杂志，以至于公司的电话、接待工作几乎都落在了小丽肩上。半年后，公司对全体员工进行了工作考核，对小娟的不良工作态度进行了批评，小娟依照公司规章制度认真写了检查。不久，公司对所有岗位人员重新优化配置，决定前台接待岗位配置 1 名员工，遂以客观情况发生了变化，原劳动合同无法再继续履行为由，与小娟解除了劳动合同，并下发了办理解除手续的通知，要求小娟在 15 日内办结工作交接。小娟不服，以外企公司违法解除为由，向劳动争议仲裁委员会提出仲裁申请，要求支付经济赔偿金。仲裁结果是：客观情况发生变化时，该外企公司未与劳动者小娟协商，未履行变更劳动合同内容的程序，属于违法解除，应当支付小娟经济赔偿金。①

这是一个用人单位以客观情况发生变化为由，解除劳动者劳动合同的案例。

《劳动合同法》第 40 条规定，劳动合同订立时所依据的客观情况发生重大变化，致使劳动合同无法履行，经用人单位与劳动者协商，未能就变更劳动合同内容达成协议的，用人单位在提前 30 日以书面形式通知劳动者本人或者额外支付劳动者 1 个月工资后，可以解除劳动合同。《实施条例》第 19 条规定，劳动合同订立时所依据的客观情况发生重大变化，致使劳动合同无法履行，经用人单位与劳动者协商，未能就变更劳动合同内容达成协议的，用人单位可以依照劳动合同法规定的解除劳动合同的条件、程序，与劳动者解除固定期限劳动合同、无固定期限劳动合同和以完成一定工作任务为期限的劳动合同。《劳动合同法》和《实施条例》规定了客观情况发生重大变化，用人单位解除劳动合同的权利，但是对解除合同的条件、程序都加以一定限制。

《劳动合同法》及《实施条例》的规定是情势变更原则在劳动合同中的体现。这里的"客观情况发生重大变化"是指履行原劳动合同所必要的客观条件，因不可抗力或出现致使劳动合同全部或部分条款无法履行的其他情况，如自然条件、企业合并分立、企业迁移、企业资产转移等，使原劳动合同不能履行或不必要履行的情况。发生上述情况时，为了使劳动合同能够得到继续履行，必须根据变化后的客观情况，由双方当事人对合同进行变更的协商，直到达成一致意见。如果劳动者不同意变更劳动合同，或是原劳动合同无法继续履行，原劳动合同所确立的劳动关系就没有存续的必要。在这种情况下，用人单位只有解除劳动合同，但必须依法进行。

本案例中小娟由于公司的人员调配失去工作岗位，属于客观情况发生了重大变化，没有岗位的小娟无法再继续按照劳动合同约定的工作内容工作，致使公司与小娟订立的劳动合同无法履行。但是外企公司要适用此款解除劳动合同，除满足客观情况发生变化致使合同无法履行条件外，还应先与小娟沟通协商变更劳动合同，只有经协商未能就变更劳动

---

① 案例引自：《解聘，慎用"客观情况发生重大变化"》，载http：//www.ghwhr.com/powereasy/ca/career5/law2/200809/2336.html。

合同达成一致时，公司才可以与小娟解除劳动合同。

实践中，用人单位与劳动者发生劳动争议，通常因为对"客观情况发生重大变化"认定不清。实际上，很多用人单位以此原因与劳动者解除劳动关系，却苦于没有直接有力的证据、规定作为法律支持，与劳动者无法就"客观情况发生重大变化"问题达成一致，最终走上了仲裁路。因此，建议用人单位在劳动合同或者其他生效的规章制度中，应当注意明确"客观情况发生重大变化"的含义，罗列"客观情况发生重大变化"的情况，使用人单位与劳动者就此达成一致，避免争议的发生。

十四、经济性裁员，同样适用无固定期限劳动合同

【案例】

魏某加入某信息技术公司，为其工作长达17年。去年他与该公司签订无固定期限劳动合同。然而，最近公司因生产经营发生严重困难，决定按规定裁减公司10%的员工。但是由于这家企业历史较长，其职工大多签订的是无固定期限劳动合同，在裁员时，企业将部分签订了无固定期限劳动合同的员工纳入裁员名单。最近，企业与工会协商确定了裁员计划，并已召开了全体职工大会通报情况，同时将裁员方案向劳动行政部门报告。员工魏某也在裁员名单内。但他以和公司签订有无固定期限劳动合同为由，不同意与公司解除劳动合同，并声称公司不能将他列为经济性裁员对象，否则就是违法。

这是一个用人单位经济性裁员，将签订无固定期限劳动合同的劳动者列为裁员对象的案例。

《劳动合同法》第41条规定，用人单位生产经营发生严重困难的，需要裁减人员20人以上或者裁减不足20人但占企业职工总数10%以上的，应当提前30日向工会或者全体职工说明情况，听取工会或者职工的意见后，裁减人员方案经向劳动行政部门报告，可以裁减人员。《实施条例》第19条第12项规定，用人单位生产经营发生严重困难的，可以依照劳动合同法规定的解除劳动合同的条件、程序，与劳动者解除固定期限劳动合同、无固定期限劳动合同和以完成一定工作任务为期限的劳动合同。根据《实施条例》的规定，签订无固定期限劳动

者也能够被列为经济性裁员的对象。

经济性裁员就是用人单位濒临破产进行法定整顿期间或者生产经营状况发生严重困难，为改善生产经营状况而辞退成批人员，是用人单位行使解除劳动合同权的主要方式之一。法律规定企业在经济性裁员的时候优先留用与企业订立无固定期限劳动合同的劳动者，并不意味着用人单位不能解除无固定期限劳动合同。案例中的魏某不能够依据无固定期限劳动合同阻止企业将其列为裁减对象，同时，企业在裁减魏某时应当依法向其支付经济补偿。

实践中，用人单位进行经济性裁员应当要注意以下几点：

1. 明确经济性裁员的条件。用人单位进行经济性裁员必须具备以下条件之一：（1）依照企业破产法规定进行重整的；（2）生产经营发生严重困难的；（3）企业转产、重大技术革新或者经营方式调整，经变更劳动合同后，仍需裁减人员的；（4）其他因劳动合同订立时所依据的客观经济情况发生重大变化，致使劳动合同无法履行的。

2. 符合法定程序。《企业经济性裁减人员规定》第4条规定：用人单位确需裁减人员，应按下列程序进行：（1）提前30日向工会或者全体职工说明情况，并提供有关生产经营状况的资料；（2）提出裁减人员方案，内容包括：被裁减人员名单，裁减时间及实施步骤，符合法律、法规规定和集体合同约定的被裁减人员经济补偿办法；（3）将裁减人员方案征求工会或者全体职工的意见，并对方案进行修改和完善；（4）向当地劳动行政部门报告裁减人员方案以及工会或者全体职工的意见，并听取劳动行政部门的意见；（5）由用人单位正式公布裁减人员方案，与被裁减人员办理解除劳动合同手续，按照有关规定向被裁减人员及本人支付经济补偿金，出具裁减人员证明书。

3. 明确优先留用人员范围。用人单位在进行裁员的时候，应当要注意优先留用一批人员：（1）与本单位订立较长期限的固定期限劳动合同的；（2）订立无固定期限劳动合同的；（3）家庭无其他就业人员，有需要扶养的老人或者未成年人的。这些人员都是为企业做出较大贡献的，或是生活有特殊困难，需要特别保护的人员。因此，需要在经济性裁员的时候给予特殊的关照。

4. 优先重新录用。经济性裁员的用人单位在6个月内重新招用人员的，应当通知被裁减的人员，并在同等条件下优先招用被裁减的人员。

十五、灵活运用"无过失性解除合同"的两种通知方式

|【案例】|

　　顾小姐在某广告公司从事市场营销工作，并与公司签订了一份为期5年的劳动合同，合同约定，顾小姐的月薪为5 000元。在广告公司工作初期，顾小姐尽心尽力地工作，但是由于她性格内向，从事销售工作业绩不是太理想，几次年终考核，顾小姐的成绩总是落在"不合格"一栏，公司经理多次找其谈话，但是效果均不大理想。公司尝试为顾小姐调动岗位，岗位月薪3 000元。4个月后，公司发现顾小姐仍然力不从心，业绩还是很不理想。此时正值公司发展的高峰期，公司认为顾小姐不能胜任工作，希望能够引进高效人才，因此，想要与顾小姐立即解除劳动合同。于是，人力资源部与顾小姐谈话，提出额外付给顾小姐1个月的工资3 000元作为代通知金，希望能与顾小姐立即解除劳动合同。但是顾小姐提出异议，认为公司应当支付她5 000元的代通知金，因为她原先从事的销售工作月薪为5 000元，而现在的岗位是暂时调岗，不能算数。

　　这是一个用人单位选择以额外支付劳动者1个月工资代替提前通知解除劳动者劳动合同的案例，双方的争议焦点在于"一个月工资"按照什么标准计算。

　　《劳动合同法》第40条规定，劳动者不能胜任工作，经过培训或者调整工作岗位，仍不能胜任工作的，用人单位提前30日以书面形式通知劳动者本人或者额外支付劳动者1个月工资后，可以解除劳动合同。

　　根据《实施条例》第20条的规定，用人单位依照《劳动合同法》第40条关于用人单位可以提前30日以书面形式通知劳动者或者额外支付劳动者1个月工资解除劳动合同的规定，用人单位选择额外支付劳动者1个月工资的，额外支付的1个月工资按照劳动者本人上月工资标准确定。

　　对"一个月工资"的计算标准，《实施条例》进行了明确，指出了用人单位选择额外支付劳动者1个月工资解除劳动合同的工资计算标准按照劳动者本人上月工资标准确定。案例中的顾小姐不能胜任工作，经过培训或者调整工作岗位，仍不能胜任工作，因此，用人单位可以依照

劳动合同法的规定与顾小姐解除劳动合同，并以顾小姐 1 个月的工资作为代通知金而不必提前 30 天通知顾小姐。本案例中顾小姐经过岗位的调整，因此，她的上月工资应当是 3 000 元，也就是说，用人单位应当付给顾小姐 3 000 元代替提前 30 天通知期。因此，顾小姐的疑义不被法律支持。用人单位的行为符合法律的相关规定。

劳动合同法规定，在"无过失性辞退"的时候，用人单位既可以选择提前 30 天书面通知方式，也可以额外支付 1 个月的工资代替提前通知。实践中，用人单位在解除劳动合同时，是选择"提前 30 日书面通知"，还是选择"额外支付一个月工资"的方式，这两种方式各有什么特点和风险？第一，以"提前 30 日通知"的方式解除劳动合同，在预告期满前，用人单位与劳动者仍存在劳动关系，单位仍须按照法律规定为劳动者缴纳各项社会保险及住房公积金；而以"额外支付一个月工资"的方式解除劳动合同，没有预告期，自通知解除合同之日起，双方劳动关系已经解除，用人单位除支付 1 个月工资外，无须再承担其他负担。第二，以"提前 30 日通知"方式解除合同，由于在 30 日预告通知期内劳动关系并没有解除，因而不能完全排除劳动者会发生工伤、患病、怀孕、受到意外伤害等风险。如果出现《劳动合同法》第 42 条规定的不得解除合同的情形，如患病、怀孕等，单位就不能与劳动者解除合同。而以"额外支付一个月工资"方式解除合同，自单位书面通知劳动者并支付 1 个月工资之日起，双方劳动关系即已解除，不会再产生用工风险。当然，"额外支付一个月工资"解除合同虽有上述有利方面，但单位在处理劳动关系时，应当根据实际工作需要、劳动者个人品德、能力等因素综合判定，对两种方式下劳动者可能创造的价值和将会造成的影响进行比较，从而确定解除合同的最优通知方式。

十六、员工服务期内因违纪被解雇，也要支付违约金

【案例】

刘某是上海某化学制药厂研究所的高级研究员，年轻有为而且专业知识精湛，在传染病研究领域有着出色的表现。研究所为培养年轻的骨干人才，经常出资派刘某出国学习培训，刘某的专业知识日益精进。刘某与研究所签订的是 3 年期的劳动合同，并约定了 5 年服务期和违约金。服务期内，刘某的一位好友邀请刘某到 B 制药公司参与一个新兴的

项目研究。刘某认为这个项目很具有挑战性，值得一试，同时还能够增加收入，很合算，只要不透露研究所秘密就好了。于是，刘某开始奔波于研究所和 B 制药公司之间。可是，由于研究所的项目越来越难，需要投入的时间和精力越来越多，刘某逐渐放松了研究所的工作。研究所领导得知后，找刘某谈话，劝他放弃 B 制药公司的项目，否则要与其解除劳动合同。但是，领导的劝阻并没有奏效，刘峰仍一意孤行，继续项目的研究。经过研究所的研究，决定与刘峰解除劳动合同。由于刘峰尚在服务期内，研究所要求刘峰支付研究所违约金。刘峰则表示不服：他认为自己被研究所开除了，并不是自己要求辞职的，凭什么要给研究所违约金呢？

本则案例的争议焦点在于，劳动者因兼职等严重违纪被单位提前解除劳动合同，单位能否要求劳动者支付违约金。

《实施条例》第 26 条第 2 款规定，有下列情形之一，用人单位与劳动者解除约定了服务期的劳动合同的，劳动者应当按照约定向用人单位支付违约金：(1) 劳动者严重违反用人单位的规章制度的；(2) 劳动者严重失职，营私舞弊，给用人单位造成重大损失的；(3) 劳动者同时与其他用人单位建立劳动关系，对完成本单位的工作任务造成严重影响，或者经用人单位提出，拒不改正的；(4) 劳动者以欺诈、胁迫的手段或者乘人之危，使用人单位在违背真实意思情况下订立或者变更劳动合同，致使劳动合同无效的；(5) 劳动者被依法追究刑事责任的。在这些情形下，由于劳动者主观过错导致服务期提前终止，双方无法继续履行劳动合同，劳动者需要向用人单位支付违约金。

本案中，刘某在劳动合同期限内，兼职于 B 制药公司，并对其本职工作造成了严重影响。在研究所领导劝阻不改的情形下，研究所有权与其解除劳动合同，并有权要求刘某支付违约金。劳动者在服务期内由于严重违纪，被用人单位解除劳动合同，不能免除劳动者的违约责任，刘某仍有义务支付违约金。制药厂要求刘某支付违约金合理、合法。

十七、企业违法，劳动者服务期内解除合同无须支付违约金

【案例】

小扈受聘于 W 公司担任程序设计员，公司在为其提供了 3 个月的

培训之前，与其签订了服务期3年的合同。1年后，小扈偶然发现，公司并没有依照法律为他们缴纳社会保险金。小扈找到公司交涉，但是被公司的相关负责人无理地斥责，还威胁小扈不要把事情闹大，不然后果自负。小扈感到遭到欺骗，因此递交了辞职申请。但公司以小扈尚在服务期内为由，要求小扈赔偿巨额违约金。小扈在公司的强大压力之下，向当地劳动行政部门申诉。

本案的争议焦点在于，企业违法，员工在服务期内提前解除劳动合同，是否还需要向企业支付违约金。

《实施条例》第26条第1款规定，用人单位与劳动者约定了服务期，劳动者依照《劳动合同法》第38条的规定解除劳动合同的，不属于违反服务期的约定，用人单位不得要求劳动者支付违约金。也就是说，如果企业违法，员工可以无条件解除劳动合同，而且无须支付违约金。案例中的 W 公司不为员工缴纳养老保险费用，没有依法履行缴纳社会保险的法定义务，因此，小扈有权要求解除劳动合同。根据《实施条例》的规定，企业违法，小扈辞职后不用支付违约金。

这个案例提醒广大企业：培训协议中规定的服务年限和高额违约金并不是企业阻止核心人才跳槽的"万灵丹"，更不能作为捆绑员工的"枷锁"。企业在激烈的市场竞争中需要培养人才为己所用无可厚非，但想要只凭一纸培训协议来留住人才显然是不够的，规范人力资本投资，完善自身人力资源体系建设，切实保障员工应有的合法权益，才是企业实践人才战略的正确做法。

十八、经济补偿金和赔偿金不可兼得

【案例】

魏某是专业的计算机程序设计员。大学毕业后，经过严格的笔试、面试，他终于从众多应聘者中脱颖而出，与某信息技术公司签订了为期3年的劳动合同，约定月薪3 000元人民币。工作1年后，魏某患了流行性感冒，发高烧。一开始他并没有在意，随便找了些感冒药应付，带病继续工作。由于没有及时治疗，病情越来越严重。到医院检查得知，由于持续发烧，感冒已经转成了肺炎，不得已魏某住进了医院。由于公司工作繁忙，魏某住院影响了公司的工作。为了保证工作的正常进行，公司又重新招聘了新的程序设计来代替魏某，同时向尚处于医疗期内的魏某下达了解除合同通知书，理由是魏某长期请假，现在已经没有魏某的工作岗位。魏某认为双方已经签订了劳动合同，公司不能随便解除，于是向当地劳动争议仲裁委员会提起申诉，要求公司继续履行合同。但是公司说由于业务的调整，已经不需要魏某这样的技术人员了，因此，劳动合同不能够继续履行。

《劳动合同法》第48条规定："用人单位违反本法规定解除或者终止劳动合同，劳动者要求继续履行劳动合同的，用人单位应当继续履行；劳动者不要求继续履行劳动合同或者劳动合同已经不能继续履行的，用人单位应当依照本法第八十七条规定支付赔偿金。"《实施条例》第25条规定："用人单位违反劳动合同法的规定解除或者终止劳动合同，依照劳动合同法第八十七条的规定支付了赔偿金的，不再支付经济补偿。赔偿金的计算年限自用工之日起计算。"《劳动合同法》并没有明确规定用人单位在支付劳动者经济赔偿金后还是否需要支付其经济补偿金。《实施条例》对这一问题进行了进一步的规定，即用人单位支付了经济赔偿金后不必支付经济补偿金。

经济补偿和经济赔偿金是不同的概念，经济补偿是指用人单位合法解除、终止劳动合同时，依照法律规定应当向劳动者支付的经济补偿，而经济赔偿金针对的是用人单位非法解除劳动合同的情况，带有惩罚的性质。而按照《实施条例》的规定，用人单位违法解除或终止合同，如果已向劳动者支付了赔偿金，就不必再向劳动者支付经济补偿。

案例中，魏某患病，根据法律规定应进入医疗期。医疗期内在魏某无过错的情况下，公司单方面解除合同，违反了《劳动合同法》第42条的规定。魏某要求继续履行合同，且用人单位具备继续履行合同的条件。因此合同应继续履行。但是，由于公司的业务调整，魏某原先的工作岗位已经不在了。这样，客观情况导致合同无法继续履行，这就使得魏某与公司的劳动合同解除。因此，公司应当根据《劳动合同法》第87条的规定，支付魏某经济赔偿金。同时，根据《实施条例》的规定，公司在支付经济赔偿金后不必支付经济补偿金了。

十九、如何确定经济补偿"月工资"的计算基数

【案例】

张某大学毕业后进入一家广告公司工作，与公司签订了 3 年期的劳动合同，合同约定，张某从事初级文员工作，月基本工资 1 500 元，奖金津贴总计 600 元，共计 2 100 元。工作 5 个月左右，张某由于不能胜任工作而调动岗位，新岗位的工资为 800 元，奖金津贴 300 元，共计 1 100 元。然而调岗 3 个月后的张某仍然不能胜任工作，被公司解除了劳动合同。双方办理了劳动合同解除手续和工作交接手续，公司按照张某调岗前后基本工资的年平均数支付其经济补偿金，支付给张某的经济补偿金共计 825 元。张某认为公司在支付经济补偿金时，"月工资"的标准偏低，应该将其奖金与津贴总额也计算在内。但是她又不清楚究竟按照《劳动合同法》以及《实施条例》的规定，经济补偿金应该如何计算。于是她找到有关部门询问，并得到了答案。

这是一个劳动合同解除后劳动者和用人单位因支付经济补偿金的"月工资"标准产生争议的案例。

《实施条例》第 27 条规定："劳动合同法第四十七条规定的经济补偿的月工资按劳动者应得工资计算，包括计时工资或者计件工资以及奖金、津贴和补贴等货币性收入。劳动者在劳动合同解除或者终止前 12 个月的平均工资低于当地最低工资标准的，按当地最低工资标准计算。劳动者工作不满 12 个月的，按实际工作的月数计算平均工资。"这一条补充了《劳动合同法》的相关规定，指出"月工资"所应包含的具体要素、劳动者平均工资低于当地最低工资标准，以及劳动者在用人单位工作未满 1 年的情况下经济补偿金的支付方法。

《实施条例》的规定包含了以下三层意思：第一，经济补偿的月工资不仅包括劳动者的基本工资（计时工资或者计件工资），还包括奖金、津贴和补贴等其他货币性收入。第二，劳动者在劳动合同解除或者终止前 12 个月的平均工资低于当地最低工资标准的，按照当地最低工资标准计算。第三，对劳动者在用人单位工作不满 1 年的情况，计算平均工资的时候按照劳动者实际工作的月数计算平均工资。

按照这种计算方法，本案例中张某在劳动合同解除前在公司仅工作

了 8 个月，前 5 个月应得的工资总计10 500（2100×5）元，后 3 个月应得的工资总计3 300元；8 个月的平均月工资为1 725元。由于张某在该公司工作满半年但不到 1 年，应当得到 1 个月的工资作为经济补偿，总共为1 725元。本案例中用人单位的计算方法并没有将张某的奖金和津贴计算在内，且计算月数的时候没有按照《实施条例》的规定计算，造成了张某获得较少的经济补偿的结果。

实践中用人单位在计算劳动合同解除或终止的经济补偿时，应当注意经济补偿基数的计算、工作年限的计算，以保证经济补偿的计算和发放合理合法，不致损害劳动者的合法权益。

第六章

人力资源退出：如何终止劳动合同

    劳动合同终止，是企业人力资源退出机制的另一条路，这条路能否走顺，就要看企业的人力资源管理者能否熟知法律，依法操作，合理规范了。劳动者达到退休年龄，却不能享受基本养老保险，劳动合同可否终止？工伤职工终止合同需要注意什么？合同终止证明的送达过程存在哪些风险？这些问题是否还困扰着您呢？不要烦恼，本章将为您介绍《实施条例》中对劳动合同终止的新规定，指导您正确应对合同终止的法律风险。

一、劳动者达到退休年龄，合同终止

【案例】

    老张一直在某汽修公司工作，在最后一次续订合同时与该汽修厂签订了3年期限的劳动合同。合同未到期，老张已经达到退休年龄，但是，老张的养老保险缴费期未足15年，因此不能够开始领取养老保险。厂方终止与老张的劳动合同，并为老张办理退休手续。但是，老张认为劳动合同尚未到期，且他还没有拿到养老保险，厂方没有权利终止他的劳动合同，必须等合同期满后才能办理退休手续，否则，厂方属违约行为，应赔偿他损失。厂方坚持按照规定，为老张办理了退休手续，从办理退休手续之日起停止老张的工作，并停发工资。老张不服，向当地劳动争议仲裁委员会提出申诉，要求该厂履行劳动合同。仲裁委受案后经调查，对老张的请求不予支持，裁定老张应按该厂要求，办理退休手续。

    这是一个劳动者达到退休年龄，但未领取基本养老保险，用人单位要终止劳动合同的案例。

《劳动合同法》第 44 条第 2 项规定，劳动者开始享受基本养老保险待遇的，劳动合同终止。《实施条例》第 21 条进一步规定："劳动者达到法定退休年龄的，劳动合同终止。"这一规定明确了对于达到退休年龄，但尚不符合享受基本养老保险待遇的劳动者，劳动合同能否终止的问题。

根据我国现行法律、法规规定，劳动者开始享受基本养老保险的条件是，养老保险缴费年限（含视同缴费年限）累计满 15 年，且达到法定退休年龄的劳动者。但是，实践中个别劳动者可能已经达到退休年龄但是没有满足享受基本养老保险待遇的条件，因此，还不能领取基本养老保险。此时，用人单位可不可以终止劳动合同？《实施条例》对此作了进一步规定：劳动者达到法定退休年龄，用人单位就可以终止劳动合同。案例中，汽修厂与老张终止劳动合同，为老张办理退休手续是完全符合法律规定的。

提醒用人单位注意的是，在我国，法定退休年龄指的是 1978 年 5 月 24 日第五届全国人民代表大会常务委员会第二次会议原则批准，现在仍然有效的《国务院关于安置老弱病残干部的暂行办法》和《国务院关于工人退休、退职的暂行办法》（国发〔1978〕104 号）文件所规定的退休年龄。1999 年 3 月 9 日劳动和社会保障部发布了《关于制止和纠正违反国家规定办理企业职工提前退休有关问题的通知》（劳社部发〔1999〕8 号），通知指出：国家法定的企业职工退休年龄是男年满 60 周岁，女工人年满 50 周岁，女干部年满 55 周岁。从事井下、高温、高空、特别繁重体力劳动或其他有害身体健康工作的，退休年龄男年满 55 周岁，女年满 45 周岁，因病或非因工致残，由医院证明并经劳动鉴定委员会确认完全丧失劳动能力的，退休年龄为男年满 50 周岁，女年满 45 周岁。只有达到法定年龄的劳动者才能够办理退休手续，领取基本养老保险；劳动者达到法定退休年龄，用人单位即可以终止劳动合同。

二、以完成一定工作为期限的劳动合同终止，应支付经济补偿

【案例】

张先生应聘一家生产性企业从事项目经理一职，签订了以完成一定工作任务为期限的劳动合同，合同规定，张先生领导的项目团队在完成

该生产项目之后解散，公司与张先生的劳动合同终止。张先生在项目中尽职尽责，带领团队顺利完成任务。张先生和公司的劳动合同宣告终止。张先生要求获得合同终止的经济补偿，但是遭到公司的拒绝。张先生辩解说，《劳动合同法》有相关规定，劳动合同终止时用人单位有义务支付劳动者经济补偿。于是，张先生提请劳动争议仲裁，要求企业支付其相应的经济补偿金。

这是一个以完成一定工作任务为期限的劳动合同终止后企业拒绝支付经济补偿的案例。

《实施条例》第 22 条规定："以完成一定工作任务为期限的劳动合同因任务完成而终止的，用人单位应当依照劳动合同法第四十七条的规定向劳动者支付经济补偿。"这条规定包含两个意思：（1）以完成一定工作任务为期限的劳动合同终止时用人单位负有支付经济补偿的义务；（2）经济补偿的支付依照《劳动合同法》第 47 条以及《实施条例》相关规定执行。

以完成一定工作为期限的合同是指用人单位与劳动者约定以某项工作的完成为合同期限的劳动合同。通常，这种合同以某项任务的完成为合同期限，一般要受季节、时间的限制，具有一定的不确定性；与固定期限和无固定期限的劳动合同一样，一旦发生法定事由即可以终止合同。以完成一定工作任务为期限的劳动合同，与固定期限和无固定期限的劳动合同一样，都是确定劳动者与用人单位之间劳动权利和义务的协议，因此，《实施条例》明确规定，以完成一定工作任务为期限的劳动合同因任务完成而终止的，用人单位应当依法向劳动者支付经济补偿。因此，本案例中企业的行为是违法的，企业应当按照劳动合同法相关规定支付张先生相应的经济补偿。

三、工伤职工合同终止，仍须支付医疗补助金和就业补助金

【案例】

王某是某纺织厂一名纺织工人，与纺织厂签订了为期 3 年的劳动合同。在一次对机器的常规操作中，王某发生工伤事故，左手手腕被机器绞伤。经过半年的治疗后，王某的病情基本处于稳定状态，经伤残鉴定，王某属于部分丧失劳动能力。转眼间王某的合同就要到期了，纺织

厂决定终止合同，给王燕下发了"终止合同通知书"，并支付王某相应的经济补偿金。但是王某听工友说，自己是工伤职工，因此企业在提出终止自己的劳动合同的时候除了经济补偿外，还应当支付其他的补助金。但由于她的文化水平低，法律知识不够，不知道自己还可以获得哪些补助。在咨询律师后，王某向当地劳动争议仲裁委员会提起申诉，要求纺织厂对其支付一次性工伤医疗补助金和伤残就业补助金。

这个案例争议的焦点在于，工伤职工劳动合同到期自然终止，企业在经济补偿金外是否还需要向劳动者支付医疗补助金和就业补助金。

《劳动合同法》第45条规定，在本单位患职业病或者因工负伤并被确认丧失或者部分丧失劳动能力的劳动者的劳动合同的终止，按照国家有关工伤保险的规定执行。这一条明确了工伤职工劳动合同终止时依照执行的标准。《实施条例》第23条规定，用人单位依法解除、终止工伤职工的劳动合同的，除依照《劳动合同法》第47条关于经济补偿标准的规定向劳动者支付经济补偿外，还应当依照国家有关工伤保险的规定支付一次性工伤医疗补助金和伤残就业补助金。这一条款明确了工伤职工劳动合同终止，用人单位应当支付经济补偿、医疗补助金和就业补助金。

经济补偿、一次性工伤医疗补助金和伤残就业补助金是出于不同目的向工伤职工发放的经济补助。经济补偿是在合同终止后对职工工龄的补偿，既是对职工曾经作出贡献的肯定，也可以有效缓减失业者的焦虑情绪和生活实际困难；一次性医疗补助金是针对职工工伤医疗进行的补助，对工伤职工身体康复有重要意义；工伤职工由于身体伤残，在就业上可能存在困难，一次性伤残就业补助金是对职工的就业进行的补助。因此，按照《实施条例》和《工伤保险条例》的规定，因工负伤并被确认丧失或者部分丧失劳动能力劳动者的劳动合同的终止时，用人单位应当支付经济补偿、医疗补助金和就业补助金。根据《工伤保险条例》的规定，工伤职工终止劳动合同，需要支付的一次性工伤医疗补助金和伤残就业补助金具体标准由省、自治区、直辖市人民政府规定。案例中王燕因工负伤，经伤残鉴定属于部分丧失劳动能力。根据《劳动合同法》及《实施条例》的规定，王某的合同到期自然终止后，纺织厂应当按照当地政府规定的标准，支付她相应数额的经济补偿、一次性工伤医疗补助金和伤残就业补助金。

实践中，用人单位在处理工伤职工劳动关系的时候应当严格按照法律的规定执行，对不同伤残等级的工伤职工应当按照不同的标准处理劳动关系。根据 2004 年正式实施的《工伤保险条例》（国务院 375 号令）规定，职工发生工伤，经治疗伤情相对稳定后存在残疾、影响劳动能力的，应当进行劳动能力鉴定。对于完全丧失劳动能力的劳动者（工伤鉴定伤残等级为 1 级～4 级），应该保留劳动关系，退出劳动岗位，并且享受一次性伤残补助金、伤残津贴等待遇；等到职工达到法定退休年龄，再办理退休手续，享受养老保险待遇。对于大部分丧失劳动能力的劳动者（工伤鉴定伤残等级为 5 级～6 级），用人单位没有主动解除终止劳动合同的权利，应当保留劳动关系，由用人单位安排适当工作；难以安排工作的，由用人单位按月发给伤残津贴，并由用人单位按照规定为其缴纳应缴纳的各项社会保险费；经工伤职工本人提出，该职工可以与用人单位解除或者终止劳动关系，由用人单位支付一次性工伤医疗补助金和伤残就业补助金。对于部分丧失劳动能力的劳动者（工伤鉴定伤残等级为7 级～10 级），用人单位不能够主动解除劳动者的劳动合同，劳动合同期满或经劳动者本人提出可以终止合同，由用人单位支付一次性工伤医疗补助金和伤残就业补助金。

四、劳动合同解除终止，单位有义务出具证明

【案例】

李某与 A 建筑公司签订了一份为期 3 年的劳动合同。在合同执行过程中，他工作勤奋，为公司创造了良好的业绩。合同到期后，公司有意留用李某。但是由于家庭原因，李某决定不再在这家公司工作，于是与公司终止合同。但是，公司只是口头答应与李某终止合同，并没有下发终止合同的书面证明。合同终止后 1 个月，李某去 B 建筑公司应聘，B 公司认为李某符合录用条件，决定录用他。但是 B 公司听说李某曾经在业界的另一家公司工作，为避免法律风险，B 公司要求李某出示终止合同的证明。李某回到 A 公司，催促 A 公司为其出具合同终止证明，却被告知自己已经不是公司的人了，公司没有必要为他开什么证明。之后李某的多次催促都没有效果。而由于李某没有书面的终止合同的证明

证明他已经与原单位解除劳动关系，B公司决定不录用李某。李某万般无奈，向劳动仲裁部门提请仲裁，要求A公司开具终止合同的书面证明。

这是一起劳动合同终止，用人单位拒绝提供合同终止证明的案例。

《劳动合同法》第50条规定，用人单位应当在解除或者终止劳动合同时出具解除或者终止劳动合同的证明。这一条明确了劳动合同终止，用人单位有义务出具终止合同的证明。《实施条例》第24条规定，用人单位出具的解除、终止劳动合同的证明应当写明劳动合同期限、解除或者终止的日期、工作岗位、在本单位的工作年限。这一规定明确用人单位解除终止时有出具证明的义务，而且细化证明的内容。

解除终止合同的书面证明不仅证明了劳动者与原用人单位的劳动关系终结，还关系到劳动者工作年限的计算、经济补偿金的支付、年休假、医疗期的确定、失业登记的办理等问题，十分重要。因此劳动合同终止或解除后，用人单位有义务为劳动者开具解除终止合同的证明。本案例中李某劳动合同终止，A公司拒绝开具合同终止证明的行为是违反法律规定的，A公司应当为李某开具合同终止的书面证明。

实践中，开具解除终止合同的证明，用人单位应当注意三点：（1）开具证明的时间：解除终止合同的证明应当在劳动合同解除或终止的同时开具。（2）解除终止合同的证明应当采取书面形式，以便登记或存档。（3）书面证明应当包括以下内容：劳动合同期限、终止或者解除的日期、工作岗位、在本单位的工作年限。按照《劳动合同法》的规定，用人单位违反法律规定，未向劳动者出具解除或者终止劳动合同的书面证明，未对劳动者造成损害的，应当由劳动行政部门责令改正；对劳动者造成损害的，用人单位应当承担赔偿责任。因此，用人单位万万不可忽视出具解除终止合同证明的必要性，更不可以使用不开具解除终止合同证明的手段变相留用劳动者，否则可能得不偿失。

五、送达风险知多少

【案例】

许某被任命为某单位生化研究中心的主任，与单位签订为期3年的劳动合同。今年年初，许某合同到期，公司作出终止其劳动合同的决定,并通知其在规定的期限内到公司办理相关手续。许某在规定时间内未到公司办手续,该单位就直接通过媒体刊登对许某终止合同的决定。事后,许某不服,申请仲裁,劳动争议仲裁委员会认定该单位的送达无效。

《劳动合同法》第 50 条规定,用人单位应当在解除或终止劳动合同时出具解除或者终止劳动合同的证明。这是强制性的法定义务。实践中存在用人单位在劳动合同终止或解除之后,对合同终止或解除的证明不重视,在送达过程中出现失误,使送达过程不符合法定要求,不能提供有效的送达回证,在产生劳动争议的时候得不到劳动争议仲裁委员会的支持而败诉的实例。作为人力资源管理者,在解除终止合同的最后一环上一定要小心谨慎,因为解除终止合同证明送达失败,将被认定为劳动合同没有解除,劳动关系还存在,甚至可能视同与劳动者续签无固定期限的劳动合同,单位如果拿不出证据辩解,就会产生更大的麻烦。

实践中用人单位在执行送达程序的时候存在的问题是:

(1) 直接送达未签收。这种情形一般包括两种情况:一是用人单位将证明送达到该职工或与其同住的成年亲属手中的时候未要求签收,职工对此有异议提请仲裁,并否定用人单位曾经交予其证明的事实时,用人单位不能够提供有效送达证明,导致仲裁委员会不能支持用人单位的处理意见;二是用人单位送达证明的时候,当事职工不在,用人单位将证明交由其未成年亲属签收,由于签收人员为无民事行为能力者,导致送达回证不产生法律效力。

(2) 留置送达未见证。用人单位在送达证明的过程中遇到当事职工不在,而其成年亲属又不愿意接受证明,在无其他相关单位的人员的见证下将证明留置。这样也可能被认定为送达无效。

(3) 邮寄送达未挂号。用人单位采取邮寄的形式发送解除或终止合同的证明,但是,没有对邮件挂号,当事职工否认的情况下,用人单位又处于被动地位。

(4) 公告送达随意化。用人单位在无法直接送达、留置送达或不能使用经邮政部门查验登记并标明文件名称的特快专递送达时,一律使用公告送达。但是公告送达必须满足以下条件中的一个:一是受送达人有详细地址,本人未在家 3 个月以上(须有其住址所在地的派出所、居委会、村委会、物业管理部门的证明）且没有成年亲属同住的情况；二是，受送达人没有详细住址的情况。能用直接送达或邮寄送达而未用，直接采用公告方式送达，视为无效。本案例中单位在没有使用直接送达或邮寄送达、留置送达的方式就直接采用公告送达，是不合法的，因此，仲裁裁决用人单位的送达无效。

为此，用人单位在出具劳动合同解除、终止证明时一定要注意送达过程的合法性，以保证解除终止决定有法律效力。具体而言，用人单位可以这样处理：（1）直接交由本人，并要求签收；（2）本人不在的，交其同住成年亲属签收；（3）邮寄送达，以挂号查询回执上注明的收件日期为送达日期，最好选择标明文件名称的特快专递形式；（4）在送达职工下落不明，或者用上述送达方式无法送达的情况下，可以公告送达，即张贴公告或通过报刊等新闻媒介通知。自发出公告之日起，经过 15日，即视为送达。

第七章

续订劳动合同

劳动合同到期怎么办？续订合同学问多。续订合同要遵守哪些程序？什么情况下续订合同应当订立无固定期限劳动合同？合同到期不续签，有何法律后果？别着急，本章将为您介绍《劳动合同法》及《实施条例》中关于续订劳动合同的种种新规定，让您安全续订合同，成功留住人才！

一、续订合同之操作

【案例】

张某系陕西某大专院校毕业生，到某投资公司工作，并与该投资公司正式签订了为期3年的劳动合同。在劳动合同终止前的1个月，张某合同到期后希望与该投资公司续订一事向该投资公司提出了请求，该投资公司人事部表示同意并答复张某过1个月后来办手续。1个月以后，张某要求续订合同时，人事部负责人却突然提出：续订劳动合同可以，但是必须先付手续费。张某认为：续订劳动合同是双方协商一致的事情，还要交手续费简直是欺负人，我还不和你续订了呢，走人！于是张某打算在合同到期时走人，但在合同到期前一天，人事部突然通知张某去商量续订劳动合同事宜。张某虽然还是很气愤，但是为了保住工作，还是交付手续费，续订了劳动合同。张某经过法律咨询，终于明白单位与他续订合同的程序存在着违法的情况，于是向劳动仲裁机构提出仲裁申请。

这是一起关于劳动合同续订程序的案例，对于劳动合同的续订，我国法律法规对其有程序上的要求，用人单位应该如何履行续订劳动关系的手续呢？需要注意以下三个方面：

首先，劳动合同期限届满或其他的法定、约定终止条件出现，任何一方要求续订劳动合同应当提前30日向对方发出"续订劳动合同通知书",并及时与对方进行协商,依法续订劳动合同。

其次,续订劳动合同,如原劳动合同的主要条款已有较大改变,双方应重新协商签订新的劳动合同;如原劳动合同的条款变动不大,双方可以签订"延续劳动合同协议书",并明确劳动合同延续的期限及其他需重新确定的合同条款。

最后,续订劳动合同后,用人单位应将双方重新签订的劳动合同或"延续劳动合同协议书"(附原劳动合同)一式两份,并到社会保险经办机构办理社会保险延续手续。

因此本案中,双方合同履行到期后,张某在合同终止1个月前提出与投资公司续订劳动合同,其要求完全合情合理。按照劳动法的规定,用人单位和劳动者双方如果有意续订劳动合同,应该在劳动合同届满前1个月提出书面通知,经双方协商一致,续订劳动合同。但投资公司却对张某的要求不予理睬,在合同届满前一天提出续订合同,且还要求劳动者支付续订合同的手续费,这种行为已经构成了违反续订劳动合同程序的行为。

二、续订无固定期限劳动合同,有了新规定

【案例】

胡某在一家广告公司工作,该公司发展迅速,短短几年时间就已经在业内小有名气。但该公司每年都要与员工签订一次劳动合同。胡某工作业绩很好,在胡某第一年合同到期前1个月,人力资源部负责人找到她,对她的工作业绩给予了肯定,并与她签订了3年期的劳动合同。同时告诉她:"公司从没有与哪个员工签这么长时间劳动合同,这是公司对你的一种奖励,好好干吧。"胡某受到鼓励后,工作也更加努力。3年的劳动合同又快要到期时,胡某听说法律规定与同一用人单位连续两次订立固定期限劳动合同的,只要劳动者同意续签劳动合同,用人单位应当订立无固定期限劳动合同,所以就要求与公司续订无固定期限劳动合同。人力资源部经理很气愤,告诉胡某不要得寸进尺,公司是不可能与她订立无固定期限劳动合同的。由此双方产生了争议。

这是一起劳动者连续两次与用人单位订立固定期限劳动合同后,要求续订无固定期限劳动合同时引发的争议。

《劳动合同法》第 14 条规定：有下列情形之一，劳动者提出或者同意续订、订立劳动合同的，除劳动者提出订立固定期限劳动合同外，应当订立无固定期限劳动合同：（1）劳动者在该用人单位连续工作满 10 年的；（2）用人单位初次实行劳动合同制度或者国有企业改制重新订立劳动合同时，劳动者在该用人单位连续工作满 10 年且距法定退休年龄不足 10 年的；（3）连续订立两次固定期限劳动合同，且劳动者没有本法第 39 条和第 40 条第 1 项、第 2 项规定的情形，续订劳动合同的。与《劳动法》相比，《劳动合同法》对续订无固定期限劳动合同作出了新规定，扩大了企业必须续订无固定期限劳动合同的劳动者的范围。

《劳动合同法》第 14 条试图引导用人单位与劳动者订立长期或者无固定期限劳动合同。此外，《劳动法》第 20 条规定：劳动者在同一用人单位连续工作满 10 年以上，当事人双方同意续延劳动合同的，如果劳动者提出订立无固定期限的劳动合同，应当订立无固定期限的劳动合同。新规定在上述条款的基础上，扩大了无固定期限劳动合同的范围。比如，取消了《劳动法》的"同意续延"，改为只要在同一用人单位连续工龄满 10 年，员工即可提出订立无固定期限劳动合同；另增加了两种新的须签订无固定期限劳动合同的情形，同时明确规定了用人单位违反上述规定不签订无固定期限劳动合同的法律责任。

（1）劳动者在同一用人单位连续工作满 10 年。这是指劳动者在该用人单位完成劳动任务不间断达到 10 年。劳动者必须在同一用人单位工作满 10 年才有权提出续订无固定期限劳动合同。劳动者在同一用人单位的工作时间中，应该把劳动者依法享有的医疗期时间计算在内，不应扣除劳动者依法享有的医疗期时间。

（2）用人单位初次实行劳动合同制度或者国有企业改制重新订立劳动合同时，劳动者在该用人单位连续工作满 10 年且距法定退休年龄不足 10 年。用人单位初次实行劳动合同制度是指由固定工制度向合同工制度转变，国有企业改制重新订立劳动合同制度是指由于国有企业进行股份制改造或者兼并、重组后需要与劳动者重新签订劳动合同，在这两种变化过程中，我国出现了"4050"现象。① 为了避免这种损害劳动者权益的事情发生，《劳动合同法》规定，在上述情况下，如果劳动者在

---

① 在国有企业改制过程中，50 岁左右的男职工、40 岁左右的女职工，很容易被"淘汰"而下岗失业，被称为"4050"现象。

该用人单位已经不间断工作满 10 年并且离法定的退休年龄（男性职工为 60 周岁，女性职工为 50 周岁）在 10 年以内的，如果劳动者提出或者同意续订劳动合同的，应当签订无固定期限劳动合同。

（3）连续订立两次固定期限劳动合同且劳动者没有《劳动合同法》第 39 条和第 41 条第 1 项、第 2 项规定的情形而续订劳动合同。连续订立两次固定期限劳动合同后续订，是指用人单位已经连续与劳动者订立了两次固定期限劳动合同后又继续订立劳动合同的。这里的"两次"是从《劳动合同法》颁布以后开始计算，颁布前签订的劳动合同的次数不计算在内。没有《劳动合同法》第 39 条情形是指过错解雇的情形。过错解雇，即劳动者经试用不合格，或者劳动者违纪、违法达到一定严重程度时，用人单位无须向对方预告就可以随时解除劳动合同。在这种情况下，劳动者无权要求续订无固定期限劳动合同。没有《劳动合同法》第 41 条第 1 项、第 2 项规定的，即用人单位没有依照企业破产法规定进行重整或者生产经营发生严重困难这种情况。符合以上条件，劳动者提出或者同意续订劳动合同的，应当签订无固定期限劳动合同。

在订立无固定期限劳动合同中，企业必须注意哪些员工符合订立的条件，应该主动与员工协商订立。一改过去由员工主动找企业要求订立无固定期限劳动合同的状况，现在只要员工符合条件，企业如果没有与之订立无固定期限劳动合同的话，应当承担法律责任。《劳动合同法》第 82 条规定，用人单位违反本法规定不与劳动者订立无固定期限劳动合同的，自应当订立无固定期限劳动合同之日起向劳动者每月支付两倍的工资。

企业须加强劳动合同的管理，及时与符合条件的人订立无固定期限劳动合同，在订立无固定期限劳动合同时，明确约定合同解除的条件，保持用工的自主性和灵活性，也避免不必要的争议。

三、合同到期不续签，后果很严重

【案例】

李某的劳动合同还差 1 个月就到期了，他就递交了一份书面的续签劳动合同书，企业没有理会。到期后，企业也没有提出终止劳动合同，李平仍然去上班。这样持续 1 个月后，李某发现他的劳动报酬没有变化。但总觉得这也不是长久之计，认为没有劳动合同不保险。于是他就去找到人事部经理，希望能够赶紧签订劳动合同。人事部经理不以为然地说，你不知道企业最近忙着迎接质量检查啊，这个事情过去以后，再商量续签合同的事吧。1个月后，用人单位找到李某，通知与他解除劳动关系。李某不服，觉得劳动合同到期前1个月，企业没有提前通知他是续订还是终止，到期后，让他继续工作又不续签合同，结果工作1个月后又要解除劳动合同，总应该承担点法律责任吧。于是他下班后就找到自己的一位律师朋友，咨询到底在这种情况下会有什么法律后果。

这是一个劳动合同到期后不续签的案例。根据《劳动合同法》的规定，劳动合同期满，劳动合同即行终止。双方是否续订合同，应按照平等、自愿的原则，由当事人协商决定。所以劳动合同到期后，用人单位和劳动者可以有两种选择：终止或者是续签。

（1）劳动合同终止，双方不续签

固定期限劳动合同期限届满，双方终止劳动关系，用人单位支付经济补偿。过去只有在用人单位"解除"未到期的劳动合同时，无过错的劳动者才会获得补偿。如果是合同到期终止，一般情况下劳动者不会得到任何补偿，《劳动合同法》为了避免劳动合同短期化，改变了这种情况，规定除用人单位维持或提高劳动合同约定条件续订劳动合同、劳动者不同意续订的情形外，合同期满终止固定期限劳动合同的，用人单位应向劳动者支付经济补偿。

（2）劳动合同期限届满，劳动者仍在用人单位工作，但没有续签劳动合同的

如果要续签合同，劳动法律对于续签的程序也有相关规定，即任何一方要求续订劳动合同，应该提前30天向对方发出通知，另一方也应该响应，在双方协商一致的基础上，续订劳动合同。本案中，李某已经向企业发出续订劳动合同请求，但是企业却没有理会，这种行为违反了法律的规定，如果给李某造成损失的话，应该赔偿。

李某仍然在企业工作，但是由于企业的原因，双方没有续订劳动合同，已经形成了事实的劳动关系，视为双方同意以原条件继续履行劳动合同，用人单位无权提出解除劳动关系。如果劳动者提出续订劳动合同，用人单位应当补办书面劳动合同。根据《劳动合同法》第10条的规定，建立劳动关系应当订立书面劳动合同。用人单位自用工之日起超过1个月不满1年未与劳动者订立书面劳动合同的，应当向劳动者每月支付两倍的工资的规定，如果超过1个月仍不补签劳动合同，企业应向劳动者支付双倍的工资。

第八章

如何巧用劳务派遣

随着《劳动合同法》及《实施条例》的颁布实施，曾经备受青睐的劳务派遣用工已经不再那么简单。如何应对新法的全新规定？如何正确行使用人单位的正当权利？如何避免其中的法律风险？相信这些都是您所关心的问题。在本章中对这些问题都已作出分析，相信能够对您有所帮助。

一、用工单位采用劳务派遣风险加大

【案例】

还有 3 年就要退休了，47 岁的中石化老员工陈某突然发现自己被公司"抛弃"了。这让已经有三十多年工龄的他怎么也接受不了。2007年 10 月底，中石化山东潍坊石油分公司通知陈某，公司将解除此前和他签署的劳动合同，让他和一家劳务派遣公司签署劳动合同。按照程序，分公司与这家劳务派遣公司签署用工协议，然后他被劳务派遣公司输出到潍坊石油分公司。

也就是说，陈某还在原来的公司工作，但已经不是公司的人了。公司要求，如果陈某在 2008 年 1 月 1 日仍不同意签署新合同，就得"走人"。而那天正是《劳动合同法》开始实施的日子。和陈某一样被要求和劳务派遣公司签署合同的正式职工总计六百多名，大约占该公司在岗职工的三分之一。职工们群情激奋，反应激烈，认为此举是公司规避《劳动合同法》而伤害老职工的举措。在陈某等人心里，他们从来都认为自己是正式职工。如果按照正式职工退休，那他们每月有 1 800 元左右的退休金，比当地工人的平均退休金高 800 元。

由于职工的反应过激，为了打消职工顾虑，中石化潍坊石油分公司向中石化山东省石油总公司作了请示。11 月 22 日，分公司给这些群情激奋的职工作出了三条"保证"：其一，坚持"政治上同样看待，生活上同样关心，待遇上同工同酬，使用上同样安排"的四同原则，对劳务派遣人员一视同仁，各项社会保险待遇按照地方标准执行；其二，职工与劳务派遣公司签署合同中的权利、义务、工资、保险、福利等，由潍坊分公司履行；其三，与劳务派遣公司签署合同到期后，没有违纪的，可以与劳务派遣公司续签，并与分公司签订上岗协议，直到退休。最后通过公司管理层不断的努力，陈某终于在劳务派遣合同上签上了自己的名字，成为了公司四百多名被派遣劳动者的一员。

本案例中所提到的劳务派遣，是近年来在我国新兴的一种用工形式，由于具有成本低廉、便于管理、规避纠纷等众多人力资源管理优势而备受全国各地企业的青睐，在我国的发展前景也被众多专家一致看好，甚至一度被认为有可能成为未来我国用工形式的主流。那么，让陈某等人揪心不已的劳务派遣，究竟是一种什么样的用工形式呢？

劳务派遣，也叫劳动力派遣、人才派遣、人才租赁等。劳务派遣是由具备合法资质的劳务派遣单位根据以劳务派遣形式用工的单位的实际需求，派遣合格的员工到企业工作的一种新型用工形式。与普通劳动关系不同，劳务派遣涉及劳务派遣单位、被派遣员工和用工单位三方之间的关系：劳务派遣单位与被派遣员工订立劳动合同后，依据与用工单位订立的劳务派遣协议，将员工派遣到用工单位工作。员工与派遣单位之间签订劳动合同，形成劳动关系，但并不发生劳动力给付的事实；派遣单位与用工单位之间签订劳务派遣协议，形成劳务派遣关系；劳动力给付的事实发生在员工与用工单位之间，但是双方并没有形成直接雇佣关系，而是形成劳务关系。对用工单位来说，劳务派遣是人力资源外包的一种重要形式，其最大特点是劳动力的法律雇用和使用相分离。由于劳务派遣降低了用人成本和风险，保证了用工的灵活性，成为许多国家企业用工制度的一种新选择。

劳动关系和劳务关系是劳务派遣中的两个重要概念，二者最主要的区别在于当事人双方之间是否形成劳动合同关系。劳动合同关系既包括双方签订书面劳动合同的情形，也包括虽然没有签订书面劳动合同、但已形成事实劳动关系的情形。劳务派遣单位与劳动者之间签订的是劳动合同，双方构成劳动关系。劳务关系则是一种民事关系，双方之间签订劳务合同。用工单位与劳务派遣单位之间签订劳务派遣协议，将劳动者派遣至用工单位，用工单位与被派遣劳动者之间实际也形成一种劳务关系。为规范劳务派遣人员的聘用和管理，明确用工单位、劳务派遣机构和被派遣劳动者三方的权利和义务，保证劳务用工制度的规范执行。《劳动合同法》首次用专节对劳务派遣用工方式作出规定，明确规定了劳务派遣三方的权利、义务。

用工单位通过劳务派遣，能够获得极大的便利：可以减少大量事务性的工作，获得更为专业化的人力资源服务；避免了在用人方面由于体制、政策原因产生的障碍；提升了企业自身的管理能力，把有限的资源专注于核心业务；可以根据市场状况及时、灵活地调整用人规模，有效地降低人力成本；而且，由于用工单位与员工之间不再是劳动合同关系，因而可以避免一些劳资纠纷，降低用工风险；还可以完善企事业单位富余人力资源的退出机制。但是，把劳务派遣作为用工首选的做法并不明智。在《劳动合同法》及《实施条例》的规范下，用工单位采用劳务派遣的法律风险加大了，比如：必须与派遣单位确定派遣期限，不能将连续的用工期限分割而订立多个短期派遣协议；对被派遣员工进行岗位必需的培训；执行国家标准，提供相应的劳动条件和劳动保护；跨地区使用派遣员工，按照用工地的标准支付劳动报酬、提供劳动条件；确保被派遣员工享有与本单位员工"同工同酬"的权利；连续用工，实行正常的工资调整机制；不能"二次派遣"；不能与员工订立非全日制合同；不能设立派遣单位，自我派遣；给被派遣员工造成损害的，派遣单位与用工单位承担连带赔偿责任等。因此，劳务派遣对于企业也并非"免费的午餐"，用工单位在具体操作时还应严格遵守法律规定，慎思慎行。

二、派遣单位的合法资质不容忽视

【案例】

某外资运输公司落户大连，想在国内聘用几名船员，但考虑到我国的一些限制性政策规定，于是决定通过劳务派遣的方式招用 12 名大陆船员。由于对国内的相关派遣公司缺乏了解，只通过报纸和互联网广告找到一家从事船员派遣的、看似实力很雄厚的某海事服务公司。由于航期紧迫，该外资运输公司并没有对该海事服务公司进行细致的资格审查，双方很快签订了一份两年期限的派遣协议，录用了12名体检合格、证件齐全的国内船员，双方约定根据船员的级别每月按400美元～900美元不等的标准支付给船员劳动报酬，由该海事服务公司负责在每月5日之前划到每个船员的银行卡里。

该运输公司主营中欧航线，一个航期来回两个多月。第一个航期即将结束，船在国内港口靠港进行集装箱货物装卸的时候，有部分船员可以申请几个小时的假期，下船活动。李某等4人获准下船2个小时，他们最关心的是自己的工资有没有如约支付到账，于是一起去港口附近的银行查询。令他们一直担心的事情果然发生了，他们的银行卡里一分钱都没有！

与亲人朋友失去联系有两个多月，但此刻谁也顾不上往家里打个电话报平安，他们立即回船，直接找到船长询问此事。船长也一头雾水，感觉形势不妙，就往公司打了个电话，公司称已经把这两个月的工资如数转到某海事服务公司的账户上了，听说船员没有收到钱，立即给该海事服务公司打电话，结果发现竟然是空号！后通过工商行政管理部门核实，根本没有注册过这么一家派遣公司……

这是一个关于劳务派遣单位资质合法性的案例。

《劳动合同法》第57条规定：劳务派遣单位应当依照公司法的有关规定设立，注册资本不得少于50万元。

（1）劳务派遣单位应当符合公司的设立条件

根据《中华人民共和国公司法》的规定，设立公司，应当依法向公司登记机关申请设立登记。法律、行政法规规定必须报经批准的，应当在公司登记前依法办理批准手续。依法设立的公司，由公司登记机关发给公司营业执照，营业执照签发日期为公司成立日期。公司营业执照应当载明公司的名称、住所（主要办事机构所在地）、注册资本、实收资本、经营范围、法定代表人姓名等事项。设立公司必须依法制定公司章程。公司的经营范围由公司章程规定，并依法登记。公司的经营范围中属于法律、行政法规规定须经批准的项目，应当依法经过批准。

劳务派遣单位作为独立的经济实体，它承担着与劳动者直接建立劳动关系、实实在在扮演用人单位角色的法律责任，所以首先必须符合上述公司设立的条件。

(2) 劳务派遣单位的注册资本不少于 50 万元

这是因为，目前我国经营劳务派遣业务的主体主要是劳动行政部门下属的职业介绍中心、企业再就业服务中心转制而成立的劳务派遣公司[①]，也有一部分是有关机构、团体、事业单位、企业，以及个人投资设立的私立人才公司（也称为劳务公司），还有国家机关（如山东驻粤劳动管理处、街道办事处）、事业单位（某些职业学校、培训中心）、有关社会团体（工会、妇联等）直接从事劳务派遣业务。劳务派遣主体比较混乱和复杂，很多根本不具备派遣主体的实力，无法承受劳务派遣过程中的各种风险。据统计，目前全国共有劳务派遣公司26 158个，其中经劳动部门经办或审批的仅为18 010个。很多所谓的派遣单位正如本案例中的海事服务公司一样，并没有经过注册登记，不具有合法的派遣主体资格。因此，需要通过设立条件的规范和注册资本的硬性规定对劳务派遣单位的派遣资格进行规制。

企业在选择劳务派遣单位进行合作时应当慎重，认真甄选合作的派遣单位，建立明确的考核体系对派遣单位进行有效筛选和考核。考核指标的设计应回答这些问题：派遣单位提供派遣人员的合格率如何？是否建立了比较完备的派遣人员信息库和备份资料以快速补充缺员职位？其社会信誉如何？能否帮助企业提高对派遣员工的影响力和控制力？是否与当地政府尤其是劳动保障和监察部门建立了良好的联系？能否及时为劳动者提供法律服务、保障劳动者合法权益？能否及时协调处理双方矛盾和纠纷？能否为用工时的突发情况设计合理、合法的解决措施，进行危机管理，以减少用工单位的经济损失和责任风险？总的说来，可以从以下五个方面选择合适的劳务派遣单位：

第一，资质合法。这是对劳务派遣公司的底线要求，劳务派遣单位应当依照公司法的有关规定设立，注册资本不得少于 50 万元。所以，企业尽量不要选择那些无照经营、注册资金不足的劳务派遣单位进行劳务合作。有的机构仅能从事职业介绍、人事代理业务，没有开展劳务派遣的法定资格，企业如果使用这类机构派遣的人员，则企业和派遣人员之间将会被认定为建立了劳动关系，不能达到降低用工风险的目的。企业可以通过审查营业执照等资质证书来确认派遣单位是否有合法资质。

---

① 参见莫荣主编：《2003—2004：中国就业报告》，189 页，北京，中国劳动社会保障出版社，2004。

第二，风险承受能力。不同的派遣单位有不同的用工风险承受度，企业应该选择能承受较多风险的单位。具体而言，企业可以评估派遣单位有没有承担风险的责任意识、预防风险的管理体系以及应对风险的业务能力。

第三，服务能力。派遣单位可以在大量具体人力资源管理事务上为企业提供服务，如工资发放、社保缴纳、用工手续等，企业可以从服务项目种类、服务网络分布、服务规模大小、服务水平高低、服务品牌知名程度等方面进行评估。在使用劳务派遣时需要考虑员工对派遣单位的接受程度，通常服务水平较高、规模较大的派遣单位易于被员工接受。

第四，拓展功能。随着"民工荒"等问题的出现，很多企业对派遣单位提出了大规模提供劳动力的要求，而且随着高新科技的发展、生产工艺的改进，对劳动力素质的要求也日益提高。派遣单位除了要具备对现有人员进行管理的能力，还应该拓展在人才流动、劳动力提供等方面的功能。

第五，派遣成本。使用劳务派遣，企业需要支付服务费用给派遣单位，因而应根据风险转移程度和服务水平来评估服务费用的高低。

在劳务派遣过程中，企业应依法处理与派遣单位的关系。规范派遣单位对劳动者的管理，是促进绩效目标实现和建立派遣员工管理机制的重点。具体讲，包括：（1）设计更有效的派遣单位的激励回报机制。对派遣单位进行有效的激励和控制，能够促使派遣单位有效管理派遣员工，从而有助于企业工作目标的实现和工作效率的提高。（2）建立和完善跟踪反馈机制。劳务派遣单位和企业对于劳务派遣过程中的各个环节要及时跟踪。比如派遣人员是否遵守企业的规章制度？工作绩效如何？是否按时、足额领到了劳动报酬？派遣单位是否按时、全额缴纳了社会保险？企业是否有侵犯派遣劳动者合法权益的行为？其安全生产设施是否齐全？安排劳动者额外加班是否有加班费或补助？及时沟通、协调，发现并快速解决劳务派遣中的问题，不断修改完善劳务派遣流程和服务内容，是确保劳务派遣用工模式顺利进行的保障。

三、如何签订派遣协议

【案例】

还有两个多月才到中秋佳节，某知名食品公司就已经迎来了本年度的中、高档月饼订购高峰期，由于前期广告宣传做得比较到位，再加上多年来积累的品牌效应，各大商场、超市纷纷前来订货，订单比去年同期增长了将近60%。

面对接踵而至的订单，总经理却高兴不起来。原来，订单所要求的生产能力已经远远超出了公司现有的生产能力，生产线倒是可以24小时运转，但是人手紧张，即使所有生产线的员工都加班加点也不可能按时完成订单的任务。当初下订单的时候只想着多多益善了，没太考虑到公司自身的生产能力。但是把眼看要吃到口的肥肉拱手让给竞争对手，这样的做法是总经理万万不能接受的。

公司召集各部门的领导连夜开会，讨论如何迅速扩大生产能力，以解燃眉之急。人力资源部经理提出了一个让大家眼前一亮的主意："现在很多企业都流行使用劳务派遣工，主要就是解决像我们这样的临时性人员短缺的问题，企业不用和这些劳动者签劳动合同，只要和派遣单位签一份协议就好了。招聘、发工资、缴纳保险、调档案之类的事情都不用我们操心，可以节省很多时间、精力和财力……"

大家都觉得这个主意不错，非常符合公司目前的情况，总经理也觉得可以尝试一下，但是对于该怎么签这个所谓的协议不太了解："那个协议是不是跟合同似的？""一定要签协议吗？""应该包括哪些内容呢？""要签多长期限呢？"

这是一个有关劳务派遣协议的案例，涉及劳务派遣协议该如何订立以及协议的内容、期限等问题。

《劳动合同法》第59条规定：劳务派遣单位派遣劳动者应当与接受以劳务派遣形式用工的单位（以下称用工单位）订立劳务派遣协议。劳务派遣协议应当约定派遣岗位和人员数量、派遣期限、劳动报酬和社会保险费的数额与支付方式以及违反协议的责任。用工单位应当根据工作岗位的实际需要与劳务派遣单位确定派遣期限，不得将连续用工期限分割订立数个短期劳务派遣协议。第60条第1款规定：劳务派遣单位应当将劳务派遣协议的内容告知被派遣劳动者。

（1）派遣单位与用工单位应当订立派遣协议

劳务派遣协议是劳务派遣单位与用工单位在平等自愿、协商一致的基础上订立的一种要式法律文件，双方约定由派遣单位按照用工单位的岗位要求将适格的劳动者派遣到用工单位工作一定的期限、接受用工单位的指挥和管理，并替用工单位按月给劳动者支付约定数额的劳动报酬和缴纳社会保险费等；由用工单位按照一定的标准提供必要的劳动保护和劳动条件，并支付给派遣单位一定数额的劳务费用，以及约定双方违反该协议的责任承担等问题。签订派遣协议是劳务派遣中一个不可或缺的环节，应该引起双方的重视。不少劳务派遣纠纷就是双方没有签订书面派遣协议，或者某些关键协议条款没有明确规定而引起的。

（2）派遣协议的内容要明确

劳务派遣协议应当明确派遣岗位和人员数量、派遣期限、劳动报酬和社会保险费的数额与支付方式以及违反协议的责任。然而，在实际操作过程中，许多用工单位对于派遣协议没有给予足够的重视，有些协议内容模棱两可，表述得不准确、不到位，有的甚至缺失必备的内容，比如没有在协议中约定社会保险费的数额和支付方式、没有明确违反协议的责任承担问题等等。这种做法具有很大的法律风险，用工单位非但不会因此免除自身的法律责任，反而会在发生劳动纠纷时因为缺少充足、对自身有利的书面证据而带来不必要的麻烦。因此，比较明智的做法是在充分而全面协商的基础上，明确规定双方的权利和责任以及违约事项，这既保证了协议的顺利履行，排除了任何一方的投机心理，在发生纠纷的时候又便于责任的归置和裁决。

（3）不能将连续的派遣期限分割、订立多个短期派遣协议

关于派遣期限，根据本条规定，用工单位应当根据工作岗位的实际需要与劳务派遣单位确定派遣期限，不得将连续用工期限分割、订立数个短期劳务派遣协议。这是因为许多采用劳务派遣方式用工的单位，尤其是第一次招用劳务派遣工时，通常对于这种三方角色下的用工方式不太放心，担心因为缺乏有效的监督和激励机制而导致劳动者的工作积极性不高、不愿意服从自己的管理；或者不希望因为订立较长期的派遣协议，而使劳动者可以享受更多的报酬或福利待遇、从而增加企业的用工成本等，往往将连续的派遣协议分割开，变成几个短期的协议。如果双方合作顺利，就续签；否则就终止协议，对自身也不会造成太大的损失。这一做法增加了劳动者工作的不稳定性，剥夺了劳动者可以享有的工作待遇，也不利于派遣单位人力资源管理活动的顺利开展。为了进一步规范劳务派遣中的用工秩序，平衡三方的权利和义务，约束用工单位对派遣期限的分割和碎化，《劳动合同法》作了相应规定，用工单位在签订派遣协议的时候应当谨慎，规避这些法律风险。

（4）派遣协议的内容，应当告知被派遣劳动者

劳务派遣单位应当将劳务派遣协议的内容告知被派遣劳动者。这里的内容主要是指与工作岗位相关的劳动报酬、劳动条件等。很多派遣单位不愿意告诉劳动者与用工单位签订的派遣协议中有关劳动报酬、社会保险费的缴纳数额等内容，要么存在"暗箱操作"的嫌疑，即实际支付的劳动报酬低于派遣协议中约定的数额，派遣单位除了劳务费用还赚取劳动者工资差价，这成为向劳动者隐瞒协议相关内容的主要动机；要么忽视劳动者的知情权，认为协议的内容是用来约束派遣单位和用工单位的，劳动者没有必要知道。这一规定从法律上肯定和维护了劳动者的知情权，也在一定程度上约束了派遣单位克扣用工单位支付给劳动者的劳动报酬的行为。

四、派遣单位与劳动者至少要签两年劳动合同

【案例】

老王从单位下岗以后，一直想着趁自己还有力气再多干几年，给自己养老多留下一点积蓄，但已经四十多岁了，想找份工作也不是件容易的事。经朋友介绍，老王找到了一家劳务派遣公司，对方同意和他建立劳动关系，但由于是初次签约，公司对老王的业务水平放心不下，怕他给公司惹上麻烦。于是公司提出先与老王签 1 年合同，如果合同期限内工作表现良好，再续签 1 年合同。老王想想也合情合理，于是就与公司签订了 1 年的劳动合同。

这是一个有关劳务派遣中如何约定劳动合同期限的案例。

《劳动合同法》第 58 条第 2 款规定：劳务派遣单位应当与被派遣劳动者订立 2 年以上的固定期限劳动合同，按月支付劳动报酬。

虽然派遣单位不是实际的用工单位，但是作为劳动合同的相对方，它是《劳动合同法》所称的用人单位，应当履行用人单位对劳动者所应承担的义务。包括订立劳动合同、及时足额支付劳动报酬、缴纳社会保险费用、办理档案转移手续等义务。《劳动合同法》对劳务派遣中劳动合同的期限作了特别规定，即劳务派遣单位应当与被派遣劳动者订立 2 年以上的固定期限劳动合同。这说明劳动合同的期限不能少于 2 年，2 年以上固定期限劳动合同的期限，派遣单位可以与劳动者协商确定；2

年以下的因为违反了法律规定，即使双方协商一致也是无效的。

这一规定主要是为了将劳务派遣单位和一般的劳务中介区分开来。劳务中介机构一般只负责在有用工需求的用工单位和寻找工作的劳动者之间基于工作进行匹配，匹配成功的中介机构收取一定的费用作为其营业收入，而不再负责后期劳动者工作过程中的各种问题。而派遣单位作为用人单位不但要把劳动者派遣出去，还要负责为其支付报酬、缴纳保险费、管理档案等一系列人力资源管理活动，实际上是用工单位将其人力资源管理活动的一部分外包给了派遣单位，这就要求派遣单位实实在在地承担起用人单位的责任。对劳动合同期限的这一下限规定，加重了派遣单位作为用人单位身上承担的法律责任，从而能够更为有力地保障劳动者的合法权益。本案例中，派遣公司与老王订立1年期限的劳动合同违反了《劳动合同法》上述规定，是无效的约定。因此，派遣单位在与劳动者签订劳动合同时一定要注意劳动合同的规范化，首先是要签订固定期限劳动合同，其次劳动合同期限不得少于两年，最后还得注意劳动报酬必须按月发放。

五、派遣单位不得以非全日制用工形式招工

【案例】

王某成立了一家劳务派遣公司，专门向制衣厂、建筑工地等劳动密集型产业大量派遣劳动者。为了降低用人成本，王某以"促进劳动力自由流动，实现劳动力优化配置"为名，在与被派遣劳动者建立劳动关系时，与所有劳动者都订立的是非全日制合同。正当王某为自己的小聪明沾沾自喜的时候，劳动行政执法部门找到了他。

这是一则劳务派遣公司违反法律规定与员工订立非全日制劳动合同的案例，本案例的焦点在于：劳务派遣公司能否以非全日制用工形式招用劳动者？

《劳动合同法》第71条规定："非全日制用工双方当事人任何一方都可以随时通知对方终止用工。终止用工，用人单位不向劳动者支付经济补偿。"有关法律法规还规定，非全日制用工的社会保险费可以由劳动者个人缴纳，但工伤保险除外，即用人单位不需为劳动者缴纳大部分的社会保险。对于劳务派遣单位来说，非全日制用工比全日制用工节省

许多成本，因此，许多劳务派遣单位都希望与被派遣劳动者建立非全日制劳动关系，但《劳动合同法》对于是否能够与被派遣劳动者签订非全日制劳动合同尚未作出明确规定。

《实施条例》第30条规定："劳务派遣单位不得以非全日制用工形式招用被派遣劳动者。"这就要求劳务派遣单位与被派遣劳动者之间只能订立两年以上的固定期限全日制劳动合同，而不能签订非全日制劳动合同，建立非全日制劳动关系。因此，本案例中王某的劳务派遣公司与劳动者订立非全日制合同的行为，是违反法律规定的。

案例提醒：派遣单位在与员工建立劳动关系时，切勿投机取巧，签订非全日制合同，否则将要承担严重的法律责任。此外，用工单位在接收被派遣劳动者时，也应当了解被派遣劳动者的劳动合同形式，认真监督劳务派遣单位的用工行为，一旦劳务派遣机构涉嫌违法用工，用工单位也要承担连带责任。

六、企业不得进行"自我派遣"

【案例】

赵某是某公司的总经理，公司旗下原有一家劳务派遣公司，向公司及其下属单位进行劳务派遣，为公司节省了不少人事管理成本。但随着《劳动合同法》的颁布，用人单位自设劳务派遣机构进行自我派遣的行为被明令禁止。赵某为此很是焦心，他的一位副经理提醒他："赵总，法律规定不能'设立'劳务派遣机构，但没说不能投资劳务派遣公司啊。"于是，赵某以公司的名义向当地一家著名的劳务派遣公司购买了15％的股份，并且指定由这家劳务派遣公司向自己提供被派遣劳动者。但是没过多久，他接到了劳动行政监察部门的电话。

这是一则关于用人单位设立劳务派遣公司对本单位进行自我派遣的案例，案例的焦点在于：用人单位投资、合伙设立劳务派遣公司，向本单位及其所属单位派遣劳动者，这些行为是否属于《劳动合同法》所规定的"自设劳务派遣公司"以及"自我派遣"呢？

《劳动合同法》第67条只规定了用人单位不得设立劳务派遣单位进行自我派遣。但对用人单位投资、合伙设立等行为是否属于"自设"劳务派遣公司则无具体规定。

《实施条例》第28条规定："用人单位或者其所属单位出资或者合伙设立的劳务派遣单位，向本单位或者所属单位派遣劳动者的，属于劳动合同法第六十七条规定的不得设立的劳务派遣单位。"这就从形式、主体、对象三方面界定了"自行设立"以及"自我派遣"。在劳务派遣单位设立方式上，凡是与用人单位有资本关联的，如出资、参股或者合作设立等，均属自行设立劳务派遣单位。在设立主体方面，凡是用人单位及其所属单位，都不得设立劳务派遣单位进行自我派遣。在派遣对象方面，"自我派遣"不仅包括向本单位派遣，也包括向所属单位派遣。

劳务派遣的典型特征是通过第三方派遣单位的介入，使劳动力的使用与管理相分离。派遣单位作为专门的人力资源服务机构，负责被派遣劳动者的监督、管理，并按约定承办有关劳动和社会保障事务，为用工单位提供专业的人力资源服务；用工单位则按约定支付劳务服务报酬。由于劳务派遣单位是依法设立、专门经营劳务派遣业务的独立经济组织，符合劳动关系主体的资格，劳动者可以依法与劳务派遣单位确立劳动关系，这样就能够避免实际用工单位不具备劳动关系主体资格的问题，也可以规避一部分法律风险，促进劳动关系的规范化。

实践中，一些用人单位自设派遣公司，把一些员工重新纳入被派遣劳动者行列。有的企业为了降低用工成本，将一些原来的正式职工以改制名义，分流到本企业设立的劳务派遣公司，然后又以劳务派遣公司的名义派遣到原岗位。有的企业将内设的劳动管理机构又挂一个劳务派遣公司的牌子，将招用的员工以劳务派遣公司的名义派遣到所属企业，损害劳动者的利益。如果对这种现象不加限制，将导致更多的用人单位为了降低用工成本、节省开支而滥用劳务派遣，不仅一些临时性的岗位可能全部采用劳务派遣的形式，直接与用人单位签订劳动合同的员工也有可能被转为被派遣劳动者，这将极大影响劳动关系的稳定。因此，劳动合同法对用人单位自设劳务派遣单位进行派遣作了禁止性规定。

七、哪些岗位适合使用派遣人员

【案例】

吴某高中毕业后就开始下海创业，在家乡开办了一家制鞋厂，由于市场需求一直很旺，十几年下来赚了不少钱，企业也不断发展壮大，成为部门体系健全的集团公司。但在近几年来由于几部劳动法律的接连颁布，劳动保护标准提高，企业用工成本也随之骤然上升，吴某的企业利润越来越薄。吴某看在眼里，急在心里，通过对人力资源管理专家的咨询，吴某了解到劳务派遣是节省企业人事成本的有效措施，但是究竟在哪些岗位上可以使用劳务派遣人员呢，经理可以吗？技术骨干可以吗？一般科员可以吗？流水线上的员工可以吗？吴某带着这些问题，再一次拨通了人力资源管理专家的电话。

这是一则关于劳务派遣人员适用岗位的案例，那么，在哪些岗位上可以使用劳务派遣人员呢？

《劳动合同法》第66条规定：劳务派遣一般在临时性、辅助性或者替代性的工作岗位上实施。

临时性岗位，主要是针对那些并非常年有劳动力需求或者需求不稳定、相对集中的季节性、短期性的工作，比如月饼、元宵的生产，商家的各种临时促销活动等。

辅助性岗位，是相对于核心、关键岗位而言的。核心、关键岗位是用工单位重点培养和保护的岗位，这些岗位通常掌握着取得和保持外部竞争力的关键竞争因素，因而往往也是商业秘密聚集的岗位，这些岗位上的劳动者通常需要个别培养，对其技能和素质的要求比较独特，这些特点决定了这部分岗位不适合使用派遣劳动者。辅助性的工作岗位所从事的工作通常都是普遍需要的，不具有独特性，不会威胁到用工单位商业秘密的外泄，也不需要用工单位有针对性地特别培养，因而比较适合使用技术熟练的派遣劳动者。比如清洁工、保洁员等岗位。需要注意的是，不同的用人单位有着不同的辅助性岗位，例如保洁员在保安公司属于辅助性岗位，但在保洁公司就属于主营性质的岗位，保安反而成了辅助性工作岗位。

替代性岗位，指这一工作岗位是具有过渡性质的可替代岗位。替代性岗位也是一种临时性的而不应该是常设的岗位。在实践中，替代性岗位，通常可以是该岗位原劳动者在接受专业技术脱产培训或休产假、病假等暂时离职的情况下，可由被派遣劳动者暂时顶替该岗位空缺，直到原劳动者结束培训或休假重新上岗等。

因此，用工单位在选择劳务派遣用工方式时，应注意法律对劳务派遣岗位所要求的"临时性、辅助性和替代性"，切记不是所有岗位都能实施劳务派遣。

八、派遣人员加班，用工单位"埋单"

【案例】

孙某是一家国有大型纺织企业的工人，后来在国企改制的浪潮中被迫下岗分流。已经 42 岁的她学历偏低，除了这二十多年来所从事的接线工的工作以外，也没有学会其他的技术特长，丈夫也只是一个小型造纸厂的一个普通工人，没有多少收入。但是，儿子今年刚考上大学，每年将近一万元的学杂费和生活费着实给这个并不富裕的家庭出了一道难题。

考虑到孙某家里的特殊情况，原纺织企业就把她介绍到当地一家人才服务公司，该公司与孙某签订了为期两年的劳动合同。不久就把孙某派往一家外资的玩具生产企业，她的主要工作就是用缝纫机把两片裁好的玩具面料缝合起来，经过简单的培训之后，孙某很快上岗了。

每个月 10 日，人才服务公司按照合同约定发给她 850 元工资。但是，当玩具生产企业接到大笔订单的时候，需要常常加班，然而却从来没有发给她任何加班费。孙某找到领导询问此事。"老孙啊，你是公司从外面派遣进来的，和其他员工不同。再说你的工资也不是我们来发，我们当初和人才服务公司在协议里都写清楚了，每月给你 850 块钱工资，你应该知足了！"领导语重心长地说。

孙某困惑了，按照道理来说自己额外加班企业应该给自己额外的加班费，但是领导说得好像也在理，自己和其他的员工确实不太一样，工资又不是玩具生产企业来发的……

这是一个被派遣劳动者在用工单位加班，是否可以享受额外的加班费的案例。

《劳动合同法》第 62 条第 1 款规定，用工单位应当支付加班费、绩效奖金，提供与工作岗位相关的福利待遇。

《实施条例》第 29 条中对用工单位所需履行的相关义务进行了再次强调："用工单位应当履行劳动合同法第六十二条规定的义务，维护被派遣劳动者的合法权益。"用工单位在使用被派遣劳动者时，必须切实履行法定义务，维护被派遣劳动者的合法权益。

劳动者在正常的工作时间和应当完成的工作量之外提供额外劳动，

是以牺牲自己的休息、娱乐和家务时间为代价的，根据本条规定，接受以劳务派遣形式用工的单位对被派遣劳动者也应当按规定支付加班费。用工单位应当认识到：加班，并不是自己的"免费午餐"，不能因为劳动者是采用劳务派遣的方式录用的就随意增加其工作量，被派遣劳动者在这方面与正式员工一样，提供额外加班劳动时依法享受加班费，这部分费用由用工单位额外支付。本案例中，玩具生产企业不能以派遣协议里只规定了基本工资作为借口，不支付给派遣劳动者加班费，孙某有权利要求该玩具生产企业支付加班费。加班费的标准是：安排劳动者延长工作时间的，支付不低于正常工资150％的报酬；休息日安排劳动者工作又不能安排补休的，支付不低于正常工资200％的报酬；法定休息日安排劳动者工作的，支付不低于工资300％的报酬。

九、用工单位要履行对派遣人员的义务

【案例】

　　某军区医院后勤保障部门正在搞医院部分房屋的修缮工程，房屋修缮班组急需一批技术熟练的瓦工、木工，受编制的影响医院不能提供相应的编制名额，也曾考虑把整个后勤业务外包出去，但由于种种原因最终没获批准。于是，在人事办公室的建议下，领导批准通过劳务派遣的方式录用这批后勤人员。人事主任找到一家从事后勤人员派遣的劳务公司，劳务公司负责为其招聘到合适的派遣工人，双方订立了1年的派遣协议，约定将马某等几人派到医院工作。

　　虽然工作很辛苦，但是对这份来之不易的工作，马某等全力以赴，从不偷懒、抱怨，房屋修缮部门班长对他们的手脚麻利和任劳任怨很是赏识，1年的派遣期满后，医院与劳务公司协商后破例又续签了1年。可是有一天，在给马某等人发工资的时候，马某提出说医院木工和瓦工的工资是根据工龄增长的，在医院工作每满1年每月工资增加20元。但是自己第二年的工资并没有增加，希望劳务公司给个说法。

　　劳务公司找到医院人事主任，声称对方在续签协议的时候没有明确告知这一工资发放标准，应当按照医院的规定正常调整马某等人的工资待遇。医院解释说工资随工龄增长适用于医院的正式员工，马某等人的工资已经在双方的派遣协议中明确规定了，当初劳务公司对此没有不同意见，所以，医院没有义务给马某等调整工资。

这是一起关于劳务派遣过程中，连续用工中工资调整问题的争议。

《劳动合同法》第 62 条第 1 款第 5 项规定，用工单位连续用工的，应当实行正常的工资调整机制。《实施条例》第 29 条中对用工单位所需履行的相关义务进行了再次强调："用工单位应当履行劳动合同法第六十二条规定的义务，维护被派遣劳动者的合法权益。"用工单位在使用被派遣劳动者时，必须切实履行法定义务，维护被派遣劳动者的合法权益。

有些采用劳务派遣方式用工的单位，对劳务派遣工和与本单位直接签订劳动合同的正式员工区别对待，一个典型的表现就是两者实行不同的工资调整机制。正式员工实行正常的工资调整机制，工资往往随着该员工在本单位连续工作的年限（即工龄）的增长而增加；而连续使用的劳务派遣工则通常在工资待遇上没有任何体现。根据《劳动合同法》的规定，用工单位的正式员工和连续使用的劳务派遣工应当采用相同的工资增减办法（由于工资的刚性，通常是逐渐增加的）。所以本案中的马某等人，可以依法享受第二年工资每月增加 20 元的待遇。该规定对于用工单位人力资源管理工作的意义在于：连续使用劳务派遣工，就需要考虑按照正常的工资调整机制为他们调整工资待遇，这可能会增加用工单位的直接用工成本；但是，另一方面，连续使用的劳务派遣工对于用工单位的各项规章制度以及工作流程、岗位情况相对比较熟悉，用工单位对他们的工作表现也比较了解和认可，可以节约录用新人的培训费用和管理成本，保证工作效率的稳定性。所以，综合考虑，连续使用劳务派遣工对于用工单位来说不一定是件坏事。

被派遣的劳动者直接为用工单位提供劳动，双方虽然没有签订劳动合同，但用工单位应当履行对被派遣劳动者的义务。派遣单位承担用人单位义务的基础是实际用工单位须承担法定的义务和责任。《劳动合同法》第 62 条明确规定了用工单位对劳动者应尽的义务。具体讲用工单位应当对被派遣劳动者履行的义务包括：

（1）执行国家劳动标准，提供相应的劳动条件和劳动保护

用工单位应当严格执行国家统一规定的劳动标准。劳动标准具体包括工作时间、最低工资、劳动条件、女职工和未成年工保护等各项国家劳动标准。劳动条件和劳动保护是指劳动者从事生产活动中的安全、卫生和健康条件。劳务派遣员工实际工作场所在用工单位，因而法律要求用工单位在使用劳务派遣员工时，要切实执行国家劳动条件和劳动保护

标准。具体包括：向劳动者提供符合劳动安全卫生标准的劳动条件；对劳动者进行劳动保护教育和劳动保护技术培训；建立和实施劳动保护管理制度；保障职工休息权的实现；为女工和未成年工提供特殊劳动保护；接受政府有关部门、工会组织和职工的监督。劳动者有权获得符合国家劳动标准的劳动条件和接受劳动安全卫生知识的教育；有权拒绝用工单位提出的违章作业要求；并在劳动过程中遇有严重危及生命安全的危险时采取紧急避险行为；有权要求进行定期健康检查；职业禁忌症患者有权要求不从事所禁忌的工作；职业病患者有权要求及时治疗并调离原岗位；此外，女工和未成年工在健康方面的特殊利益，有权获得特殊保护。

（2）告知被派遣劳动者的工作要求和劳动报酬

劳动者在从事生产劳动的过程中享有知情权，用工单位有义务告知劳动者具体工作要求和岗位职责，以便劳动者能按照要求顺利完成工作任务，实现用工单位的经营目标。同时有权按照自己提供劳动的数量和质量取得劳动报酬，有权要求同工同酬，用工单位有义务告知劳动者具体劳动报酬数额。

（3）支付加班费、绩效奖金，提供与工作岗位相关的福利待遇

劳动者在正常工作时间和应当完成的工作量之外提供额外劳动的，用工单位应当依法支付加班费。加班是劳动者在法定工作时间以外提供的额外劳动，有权依法享受加班报酬。用工单位不能因为劳动者是劳务派遣员工，而随意增加其工作量。被派遣劳动者与用工单位劳动者一样，提供额外加班劳动时依法享受加班费，加班费由用工单位额外支付。此外，用工单位还应当依法支付被派遣劳动者绩效奖金，提供与其工作岗位相关的福利待遇。奖金，是用人单位对劳动者的超额劳动或增收节支实绩所支付的奖励性报酬。用工单位应向劳动者支付绩效奖金。福利待遇，是用人单位为改善和提高劳动者的物质文化生活水平，通过举办集体福利设施、提供服务和发放补贴等形式，给予劳动者的一种生活保障和服务。

（4）对在岗被派遣劳动者进行工作岗位所必需的培训

用工单位在实际用工时，对被派遣劳动者要进行相关的岗位培训。对劳动者进行工作岗位所必需的培训，既有利于提高劳动者的技能和工作效率，又有利于安全生产和职业病预防，同时也是劳动者的一项权利。被派遣的劳动者有权要求用工单位提供必要的职业培训条件和参加

用工单位组织的工作岗位必需的培训。

(5) 连续用工的, 实行正常的工资调整机制

劳务派遣一般在临时性、辅助性或者替代性的工作岗位上实施, 因此劳动期限一般不会很长, 约定的工资一般也较为固定。但如果用工单位连续用工, 则须根据正常的工资调整机制, 及时调整被派遣劳动者的工资、奖金和各项福利待遇, 贯彻和落实同工同酬的基本原则。

(6) 不得将被派遣劳动者再派遣到其他用人单位

根据劳务派遣协议的规定, 被派遣劳动者在用工单位从事生产劳动, 用工单位有权在本单位根据协议的规定合理配置劳动力资源, 但无权再将劳动者派遣到其他用人单位。再派遣或"转派遣"将使得劳动法律关系处于不稳定的状态, 不利于劳动者权益的保护。为了避免二次派遣引发的权责界定不清, 规范劳务派遣关系, 保护被派遣劳动者的合法权益, 法律规定用工单位不得将被派遣劳动者再派遣到其他用人单位, 即用工单位只对被派遣员工享有直接使用管理权, 而不得实施二次派遣。

同时, 《实施条例》规定了用工单位违反劳务派遣相关规定应承担的法律后果。《实施条例》第 35 条规定: "用工单位违反劳动合同法和本条例有关劳务派遣规定的, 由劳动行政部门和其他有关主管部门责令改正; 情节严重的, 以每位被派遣劳动者 1 000 元以上 5 000 元以下的标准处以罚款; 给被派遣劳动者造成损害的, 劳务派遣单位和用工单位承担连带赔偿责任。" 《劳动合同法》第 92 条只规定派遣单位违法进行劳务派遣的, 用工单位与其承担连带责任。《实施条例》强化了用工单位在劳务派遣中的法律责任。与对劳务派遣单位违法行为处理的方式类似: 第一, 用工单位违反相关规定需要承担行政责任, 由劳动行政部门和其他有关主管部门责令改正; 情节严重的, 由劳动行政部门给予经济性惩罚, 以每位被派遣劳动者 1 000 元以上 5 000 元以下的标准处以罚款。第二, 用工单位的违法行为给被派遣劳动者造成损害的, 用工单位与劳务派遣单位承担连带赔偿责任。

十、用工单位无权"二次派遣"

|【案例】|

邓某与一家从事人才派遣服务的文化传播有限公司签了两年的劳动

合同，被派到某咨询公司工作，除了无法转入正常编制以外，工资待遇和工作福利等方面都还不错，邓某对此也比较满意。该咨询公司的黄经理与另一家报社的苏社长是老同学，由于苏社长的报社中部分员工由于家庭原因无法正常上班，报社中紧缺人手。于是苏社长找到了黄经理："老黄啊，我现在手头实在是缺人，你能不能帮我想想办法啊！"黄经理想了想，觉得自己公司里目前人员还算宽裕，邓某工作能力也比较强，而且还是劳务派遣工，如果让邓某过去帮忙，应该不会有什么太大问题吧。于是黄经理带着苏社长找到了邓某，经过双方协商，邓某又被派到了苏社长的报社中工作。

这是一则用工单位将被派遣劳动者再次派遣到其他单位工作的案例。

《劳动合同法》第62条第2款规定："用工单位不得将被派遣劳动者再派遣到其他用人单位。"明确了用工单位对于被派遣劳动者仅有用工权，不得再次向其他用工单位进行劳动者的转派遣。

《实施条例》第29条对用工单位所需履行的相关义务进行了再次强调："用工单位应当履行劳动合同法第六十二条规定的义务，维护被派遣劳动者的合法权益。"用工单位在使用被派遣劳动者时，必须切实履行法定义务，维护被派遣劳动者的合法权益。

为了避免二次派遣引发的权责界定不清，规范劳务派遣关系，保护被派遣劳动者的合法权益，《劳动合同法》规定用工单位不得将被派遣劳动者再派遣到其他用人单位，即用工单位只对被派遣员工享有直接使用管理权，而不得实施二次派遣。实践中，一些用工单位由于业务需要、合作经营或仅仅是单位之间关系不错等多种原因，将本单位的被派遣劳动者再派到其他用工单位，进行二次派遣或"转派遣"，使劳务派遣三方关系变得更为错综复杂。在"二次派遣"过程当中，两个实际用工单位之间的权责如何划分？如果被派遣劳动者在"二次派遣"中发生工伤由哪方负责？一旦出现问题，往往几个单位之间相互推诿责任，最终受损的往往是劳动者的合法权益。

因此，《劳动合同法》规定用工单位不得将被派遣劳动者再派遣到其他用人单位。即用工单位对劳动者只有使用权，没有二次派遣权。在实践中用工单位要按照派遣协议的规定使用派遣劳动者，杜绝二次派遣行为。

十一、跨地区派遣人员的劳动标准可以"就高不就低"

【案例】

小杨家住湖南的一个偏僻的小村庄，没念完初中就辍学在家，跟着年迈的父亲在老家种了几年地，24 岁经过媒人的介绍娶了个同村的姑娘结了婚。夫妻俩继续务农，辛苦却没什么节余。他们看到村里的很多年轻人都进城打工，到了年底兜里揣着鼓鼓的钱回来很是美慕。两个人一商量，跟家里要了点钱、收拾了一下行李就进城打工了。

虽说是"民工荒"，可是实际上城里的工作并不好找，尤其是像他们这样既没学历又没技术的农民工，他们在城里晃悠了大半个月也没什么公司要他们。后来，小杨托了一个在城里工作的老乡，在老乡的介绍下，给他媳妇找了一份小时工的工作，帮人做做饭、打扫一下卫生、带带孩子，倒也不累。小杨后来经人介绍到一家叫汇通人才服务有限公司的派遣单位。该公司与深圳某建筑公司签订了两年期的劳务派遣协议，正在为其寻找合适的派遣工人，但是条件是要去深圳工作。汇通人才征求小杨的意见，小杨对此没有异议，于是与小杨签订了两年期的劳动合同，将小杨等 6 人派往深圳工作。双方在协议中规定以湖南省当地人民政府公布的劳动力市场工资指导价确定小杨等的劳动报酬。

开始工作以后，小杨才发现深圳的物价实在太高了，主要就是吃饭问题：在老家吃碗面只需要两三块钱，而在这里最普通的面条至少得五六块钱，衣服之类的基本上都不买，可小杨从小体质不好，经常闹个小病小灾的，生了病还必须得吃药，药钱就更贵了，拿点药后每月发的那点工资基本上就没了，存不下钱。

同来的几个工友也深有同感，但也无可奈何。一天，小杨偶然听到工地上有个闯荡了不少地方的工友说，他们的工资不能按照老家的标准来，应该按照深圳的工资标准发放，那样的话肯定不只现在这个数。于是小杨找到了当地的劳动行政部门询问此事……

这是一个关于跨地区劳务派遣的劳动报酬支付标准的典型案例。

《劳动合同法》第 61 条规定：劳务派遣单位跨地区派遣劳动者的，被派遣劳动者享有的劳动报酬和劳动条件，按照用工单位所在地的标准执行。明确了跨地区劳务派遣时，派遣劳动者的劳动标准按用工单位所在地，即劳动合同履行地的标准执行，而不是按用人单位注册地的劳动标准执行。这一规定确实解决了从不发达地区向发达地区进行劳务派遣时劳动者权益的保护问题。但也有劳动者可能由发达地区被派往不发达地区的情形，那么，劳动标准如果一律按用工单位标准履行，又有失公平。因而，《实施条例》第14条进一步规定：劳动合同履行地与用人单位注册地不一致的，有关劳动者的最低工资标准、劳动保护、劳动条件、职业危害防护和本地区上年度职工月平均工资标准等事项，按照劳动合同履行地的有关规定执行；用人单位注册地的有关标准高于劳动合同履行地的有关标准，且用人单位与劳动者约定按照用人单位注册地的有关规定执行的，从其约定。这样规定，使得这一问题得到很好解决。实践中，很多用人单位的劳动者工作地点即劳动合同履行地与用人单位注册地并不一致，由于全国各地有关劳动者的最低工资标准、劳动保护、劳动条件、职业危害防护和本地区上年度职工月平均工资标准等事项存在地域性差别，《实施条例》对此进行了明确规定，即原则上按照劳动合同履行地的有关规定执行，但如果注册地的劳动标准高于履行地的，双方也可以约定按照注册地标准执行。

跨地区派遣劳动，是指一个地区的劳务派遣公司将劳动者派往另一个地区的用工单位工作的一种劳务派遣形式。有些用工单位之所以愿意跨地区接收被派遣劳动者，除了考虑到劳动力供求的因素以外，还有一个重要的原因就是派遣地的生活水平和工资标准通常都比较低，用工单位可以以更低廉的成本雇佣到更合适的劳动力，而这个劳动力成本其实是以派遣地的工资标准来计算的。《劳动合同法》规定跨地区派遣的劳动报酬应当按照用工单位所在地的标准执行，这对于用工单位来说意味着原来的跨地区派遣的低成本效应已经不存在了，是否要继续跨地区接收派遣劳动者已经不能仅仅考虑低工资成本这一因素。所以，本案例中，小杨等的劳动报酬应以深圳人民政府公布的劳动力市场工资指导价来确定，而不是以派遣地湖南省本地的工资标准为准。

十二、派遣员工享有"同工同酬"权

【案例】

胡某家住河南农村，父母几代人都是面朝黄土背朝天、安安分分的农民，家里的生活条件比较贫寒。胡某上头有两个待嫁的姐姐，下面有一个尚未成年的妹妹，父亲由于长年在田间劳作落下了一身的病。胡某从小是个懂事的孩子，看到父母整日艰辛地劳作，而家里的生活却没有什么大的起色，初中还没毕业他就决定进城打工养家糊口，从而接替父亲挑起家里的重担。他要赚钱为姐姐置办嫁妆，为妹妹交学费，为父亲买药治病。

城里的工作并没有想象中那么好找，经过1个月的奔波，也没有什么结果。后来适逢一家劳务派遣公司在为一家星级饭店急聘搬运工，胡某看上去老实又能干，于是公司和胡某签订了两年期的劳动合同，并且很快把他派到该饭店工作。工作了一段时间以后，胡某发现那些直接与饭店签订劳动合同的同岗位员工的工资是900元/月，而自己每月只能领到800块钱。他想大家都是干一样的活，其他人的学历也不比自己高，凭什么不一样呢？为这事他找过饭店的相关负责人，要求补发自己每月100元工资。

对方称胡某是饭店通过劳务派遣方式雇佣的，关于他的劳动报酬已经在与劳务派遣公司的派遣协议中明确规定，800元/月是经过双方协商一致的，而且由派遣公司负责发放胡某的工资，饭店与胡某之间不是劳动关系，如果对此有什么不满的应该去找派遣公司。派遣公司则称当初签订派遣协议的时候，饭店明确告知同类岗位的工资都是800元/月，因此把胡某的工资定为800元派遣公司并没有异议。但是饭店隐瞒实情，同工不同酬，侵犯了劳动者的权利，应当将胡某的工资调整到900元，并由饭店支付100元的差额，之前的差额也应该一并补齐。

这是一则关于被派遣劳动者在用工单位是否享有同工同酬权的劳动争议，双方争议的焦点在于：被派遣劳动者在订立劳务派遣协议后，在用工单位是否拥有同工同酬的权利？

《劳动合同法》第63条规定："被派遣劳动者享有与用工单位的劳动者同工同酬的权利。用工单位无同类岗位劳动者的，参照用工单位所在地相同或者相近岗位劳动者的劳动报酬确定。"这一规定确认了派遣劳动者与用工单位劳动者享有同工同酬的权利，具体体现了劳动合同法的公平原则。同工同酬，是指相同岗位的劳动者不论性别、年龄、种族、用工形式等差异，在从事同等价值的工作，取得相同工作绩效的前提下，所获得的报酬也应当相同。被派遣劳动者与用工单位同类岗位的其他劳动者，如果从事相同工作，取得相同的工作绩效，其所获得的报酬也应该相同，用工单位不能简单因为其身份不同而实行差别对待。实行同工同酬，是实现社会公平、构建和谐社会的要求。在用工单位无同类岗位劳动者的情况下，被派遣劳动者的劳动报酬参照用工单位所在地相同或者相近岗位劳动者的劳动报酬确定。这样规定具有公正、公平、合理性，同时可以防止用工单位借机压低被派遣劳动者的劳动报酬。所以，本案例中，胡某有权利享受每个月900元的劳动报酬。如果用工单位没有同类岗位其他劳动者的，可以参照用工单位所在直辖市、设区的市人民政府公布的职工平均工资确定劳动报酬。

这一规定要求用工单位在内部薪酬分配中要坚持公平原则，根据岗位价值、劳动者技能、劳动强度、劳动条件和劳动贡献的大小，合理确定分配制度，不能仅仅因为用工方式不同、劳动者身份不同而在薪酬分配上采取差别对待。坚持按劳分配和同工同酬原则，在企业内部分配上既要反对平均主义，也要避免显失公平。应科学评估脑力劳动和体力劳动、复杂劳动和简单劳动、熟练劳动和非熟练劳动、繁重劳动和非繁重劳动的差别，根据劳动者本人劳动技能、劳动强度、劳动条件和劳动贡献的大小，确定不同的工资制度，以体现效率优先、兼顾公平的原则。贯彻同工同酬原则的一个重要体现是，无论劳动者的性别、年龄、民族和用工方式、身份如何不同，坚持等量劳动获得等量报酬，避免劳动报酬分配上的各种歧视行为。

十三、派遣员工参加或组织工会，多了一个选择权

【案例】

小赵高中毕业后与某劳务派遣公司签订劳动合同。劳务派遣公司将其派遣至广东的一家外资玩具厂工作。虽然收入还算不错，但该玩具厂生产车间中工作环境极其恶劣：由于缺乏劳动保护措施，噪音、粉尘以及有毒气体严重影响着工人们的身体健康；更让人无法忍受的是工厂经常安排小赵等劳务派遣人员加班，而且还不足额支付加班费。工人们多次要求与厂领导就工作环境和加班费等问题进行过协商，但都被厂方拒绝。工人们忍无可忍，在广州市工会的领导组织下，在该玩具厂成立了工会，小赵得知这一消息后非常兴奋，也想加入工会，但考虑到自己是劳务派遣身份，不知道工会是否接纳自己。

这是一则关于被派遣劳动者是否能够在用工单位组织或参加工会的案例。

《劳动合同法》第 64 条规定："被派遣劳动者有权在劳务派遣单位或者用工单位依法参加或者组织工会，维护自身的合法权益。"

本条是关于被派遣劳动者参加和组织工会的规定。工会是劳动者的自治性组织，依法参加工会是劳动者的基本权利，工会在维护劳动者权益方面发挥着重要作用。被派遣劳动者应享有同其他劳动者一样参加或者组织工会的权利。由于被派遣劳动者多被派往不同的用工单位，工作场所分散，劳动关系不稳定，多数劳务派遣单位未组建工会或者即使组建工会，也难以对会员进行直接管理，用工单位的工会也不愿吸纳派遣的劳动者。加之多数用工单位与劳务派遣单位之间没有就工会经费拨缴问题作出规定，被派遣劳动者与用工单位之间只是一种劳务关系，工资总额并没有涵盖被派遣劳动者，因此职工工资总额 2% 的工会经费无法提取。针对劳务派遣员工组建和参加工会活动问题，《劳动合同法》第一次在法律层面明确规定了被派遣劳动者有加入劳务派遣单位或者用工单位工会的权利。依法参加或者组织工会是法律赋予劳动者的合法权利，用工方式的改变不影响劳动者行使这一权利，无论是被派遣劳动者还是正式员工，在组织和参加工会活动上是平等的。因而，法律赋予被派遣劳动者在两个单位参加或组织工会的选择权，可以是派遣单位，也可以是用工单位。这一规定不仅为劳动者权利提供了有力保障，也为工会下一步工作的开展提供了法律支持。案例中，小赵既可以参加劳务派遣公司的工会，也可以参加玩具厂工会。

十四、如何辞退违纪派遣人员

【案例】

上海某外资企业与当地一家颇具规模的外企服务公司达成了派遣协议，由外企服务公司将小曹等几名劳动者派遣到该外资企业工作。第二年，该外资企业以小曹在工作中严重失职为由向他发出了解除劳动合同的通知，并让小曹当天离开了公司。小曹认为，自己只是一时疏忽，并不构成严重失职，不应该被解除劳动合同，否则应该按照法律规定给予相应的赔偿和补偿。并且自己明明是与外企服务公司签订的劳动合同，怎么该外资企业向自己发出了解除劳动合同的通知呢？于是小曹找到了该外企服务公司，被告知会给他书面答复。1个月过去了，该外企服务公司没有给小曹任何消息。小曹想把该外企服务公司告到劳动争议仲裁委员会，但又有点顾虑，毕竟是自己有过失在先，不知道是否有胜诉的可能。

外资企业向小曹发出的解除劳动合同的通知是否有效？该外企服务公司应当承担什么责任呢？

这是一个涉及劳务派遣中劳动合同的解除问题的案例。

《劳动合同法》第65条规定：被派遣劳动者可以依照本法第36条、第38条的规定与劳务派遣单位解除劳动合同。被派遣劳动者有本法第39条和第40条第1项、第2项规定情形的，用工单位可以将劳动者退回劳务派遣单位，劳务派遣单位依照本法有关规定，可以与劳动者解除劳动合同。

与一般劳动合同的解除相似，劳务派遣中劳动合同的解除也可以分为劳动者辞职与用人单位辞退劳动者两种情形。不同的是，由于被派遣劳动者并不是用工单位的正式员工，双方没有订立劳动合同，也就不存在直接的劳动关系，当劳动者出现严重违反用工单位的规章制度等情形时，用工单位不能直接辞退被派遣劳动者，而应当按照与派遣单位订立的协议的约定，将劳动者退回派遣单位。派遣单位作为法律上的用人单位，按照《劳动合同法》的有关规定，可以与劳动者解除劳动合同。

本案例中，暂不探究小曹的行为是否构成了严重违反公司的规章制度，单从解除劳动合同的程序上来看，用工单位某外资企业无权向小曹发出解除劳动合同的通知，因为用工单位与张某之间不存在劳动合同关系，与张某签订劳动合同的是派遣单位外企服务公司。根据上述规定，该外资企业可以按照派遣协议的约定将小曹退回外企服务公司，外企服务公司再按照《劳动合同法》和劳动合同的规定决定是否与小曹解除劳动合同。用工单位应当意识到自己与被派遣劳动者只是劳务关系，不可以直接对劳动者行使劳动关系中的权利，比如：解除劳动合同的权利、调整工作岗位、变动薪酬等级等，这些权利要通过派遣单位来行使。

十五、依法解除终止派遣人员合同，要支付经济补偿

【案例】

江某与劳务派遣单位签订了2年期的劳动合同，被派往某制药厂工

作。2年后，制药厂因效益下滑，被一家上市公司收购、兼并。小江也被退回到劳务派遣单位。劳务派遣单位见小江的劳动合同期限刚好届满，加上目前经济形势也不好，工作很难找，于是就终止了与小江的劳动合同。小江提出，合同终止，劳务派遣单位应支付其经济补偿。劳务派遣单位则认为，小江是劳务派遣人员，法律没有规定享受经济补偿，因而拒绝支付。双方发生纠纷。

这是一起因劳务派遣单位与被派遣劳动者之间劳动合同期限届满，劳动关系自然终止，劳动者能否获得经济补偿的案例。

劳务派遣单位与劳动者签订劳动合同，建立劳动关系，就应履行用人单位对劳动者的义务，但《劳动合同法》并未明确派遣单位和劳动者依法解除或终止劳动合同的，是否需要支付经济补偿。

《实施条例》第31条规定，劳务派遣单位或者被派遣劳动者依法解除、终止劳动合同的经济补偿，依照《劳动合同法》第46条、第47条的规定执行。

根据该规定，派遣单位和被派遣劳动者依法解除终止劳动合同的，应当向劳动者支付经济补偿。应当支付经济补偿的情形包括：（1）单位违法，劳动者解除合同的；（2）用人单位提出解除劳动合同，劳动者同意的；（3）劳动者无过失解除劳动合同的；（4）用人单位经济性裁员的；（5）劳动合同期满，用人单位提出降低劳动条件续订合同的；（6）用人单位主体灭失，终止劳动合同的；（7）法律、行政法规规定的其他情形。劳动合同的解除与终止合乎上述情形之一的，劳务派遣单位就应向被派遣劳动者支付经济补偿。也就是说，劳务派遣单位与被派遣劳动者之间依法解除或终止劳动合同的经济补偿，与用人单位和劳动者之间解除或终止合同的经济补偿的条件完全一样，没有任何差别。

经济补偿的支付标准参照《劳动合同法》第47条有关规定：按照劳动者在本单位工作的年限，每满1年支付1个月工资的标准向劳动者支付；6个月以上不满1年的，按1年计算；不满6个月的，向劳动者支付半个月工资的经济补偿。劳动者月工资高于用人单位所在直辖市、设区的市级人民政府公布的本地区上年度职工月平均工资3倍的，向其支付经济补偿的标准按职工月平均工资3倍的数额支付，向其支付经济补偿的年限最高不超过12年。所谓"月工资"，是指劳动者在劳动合同解除或者终止前12个月的平均工资。这些规定明确了劳务派遣单位支付经济补偿的计算标准。同时，对月工资的计算标准作出明确规定，即劳动者在劳动合同解除或终止前12个月的平均工资。

据此，小江与劳务派遣单位劳动合同自然到期，可以获得经济补偿。

十六、违法解除终止派遣人员合同，要支付赔偿金

|【案例】|

小王毕业于北京某知名高校，由于专业比较冷门，一直没有找到合适的工作。无奈之下，她来到了一家文化传播公司，成为该公司的一名劳务派遣人员，与该劳务派遣公司签订了2年的劳动合同。最近，小王经常感到身体不适，到医院检查才发现自己怀孕了。由于妊娠反应比较强烈，她不得不停下手中的工作，请了半个月的病假。近半年来，公司的工作任务繁重，小王的请假造成了公司的很多任务不能按时完成。为了不影响公司的正常工作，公司录用了一名新员工来代替小王的工作，同时向她下达了"退回劳务派遣单位的通知书"，劳务派遣单位据此将解除小王的劳动合同。小王在学校期间曾学习过劳动合同方面的法律知识，认为公司的做法是不合法的，于是找到公司的工会寻求帮助。工会经过调查后发现，公司与处于孕期的小王解除合同是违法的，遂要求公司继续履行合同。

这是一起劳务派遣单位违法解除派遣员工劳动合同的纠纷。

用人单位违法解除、终止被派遣劳动者劳动合同，应如何处理。劳动合同法并没有对此作出明确规定。

《实施条例》第32条规定："劳务派遣单位违法解除或者终止被派遣劳动者的劳动合同的，依照劳动合同法第四十八条的规定执行。"即劳务派遣单位违法解除或终止劳动合同，劳动者要求继续履行合同的，派遣单位应当继续履行；如果劳动者不要求继续履行合同或者劳动合同已经无法继续履行的，用人单位依照《劳动合同法》第47条规定的经济补偿标准的2倍向劳动者支付赔偿金。《劳动合同法》明确规定了用人单位不得解除或终止劳动合同的情形，如劳动者患病或负伤在规定的医疗期内的，女职工在孕、产期、哺乳期内的等。如果用人单位不依照

法定程序和条件解除和终止合同，或者依法不得解除终止劳动合同而解除终止的，即属于违法解除和终止，用人单位应当按照经济补偿标准的2倍向劳动者支付赔偿金，不必再支付经济补偿。也就是说，如果用人单位是依法解除和终止劳动合同，只需依法支付经济补偿；如果是违法解除和终止合同，则需支付经济补偿标准两倍的赔偿金。

据此，本案例中，小王可以要求劳务派遣单位继续履行合同。如果合同无法履行，或者小王自己不愿继续履行的，由劳务派遣单位按照经济补偿标准的2倍向其支付经济赔偿。

十七、用工单位违反劳务派遣相关规定，应当承担什么责任

【案例】

老张是一家劳务派遣公司的劳务派遣工人，被派遣到某水泥厂做装料工。厂区每天粉尘漫天飞舞，但厂方却从来没有向老张等人提供过任何劳动安全防护措施，这对他们的身体健康造成了严重危害。此外，厂方还经常安排劳务派遣工人加班，却从不支付加班费。大家多次向劳务派遣公司反映情况，公司置之不理。工人们只好向劳动行政部门举报了用工单位的违法行为。

这一案例的焦点在于：用工单位违反劳务派遣相关规定，应当承担什么责任？劳务派遣单位是不是也要承担责任？《劳动合同法》只明确了劳务派遣单位违法时的法律责任，但对用工单位违反劳务派遣相关规定的处理办法没有具体规定。

《实施条例》第35条规定："用工单位违反劳动合同法和本条例有关劳务派遣规定的，由劳动行政部门和其他有关主管部门责令改正；情节严重的，以每位被派遣劳动者1 000元以上5 000元以下的标准处以罚款；给被派遣劳动者造成损害的，劳务派遣单位和用工单位承担连带赔偿责任。"根据该规定，用工单位违法所要承担的法律责任，与对劳务派遣单位的处理方法类似。第一，用工单位违反相关规定需要承担行政责任，由劳动行政部门和其他有关主管部门责令改正；情节严重的，由劳动行政部门给予经济性惩罚，以每位被派遣劳动者1 000元以上5 000元以下的标准处以罚款。第二，用工单位的违法行为给被派遣劳动者造成损害的，用工单位与劳务派遣单位承担连带赔偿责任。案例中水泥厂

未向老张等人提供相应的劳动条件和劳动保护，同时还克扣被派遣劳动者的加班费，这些违法行为理应依法得到纠正和处理。

本案例提醒劳务派遣单位和用工单位，在劳务派遣中派用双方应当严格遵守相关法规，互相监督，以防因其中一方出现违法行为而使自己承担连带责任。

第九章

适当灵活用工，降低成本和风险

非全日制用工，灵活性高、成本低、方便快捷，是企业低端工作岗位上的首选用工形式。但我们要提醒您：凡事都有两面性，千万不要忘了"非全日制"中的限制性规定和用工风险。到底"非全日制"用工存在怎样的陷阱呢？且看本章细细道来。

一、非全日制用工，不得超过法定工时

【案例】

金某高中毕业没考上大学，整个暑假到处求职，但因为没有相应的专业技术能力，一直没有哪个单位肯接纳他。无奈之下，金某只能暂时到某快餐店应聘非全日制临时工，老板要求金某一周工作6天，每天工作时间6小时：上午8点到11点，晚上9点到12点。金某了解过一些劳动法知识，感觉劳动时间好像有点儿不对劲，但又不知道问题出在哪里。

这是一个非全日制用工时间约定的案例。焦点在于：到底工作多长时间才算是"非全日制"呢？

非全日制用工是灵活就业的一种重要形式。近年来，我国非全日制劳动用工形式呈现迅速发展的趋势，特别是在餐饮、超市、社区服务等领域，在一些临时性、辅助性、替代性的岗位，用人单位使用的非全日制用工形式的越来越多。非全日制用工适应企业降低人工成本、推进灵活用工的客观需要。越来越多的企业根据生产经营的需要，采用包括非全日制用工在内的一些灵活用工形式。《劳动合同法》对非全日制用工的工作时间作出了明确严格的规定，其第68条规定，非全日制用工，

是指以小时计酬为主，劳动者在同一用人单位一般平均每日工作时间不超过 4 小时，每周工作时间累计不超过 24 小时的用工形式。即非全日制用工具有三个特征：（1）以小时计酬为主，但不局限于以小时计酬；（2）劳动者在同一用人单位一般平均每日工作时间不超过 4 小时；（3）每周工作时间累计不超过 24 小时。本案例中，金某每日工作 6 小时，每周工作 36 小时，超过了《劳动合同法》中所规定的非全日制用工时间的上限。类似的情况是，现在不少餐饮、超市、社区服务等领域的企业在招聘非全日制服务人员时，往往以计时工、临时工等名义签订劳动合同，而实际工作时间超过了法定的非全日制工时的上限，如果这时企业再以非全日制方式处理员工关系，则属于违法行为。

《劳动合同法》以基本法律的形式，确认了非全日制用工的形式。与全日制用工形式相比，非全日制劳动者与用人单位之间也是一种劳动关系，只不过非全日制用工机制较为灵活而已。

根据《劳动合同法》第 2 条规定的适用范围，非全日制用工只限于用人单位用工，而不包括个人用工形式。个人用工属于民事雇佣关系，应受民事法律关系调整。

因此，企业使用非全日制用工，应注意每周不超过 24 小时，平均每日不超过 4 小时。

二、非全日制用工，可以约定口头合同

【案例】

刘某下岗以后，受生计所迫，到一家快餐店应聘非全日制服务员，经过与餐厅经理的协商，双方在劳动时间、劳动条件、工作报酬等方面都达成了一致意见。刘某接着提出与餐厅签订劳动合同，希望通过合同保障自己的合法权益。可是经理大手一挥："你是非全日制用工，签啥劳动合同啊？明早就开始上班吧，可别迟到了啊！"刘某感到非常纳闷，法律好像是规定所有劳动者都要签订劳动合同啊，为什么餐厅不愿意和我签呢？难道非全日制用工就不用签订劳动合同吗？

这是一个非全日制用工是否需要签订书面劳动合同的问题。

《劳动合同法》第 69 条规定，非全日制用工双方当事人可以订立口头协议。为了更好地保持非全日制用工形式的灵活性以促进就业，《劳

动合同法》对非全日制劳动关系的确立作出了非常宽松的规定，明确了非全日制用工双方当事人可以订立口头协议，当然，也可以采用书面形式的劳动合同，不管采用口头形式还是书面形式，其所确定的劳动关系都合法有效。之所以这样规定，主要是非全日制用工具有较强的灵活性，合同履行具有即时性，本案例中，刘某作为非全日制员工，与企业口头订立合同是合法有效的。

考虑到目前实际用工情况，从规避用工风险出发，建议企业最好以书面形式确认与员工之间的非全日制劳动关系，避免因双方发生纠纷没有证据支持。

三、非全日制用工，可以建立多重劳动关系

【案例】

苏某从技术学校毕业后一直没找到理想的工作，万般无奈之下，经亲戚介绍到了一家超市当非全日制售货员，工作时间为每日上午8点到12点，一周工作6天。虽然在超市干得不错，但苏某还是觉得闲得慌，而且每天就工作4个小时，工资也不够自己花的。于是，苏某又到另一家夜总会应聘非全日制保安，工作时间是晚上7点到11点。超市领导在得知苏某的双重劳动关系之后，要求他与夜总会解除劳动关系，否则就要辞退他。苏某在接到通知后感觉很冤枉，自己这两项工作明明没什么冲突，现在干得也都不错，超市凭啥要我与另一家用人单位解除劳动合同呢？

这是一个员工与两家企业建立非全日制劳动关系的问题。焦点在于：非全日制员工是否可以同时与多家用人单位建立非全日制劳动关系？

《劳动合同法》第69条规定："从事非全日制用工的劳动者可以与一个或者一个以上用人单位订立劳动合同；但是，后订立的劳动合同不得影响先订立劳动合同的履行。"明确了非全日制员工建立多重劳动关系的问题，即非全日制员工可以同时与一个以上企业建立多个劳动关系，但法律同时又对多重劳动关系的建立设定了限制条件，即"后订立的劳动合同不得影响先订立劳动合同的履行"。

由于非全日制用工形式的特殊性、灵活性，非全日制就业的人员在

一家企业往往工作时间短，获得的劳动报酬也非常有限，所以法律允许他们与多个企业建立劳动关系。但是，后签订的劳动合同不得影响或者损害先签订劳动合同的权利和义务，设定这一条款的目的在于限制多重劳动关系的滥用，给先订立劳动合同的企业利益优先保护。非全日制用工双方当事人可不签订书面合同，可建立双重或者多重劳动关系，这就是非全日制用工灵活的典型体现。本案例中，苏某先后与两家企业建立了非全日制劳动关系，这两份工作没有互相冲突，苏某的行为就是合理合法的，超市不能随意要求苏某与另一企业解除合同；如果苏某因为保安的工作强度太大而影响到第二天的工作绩效，那苏某就必须与夜总会解除劳动合同以保障超市的合法利益。

非全日制用工的灵活性给企业带来很多方便，成本相对于全日制用工较低。但是，灵活性也带来了用工的风险。企业在实际操作中，应加强非全日制用工管理，比如在招聘的时候询问清楚员工同时在做几份工，时间安排分别怎样等。通过加强管理，降低潜在风险，减少损失。

四、非全日制用工，不得约定试用期

【案例】

由于进入销售旺季，A公司急需人手进行货物装卸。为此，公司特地招聘了一批非全日制的装卸工，规定每天上班时间为上午8点到12点，或者下午1点到5点，周日有1天休息。但经理向应聘者们提出：工厂需要对他们试用1周的时间，干得好就留下并发放那1周的工资，要是笨手笨脚，就会被直接辞退，也不会有任何报酬。应聘者们虽然口头上都表示同意，但心里都犯起了嘀咕：这非全日制用工，可以约定试用期吗？要是试用期结束老板就把我开了，那这1周不就白干活了吗？

这是一个非全日制用工能否约定试用期的问题。

《劳动合同法》第70条规定："非全日制用工不得约定试用期。"明确规定了用人单位与劳动者建立非全日制劳动关系的，不得约定试用期。

试用期是企业和员工为了相互了解、选择而约定的考查期。2003年5月30日劳动和社会保障部颁发的《关于非全日制用工若干问题的意见》明确规定非全日制劳动合同不得约定试用期。《劳动合同法》第

70条也作出了同样规定，以法律形式首次明确规定非全日制用工不得约定试用期，最大限度地维护了劳动者权益。非全日制用工岗位一般对劳动技能要求不是很高，不需要通过试用期来考查员工能否胜任工作。同时，非全日制劳动关系相对灵活松散，双方当事人任何一方都可以随时通知对方终止用工，并且，通常情形下任何一方单方解除合同都不需要承担相应的责任，是否约定试用期对非全日制用工没有意义。本案例中，A公司对非全日制员工约定试用期是违反法律规定的，虽然公司可以随时解除不合格的员工，但对他们已经付出的劳动，同样需要足额支付劳动报酬。

五、非全日制用工可随时终止，企业无须支付经济补偿

【案例】

罗某下岗以后，到一家企业应聘了一名非全日制清洁工，与企业口头约定了2年的合同期。3个月后，由于公司财政出现困难，公司领导提出与罗某解除非全日制劳动合同，罗某则要求公司支付补偿金，公司认为罗某是在无理取闹，拒绝了罗某的要求。罗某于是提起劳动仲裁。

这是一个非全日制劳动合同解除后是否需要支付经济补偿问题。焦点在于：非全日制劳动关系解除或终止，企业是否需要向员工支付经济补偿？

《劳动合同法》第71条规定："非全日制用工双方当事人任何一方都可以随时通知对方终止用工。终止用工，用人单位不向劳动者支付经济补偿。"

《劳动合同法》针对非全日制劳动，对劳动合同的解除和终止作出了突破性的规定。根据规定，非全日制劳动合同双方可随时终止劳动关系，劳动关系终止后企业不用支付经济补偿金。因为非全日制用工的突出特点就是灵活性，为了更好地利用这一特性，促进就业，促进劳动力资源的优化配置，《劳动合同法》对非全日制用工的终止作出了比全日制用工更为宽松的规定。本案例中，罗某是非全日制用工，企业可以随时通知解除合同，不需支付经济补偿。

于非全日制用工，无论劳动者还是企业，都可以随时终止合同，终

止合同，企业无须支付劳动者经济补偿。

六、非全日制用工，计酬标准有下限

【案例】

小史初中毕业后到一家建筑工地去应聘非全日制小工。工头与他约定每日工作 4 小时，每周休息 1 天，工资按小时算，每小时 7 元。建筑工地上每日风吹日晒，工作强度特别大，这 7 元钱赚得异常辛苦。一个偶然的机会，小史得知当地人民政府规定的最低小时工资标准是 10 元/小时，于是小史找到工头，希望能加一点儿工资，结果被工头断然拒绝："你一个非全日制小工，我爱给你多少钱就给多少钱，最低工资标准和你又没什么关系，你不想干就走人，我这的人排队等着干呢。"

这是一个非全日制用工的工资计算标准问题，焦点在于企业是否可以随意规定非全日制劳动者的计酬标准，非全日制用工是否受最低工资标准的限制。

《劳动合同法》第 72 条规定：非全日制用工小时计酬标准不得低于用人单位所在地人民政府规定的最低小时工资标准。

最低工资标准，是指劳动者在法定工作时间或依法签订的劳动合同约定的工作时间内提供了正常劳动的前提下，企业依法应支付的最低劳动报酬。最低工资制度的设立是为了保障劳动者及其所赡养的家人的基本生活需要。由于非全日制用工的岗位一般是比较低端，工作相对简单，因而工资也较低。因此，《劳动合同法》特别规定，非全日制用工的小时计酬标准不得低于企业所在地人民政府规定的最低小时工资标准。企业支付非全日制员工的工资标准，也必须遵守法定的最低标准，否则除了补齐差额外还要承担支付赔偿金的责任。本案例中，建筑工地支付给小史的小时工资标准明显低于当地最低工资标准，小史有权要求提高自己的薪酬水平，企业的这种做法违反了法律规定。

非全日制用工虽然在工资时间、合同订立形式、终止要求等方面与全日制用工方式有很大不同，但非全日制劳动者付出的劳动，同样应该得到相应的报酬。企业切勿以非全日制为借口推脱自身义务，否则要承担相应法律责任。

七、非全日制用工，报酬不能"一月一结"

【案例】

小涛高中毕业后到当地一家工厂当了一名非全日制搬运工，每日工作4小时，工资10元/小时，工资一月一结。对于这份工作，小涛基本上还算满意，但小涛是个手里留不住钱的人，每月的工资过不了几天就被他花完了，小涛也对自己的这个毛病非常苦恼。为此，他找到厂方，希望能把自己的工资改为10天一结，以增加自己的自律性。但厂方认为小涛是在无理取闹，拒绝了他的要求。小涛感到很无奈，觉得自己是非全日制员工，难道也要像正式员工那样一月才结算一次工资吗？

这是一个非全日制用工劳动报酬支付周期的问题。焦点在于：非全日制用工，其报酬必须一月一结吗？

《劳动合同法》第72条规定：非全日制劳动用工报酬结算支付周期最长不得超过15日。

《劳动合同法》对非全日制劳动报酬支付周期作出了特别规定，具体工资支付可以由当事人协商确立，但必须满足"结算周期最长不得超过15日"这一基本要求。由于非全日制劳动用工是一种更为灵活便捷的用工形式，企业和员工之间的劳动关系也远不如全日制劳动用工稳定，因此，法律规定非全日制劳动用工报酬的结算周期比较短，这是对员工权益的保护。我国法律规定，全日制劳动合同的工资按月支付，非全日制劳动合同最长支付周期不得超过15天，支付周期较短。本案例中，小涛虽然是以小时计酬，但一月一结的工资支付约定已经超过了法律对非全日制用工报酬结算周期的规定，所以，小涛可以要求工厂改变计酬周期，改为每月分两次或多次结算工资。

第十章

如何处理与工会的关系

作为员工权益的"维护者"，工会在企业劳动关系管理中扮演着重要角色。工会要帮助、指导劳动者签订劳动合同，负有代表员工与企业进行集体谈判的职责。企业解除劳动合同要征求工会意见。因此，如何与工会打交道，对重视和发挥企业在协调劳动关系方面的作用，具有重要意义。

一、工会在企业中的角色

【案例】

沃尔玛深国投百货有限公司晋江店工会于 2006 年 7 月 29 日正式成立，这是全球最大连锁零售商沃尔玛在中国的首个工会组织。29 日，泉州市总工会 8 楼会议室，25 名来自沃尔玛深国投百货有限公司晋江店的工会会员按照《中国工会章程》，投票选举出了第一届工会委员会的 7 名委员。之后，在曾有"拒建堡垒"之称的沃尔玛，工会的组建一个接一个。从 7 月 29 日沃尔玛在华首家工会组织诞生，到 8 月 13 日南昌沃尔玛分店工会成立，短短两周，向来抵制工会的沃尔玛在中国的基层工会就达到了创纪录的 15 个，发展之快用"势如破竹"来形容恰如其分。

沃尔玛这家世界零售业巨头对工会的态度人尽皆知。两年前，媒体对其抵制组建工会作了大量的报道和评论，直到其泉州、深圳、南京等 4 家分店成立工会，仍有"经营方保持沉默"、"无一人到场"的报道，以及沃尔玛"开会强调不允许员工参加工会"、"告示如有人参加工会，在合同期满后不再续约"的传言。但仅仅 10 天，沃尔玛方面态度大变，高层人士主动拜访工会，公开表态支持中国政府构建和谐社会的努力，愿与工会合作，协助所有沃尔玛在华商场组建工会。这种变化用"改弦更张"来描述并不为过。

沃尔玛职工建会，无疑是我国外商投资企业依法建会工作的一次重大突破。这再次表明，在《工会法》面前，任何企业都没有拒建工会的"特权"，任何企业到了中国的土地上，就必须遵守中华人民共和国的法律。有远见的企业家应该正确认识并理解组建工会组织的意义——这既是尊重职工政治权利、维护职工合法权益的务实之举，也是企业不容推卸、必须履行的法定责任。

这是关于沃尔玛（中国）组建工会的案例。

《劳动合同法》第5条规定：县级以上人民政府劳动行政部门会同工会和企业方面代表，建立健全协调劳动关系三方机制，共同研究解决有关劳动关系的重大问题。

本法条表明，工会具有在政府和企业面前代表工人的法律地位。同时明确规定了工会在调解劳动关系的三方机制中的法律地位。随着改革开放的深入和社会主义市场经济体制的逐步建立，国家、企业、职工三方利益格局日益明晰，企业劳动关系发生了深刻的变化。在这种新形势下，依靠单一的行政手段调整劳动关系，显然与市场经济的变化不相适应。协调劳动关系已不仅仅是劳动保障部门的事情，通过政府、工会、企业组织建立三方协调机制已成为在市场经济条件下，保护稳定和谐的劳动关系和社会安定的必然选择。除此之外，2001年10月27日新修正的《工会法》第34条对三方机制作了规定，即："各级人民政府劳动行政部门应当会同同级工会和企业方面代表，建立劳动关系三方协商机制，共同研究解决劳动关系方面的重大问题。"这是目前我国推行三方协商制度的主要法律依据。《工会法》还明确规定了工会的性质、活动准则，工会的权利和义务、经费和财产等内容，为工会开展活动以及企业处理与工会的关系提供了法律准则。

工会是代表劳动者利益的组织，它维护的是劳动者的权益，成立工会是体现工人自己的权利。企业组建工会组织以后，投资者和管理者就不能对劳动者的管理形成垄断，不能想怎么做就怎么做，而是要受到工会组织的制约。从本质上来讲，一些投资者和管理者对工会是有抵制情绪的，因为工会组织会对他们的利益和权利构成牵制和制约。沃尔玛之前在中国不愿意或不鼓励工人建立工会的原因主要也是出于这种抵制情绪，它们担心外部力量介入企业的管理，担心自己的权利和利益受到工会组织的牵制和制约。但经过全国总工会的不懈努力，沃尔玛这个工会"钉子户"终于按照我国《工会法》的规定组建了自己的工会。

当然也必须注意，对企业职工而言，成立工会只是争取劳工权利的一个开始，在这当中，还应该特别防止出现"老板工会"、"雇主工会"的倾向。目前有一些企业的工会实际上被雇主控制着，工会主席往往由雇主指派，这些由雇主控制的工会，即使组织起来进行工资谈判，也只是走形式而已，而且还可以利用工会名义把员工的谈判要求压制下去。只有真正把工人组织起来，为他们争取更多合理权利，工会的价值才能真正体现出来。

二、企业工会的职责

【案例】

某机械炼化设备有限公司原是全国知名的国有企业，后租赁给当地一民营企业主经营，李某与该公司签订了 10 年期的劳动合同。去年 4 月 29 日，李某下班出厂门时，无故被公司保卫人员拦住，要强行搜查他随身携带的手提包。李某感到此举是对其人格的污辱，便与保卫人员理论，结果被以公司保卫部一位姓高的部长为首的保卫人员用电棍、啤酒瓶殴打，李某脸、胸等部位多处出血。李某住院 13 天，花去医药费三千余元。可当李某的父亲找到公司领导反映时，公司领导却以打架是李某不接受搜查引起的，属个人行为，公司不负责任为由加以拒绝，致使李某被打事件迟迟得不到解决。

无奈中，李某的父亲找到了所在市总工会法律部。市总工会法律部同志在详细听取了情况后，立即深入该企业开展调查。在与厂方进行严正交涉未果的情况下，市总法律部无偿为李某提供法律援助，聘请律师，将这家民营企业主告上了法庭。直到前不久，才迫使厂方对打人者作出了处理，并赔偿了李某的医药费和误工费。

但到目前为止，该企业仍没有给李某恢复工作。市总工会的领导表示，他们将继续关注此事，以切实维护职工的合法权益不受侵害。

这是一则工会帮助劳动者维权的事例。那么，工会在劳动行政监察体系当中，究竟拥有怎样的权利和职责呢？

《劳动合同法》第 78 条规定，工会依法维护劳动者的合法权益，对用人单位履行劳动合同、集体合同的情况进行监督。用人单位违反劳动法律、法规和劳动合同、集体合同的，工会有权提出意见或者要求纠正；劳动者申请仲裁、提起诉讼的，工会应依法给予支持和帮助。

这是《劳动合同法》对于我国劳动合同监察体系当中工会监督检查权力的具体规定。工会劳动合同监督即工会对劳动者实施劳动合同制度的情况所进行的监督。工会对劳动法执行情况进行监督，是具有中国特色的一项劳动监督检查制度。我国《工会法》第 6 条规定："维护职工合法权益是我国工会的责任所在，工会在维护全国人民总体利益的同时，代表和维护职工的合法权益。"因此，工会对劳动合同制度实施情况进行监督检查是劳动法和工会法赋予工会的一项基本职责，是工会性质的必然要求。具体来看，我国工会对劳动合同制度的监督主要体现在：对员工制定、修改、实施规章制度的监督；对订立、履行劳动合同的监督；对经济性裁员和解除劳动合同的监督；对集体合同的监督；对劳务派遣的监督。

特别需要引起员工注意的是，《劳动合同法》中突出了工会的建议权，即对劳动者违反劳动法律、法规和劳动合同、集体合同的，工会有权提出意见或者要求重新处理；并强调了工会在劳动者申请仲裁或者提起诉讼时，有依法给予支持和帮助的义务。

我国工会目前比较普遍的组织形式是企业工会。一个企业只要人数超过 25 人，且有 3 人以上要求建立工会，就可以依法建立企业工会。作为全体劳动者利益的代表，企业工会不仅担负着监督用人单位、教育和指导劳动者的职能，还直接参与劳动关系管理过程中的很多事项。具体来看，企业工会的职责主要如下：

1. 维护职能

工会是代表和维护劳动者权益的组织，它以维护劳动者的经济利益和经济活动为基础。工会以高度的政治责任感为基础，以劳动法和相关政策法规为依据，监督、规范和保障职工的各项劳动标准，采取建立平等协商、签订集体合同制度等形式形成稳定协调的劳动关系；实现维护职工合法权益职责。

《劳动合同法》第 6 条明确规定：工会应当帮助、指导劳动者与用人单位依法订立和履行劳动合同，并与用人单位建立集体协商机制，维护劳动者的合法权益。2001 年的《工会法》第 6 条规定：维护职工合法权益是工会的基本职责。这既是法律赋予工会的基本职权，又是工会的法定义务，它明确了工会是代表、维护劳动者合法权益的组织。工会维护劳动者合法权益主要通过劳动合同和集体协议这两个重要的契约制度来实现，《工会法》规定工会帮助和指导职工签订劳动合同，代表职工同企事业单位协商签订集体协议。工会对发生劳动争议的职工有给予法律支持和帮助的义务。劳动者申请仲裁，提起劳动诉讼，工会可以提供帮助、支持。

同时，工会向困难职工伸出援助之手，帮困扶贫，提供法律支持和经济救助，维护职工的劳动安全和受教育权利；工会成员参与企业发展的重大事项的商议，为企业的发展献言献策，企业发展了，员工的利益也能够达到最大化。

2. 教育职能

工会的教育职能，是教育职工不断提高思想道德素质和科学文化素质，建设有理想、有道德、有文化、有纪律的职工队伍。这是由工人阶级历史使命与工人阶级成员自身素质的需要决定的。

《工会法》第31条规定，工会会同企业、事业单位教育职工以国家主人翁态度对待劳动，爱护国家和企业的财产，组织职工开展群众性的合理化建议、技术革新活动，进行业余文化技术学习和职工培训，组织职工开展文娱、体育活动。工会教育职能的履行，直接关系职工的眼前利益和长远利益，搞好职工教育是工会支持发展经济、提高生产效率的重要体现，也是从根本上实现职工利益的重要举措。工会通过吸引职工参加各种实践活动，使广大职工不断增强认识世界和改造世界的能力，逐步锻炼成为有理想、有道德、有文化、有纪律的社会主义劳动者。

3. 监督职能

工会享有监督权利，要对企业落实职工民主管理权利和依法经营管理的状况进行监督。

《劳动合同法》第78条规定：工会依法维护劳动者的合法权益，对用人单位履行劳动合同、集体合同的情况进行监督。用人单位违反劳动法律、法规和劳动合同、集体合同的，工会有权提出意见或者要求纠正；劳动者申请仲裁、提起诉讼的，工会依法给予支持和帮助。我国《工会法》规定，工会通过职工代表大会或其他形式实施民主监督，对企业、事业单位违反职工代表大会制度和其他民主管理制度，工会有权要求纠正，保障职工依法行使民主管理的权利。工会通过列席董事会、参与企业经营管理，集体协商、签订和履行集体合同，调解劳资矛盾以及发动职工开展合理化建议活动等形式，监督企业依法经营管理。对于企业违反劳动法律、法规的行为，如克扣工资、不提供劳动安全卫生条件、随意延长劳动时间等，工会应当代表职工与用人单位交涉，要求其采取措施予以改正，对拒不改正的，可以请求当地人民政府依法作出处理。此外，工会对用人单位处分职工不当的，如缺少法律依据、缺少事实理由、超过法定处理权限等，有权提出意见、建议，要求重新研究处理，若用人单位坚持错误处理决定，工会应当帮助、支持职工依法申请仲裁和提起诉讼。对企业单方面解除劳动合同的，工会享有审查权。

4. 协调职能

"劳资关系"双方是矛盾的对立统一体，按照收益最大化原则，资方追求利润的最大化，而劳方追求收入的最大化，劳资双方的利益追求存在着对立性，劳资纠纷最终难以避免。工会作为劳动力供给方的利益代表，承担着与管理方进行沟通和协调的职能，在调解劳动纠纷、协调劳资关系方面发挥着不可替代的作用。

5. 制衡职能

工会作为一个独立的利益主体，它的制衡作用不仅体现在某一企业或行业的工资、福利保险待遇的集体谈判中，而且在国家有关劳动立法方面，政府也要与最有代表性的工会组织和雇主组织进行协商。

6. 建设职能

工会的建设职能，是动员和组织广大职工群众积极参加改革和建设，努力完成经济和社会发展任务。这是社会主义条件下，我国工会具有的一项社会职能。

在实现建设职能方面，工会积极配合各级党政，开展各种形式的活动，引导职工主动为祖国建设、社会繁荣，为企业改革和促进企业发展献计出力。工会还围绕地方和企业各个时期的经济发展目标和企业经营活动的重点和难点，积极组织职工开展以技术创新为主要内容的劳动竞赛和合理化建议、技术革新和发明创造活动，推进企业技术进步、扭亏增盈和提高经济效益。

三、妥善处理与工会的关系

【案例】

　　2003年5月19日，地处青岛的山东省原国际贸易中心工会委员会以"拖欠工会会费，不按职代会讨论的方案安置职工"等原因，起诉原"东家"——改制后现名为山东省国际贸易集团中心一案，在青岛市市南区人民法院开庭审理。除要求企业按规定安置职工外，原国际贸易中心工会还追索经该工会计算认为的企业所欠工会经费及逾期补偿金近五十万元。企业工会以独立法人身份状告所在企业并已被接受审理，在国内尚属首次。

　　2000年5月，凯远集团进行优良资产重组，更名组建成立了山东省国际贸易集团中心（以下简称集团中心），设立山东省国际服务贸易总公司。2000年6月，集团中心领导层下达文件，要求原国际贸易中心职工与总公司签订劳动合同。职工要求召开职代会商讨此事，遭到集团中心拒绝。不久，集团中心要求原国际贸易中心工会出面，同职工代表研究签订合同事宜，工会代表企业行使"沟通"作用无果。

　　此后，不少职工写信或打电话向上级组织反映，希望集团中心照章召开职工代表大会，充分听取职工意见。6月26日，山东省对外经贸工会根据职工来信来访的情况，致函要求集团中心召开职代会。然而，集团中心对此未予理会。2000年7月12日，原国际贸易中心工会向集团中心呈递正式报告，建议召开职代会。有关方面猜疑工会在背后操纵此次事件。至此，企业和工会之间的矛盾初步形成。

　　2000年9月，在山东省纪委、省总工会明确指出要召开职代会的情况下，集团中心依然办理了变更和更名登记，办理中心固定资产的过户手续。

　　2002年上半年，根据青岛市的统一规划，集团中心位于青岛市南海路的办公楼及会展中心（重组之前的资产属国际贸易中心）被规划搬迁，包括63名女职工在内的160余名职工将面临下岗分流，但如上安排企业一直对职工保密，直至报纸刊登这个计划后，职工才恍然大悟。在职工强烈要求下，集团中心草拟了先搬迁后安置职工的方案。6月底，集团中心召开党员大会，传达搬迁安置方案，遭到全体党员的一致反对。7月5日，63名在职女工和公司其他在岗、内退人员共计二百多人到集团中心要求召开职代会，审议搬迁方案和职工安置方案。

由于此事关系大部分职工的生存发展，而企业的态度让职工情绪激愤。7月9日，在职工大会上，全体职工向参加会议的山东省外经贸厅领导，呈送了由150多名职工签名的联名信，要求召开职代会。在这种情况下，原国际贸易中心工会依据《工会法》赋予的职责，一边做好职工的工作，缓和矛盾；同时于7月10日和19日，分别给集团中心、山东省外经贸工会和山东省总工会写了"关于申请依法召开职代会的报告"，建议按照中办、国办文件的要求，召开职代会。省外贸系统工会、省总工会得知情况后多次强调必须召开职代会。

在巨大的压力下，集团中心终于同意召开职代会。经过35天的谈判，最后达成双方均认可的"职工安置和理顺劳动关系方案"。按照方案，第一批分流安置失去岗位的104名职工，职代会闭会后仅1周就搬迁完毕。在职工问题基本解决后，工会主席邓某被免去原国际贸易中心党委委员和纪委书记职务，改任服务贸易总公司调研员。不久，服务贸易总公司经凯远集团工会批准成立了工会，另设了工会主席，使企业无权撤销的原国际贸易中心工会成了空架子。

由于集团中心对公司第二批人员的安置不再执行职代会的决议，23名职工再次找到原国际贸易中心工会，在调解无效、集体平等协商集团中心不理睬的情况下，原国际贸易中心工会选择了法律途径，以企业改制后不履行对职工安置承诺且不拨缴经费为由，于2003年4月8日将集团中心起诉至法院。①

公司工会坚持要状告公司，并且追索如此高额的工会经费及补偿金，其深层的原因是什么呢？除了这个诉讼的"首次"之外，另一些东西更为引人注目并值得探讨，比如：企业、企业管理机构以及企业党委与工会的关系；工会的法定独立法人地位如何体现与保障；在约定俗成的"桥梁、沟通"作用以外，工会的另一项法定职能——维权（会员权利与自身权利）——如何实现及其权力边界。

工会作为三方机制中的一方，在企业民主管理过程中发挥着重要作用。用人单位应当理解、支持工会的工作。《工会法》第38条第2款规定："企业、事业单位应当支持工会依法开展工作，工会应当支持企业、

---

① 案例选自中国法制新闻网：http://www.lawnews.cn/zazhi/200303/bxyf01.htm。

事业单位依法行使经营管理权。"这一规定，确定了我国企业和企业工会之间的相互关系。企业应当支持工会依法开展工作，工会应当支持企业依法行使经营管理权。企业要尊重工会的民主权利，工会要尊重企业的行政管理和生产指挥权利。这种相互尊重、相互支持的关系，是由我国社会性质和我国工会性质决定的。具体来看，用人单位应从如下几个方面着手处理与工会之间的关系：

1. 依法向工会拨交经费

工会会费是指工会会员依照《中国工会章程》的规定，向所在工会组织交纳的基本活动经费。建立工会组织的企业应依照有关规定向本企业工会拨交经费。工会基金将用于职工的维权活动、文体活动等方面。有些地方还规定，没有建立工会的也应该依法缴纳工会筹备金。

本案例中，集团中心拖欠工会会费最后被一纸诉状送上了被告席位，无论官司是赢是输，最终对集团中心的声誉都将是大大的损害。作为用人单位，一定要明白依法向工会拨交经费的规定。有的用人单位可能认为，工会是附属于企业的，而且又不为企业创造直接的经济利益，所以我想给你多少钱就给你多少钱。这种想法是错误的，用人单位必须依法、足额缴纳工会费，否则就会面临法律风险。

2. 规章制度与工会协商制度

工会是代表和维护劳动者权益的组织。企业在制定与劳动者切身利益相关的规章制度时应当听取工会意见，并与工会协商确定。

《劳动合同法》第4条提到，用人单位在制定、修改或者决定有关劳动报酬、工作时间、休息休假、劳动安全卫生、保险福利、职工培训、劳动纪律以及劳动定额管理等直接涉及劳动者切身利益的规章制度或者重大事项时，应当经职工代表大会或者全体职工讨论，提出方案和意见，与工会或者职工代表平等协商确定。在规章制度和重大事项决定实施过程中，工会或者职工认为不适当的，有权向用人单位提出，通过协商予以修改完善。

作为用人单位，应当充分尊重工会的意见，在制定关乎劳动者切身利益的规章制度时，应与工会充分讨论。用人单位一方的意见可能会导致角度的单一，有时候还会因此引发不必要的争议，而工会的参与，则保证了规章制度的合理与利益平衡。

本案例中集团中心在作出企业搬迁的重要决定时并没有听取职工代表大会的意见，导致双方的矛盾不断升级，最终走上了对簿公堂的道路。

3. 在订立、履行劳动合同过程中接受工会的监督

帮助、指导劳动者与用人单位订立和履行劳动合同，是工会一项具体的职责。我国劳动法律赋予了工会依法维护劳动者的合法权益，对用人单位订立、履行劳动合同、集体合同的情况进行监督的权力。

由工会帮助、指导职工签订劳动合同，有利于《劳动法》、《劳动合同法》等法律的宣传和贯彻执行，有利于劳动合同制度贯彻实施，也有利于劳动者和用人单位双方利益的平等，减少劳动争议。作为用人单位，在履行劳动合同过程中要接受工会的监督，虚心接受工会对劳动合同履行的意见及建议，保证企业劳动关系管理的合理化。只有这样，才能从根本上保证企业劳动关系和谐有序，最终保障企业生产经营的长远发展。

4. 与工会协商签订集体合同

集体协商机制是工会作为职工方代表与企业方就涉及职工权利的事项，为达到一致意见而建立的沟通和协商解决机制。《劳动合同法》赋予了工会在签订集体合同及集体合同履行中的主体地位和权力。在我国，随着改革开放的深入，出现了以公有制为主体的多种经济成分共同发展的格局，劳动关系日益复杂多样，因此实行集体合同制度成为客观上的需要。在这种形势下，企业工会与用人单位建立集体协商机制，定期或不定期地就职工的民主管理问题；签订集体合同和监督集体合同的履行；涉及职工权利的规章制度的制定、修改；企业职工的劳动报酬、工作时间和休息休假、保险福利、劳动安全卫生、女职工和未成年工的特殊保护、职工培训及职工文化体育生活；劳动争议的预防和处理以及双方认为需要协商等其他事项进行平等协商。经协商达成一致意见的，工会一方应当向职工传达，要求职工遵守执行；企业方也应当按照协商结果执行。由工会组织代表劳动者与企业组织签订集体合同，可以从整体上维护劳动者的合法权益，发挥工会在协调、稳定劳动关系中的作用。

从用人单位的角度来看，企业管理者一定要本着平等协商的原则与工会签订集体合同。同时，在集体合同的履行过程中接受工会的监督与指导，保证集体合同在本企业的合理运用，稳定企业内的集体劳动关系。

5. 用人单位裁员要听取工会的意见

在市场经济的环境下，企业有自主的用人权，但这并不意味着企业可以自行决定可以裁掉哪位员工。

《劳动合同法》第41条规定，企业经济性裁员需要裁减人员20人以上或者裁减不足20人但占企业职工总数10%以上的，需提前30日向工会或者全体职工说明情况，听取工会或者职工的意见后，裁减人员方案经向劳动行政部门报告，可以裁减人员。裁人对于劳动者来讲意味着工作岗位的丢失，这对个人及其家庭经济生活会产生重大影响。为了规范企业裁人的程序，《劳动合同法》赋予工会监督企业裁人的权力。

用人单位在裁员时，一定要遵守法定程序，在裁减人员数量超过法律规定的人数时，要征得本单位工会的同意，并向劳动行政部门报告后，才可以裁减人员。本案例中，集团中心在作出对包括63名女工在内的160余名职工下岗分流决定的过程中，应当听取工会的意见，并符合法律法规的规定。

综上，《劳动合同法》强调了工会组织在调整企业和劳动者之间的劳动关系方面的作用。所以，企业经营者要依法履行责任和义务，支持工会工作，共谋企业与员工发展。

四、企业如何订立、履行集体合同

【案例】

2008年5月，继去年成为率先推行并拓展行业性工资集体协商机制的少数几个城市之一后，哈尔滨市工资集体协商制度建设再出新动作——该市总工会决定面向社会招聘工作人员，组建工资集体协商顾问团，参与基层工会的工资集体协商工作。指导、参谋、服务和谈判是该市工资集体协商顾问团组建之初提出的4种工作方式，而"指导有方法，参谋有顾问，服务有机制，谈判有专人"则是其最终目的。

虽然组建类似顾问团在国内并非首创，然而，哈市的制度自有"惊人"之处。据介绍，顾问团的主要职责是：促进企业建立职工工资正常增长机制和支付保障制度，使企业职工的收入随着企业经济效益的提高逐步增长；推进工资集体协商，建立健全企业工资共决机制，保障职工的收入分配权益，促进企业劳动关系的和谐。

同时，面向社会广纳贤才，似乎也体现了政府在制度建设中，面对人才配备环节时的求贤若渴。

工资集体协商是集体谈判的重要组成部分，集体谈判作为工会重建劳资之间不平等的谈判地位、改善职工劳动条件的工具，是构建稳定的劳动关系的核心机制。单个劳动者的力量往往很薄弱，很难对劳动条件产生影响。而工会，作为劳动关系中劳方毋庸置疑的利益代表，应该在提高劳动者的劳动条件，尤其是提高工资方面发挥更大的作用。

长期以来，我国集体协商和集体合同制度主要是通过一种自上而下的方式向前推进。我国工会对雇主在经济、职位上的依赖性往往使得集体谈判过程形式化，并进而导致了集体谈判与集体合同的形式化。工会采取措施，大力推行工资集体协商机制，不但加强了工会与职工之间的联系，而且是工会实现自身改革的一个重要契机。集体合同作为三方协商机制的结晶，在调整企业的劳资关系中扮演着重要的角色。《劳动合同法》设专节对集体合同作了规定，对它的主体、订立及生效程序、涵盖的内容、标准及法律效力等方面的内容作了具体规定。

1. 集体合同与劳动合同的区别

集体合同，又称集体协议，它是企业与工会双方为保证完成生产任务和改善工件物质生活条件而签订的书面协议。国际劳工组织第 91 号建议书《1951 年集体协议建议书》第 2 条第 1 款规定："以一个雇主或一群雇主，或者一个或几个雇主组织为一方，一个或几个有代表性的工人组织为另一方，如果没有这样的工人组织，则根据国家法律和法规由工人正式选举并授权的代表为另一方，上述两方之间缔结的关于劳动条件和就业条件的一切书面协议，称为集体合同。"在我国，集体合同指的是工会或职工代表代表全体职工与用人单位或其团体（即集体协商双方当事人）之间根据法律、法规的规定，就劳动报酬、工作时间、休息休假、劳动安全卫生、保险福利等事项，在平等、协商一致的基础上签订的书面协议。

劳动合同是劳动者与用人单位确立劳动关系、明确双方权利义务的协议。集体合同是指用人单位与本单位职工根据法律、法规、规章的规定，就劳动报酬、工作时间、休息休假、劳动安全卫生、职业培训、保险福利等事项，通过集体协商签订的书面协议。

集体合同与劳动合同有着明显的区别，主要表现在：

（1）合同主体不同。集体合同的一方当事人是企业，另一方是工会或职工推举的代表；劳动合同的一方当事人是企业行政方面，而另一方当事人通常是劳动者个人。

（2）目的不同。订立集体合同的主要目的，是为确立劳动关系设定具体标准，即在其效力范围内规范劳动关系；订立劳动合同的主要目的是确立劳动关系。

（3）合同内容不同。集体合同规定的是劳动者集体劳动的劳动条件、工作时间、劳动报酬、福利待遇等，明确的有关企业的整体性措施，可能涉及劳动关系的各个方面，也可能只涉及劳动关系的某个方面；劳动合同则仅限于规定劳动者个人和企业之间的权利义务，一般包括劳动关系的各个方面。

（4）适用范围不同。集体合同适用于企业的全体职工，即一份集体合同适用于企业的每一名职工；劳动合同则只适用于劳动者个人，对企业其他劳动者没有约束力。

（5）法律效力不同。集体合同对签订合同的单个用人单位或用人单位所代表的全体用人单位，以及工会和工会所代表的全体劳动者，都有法律效力；并且集体合同的法律效力高于劳动合同的法律效力，它是企业订立劳动合同的重要依据，劳动者个人与企业订立的劳动合同的条款的标准不得低于集体合同的规定，两者出现不一致时，应以集体合同规定的条款为准。

（6）形式不同。劳动合同的形式一般要以书面形式，但非全日制劳动合同可以采用口头形式。集体合同则为要式合同。此外，它们在签订程序等方面也有所不同，集体合同由工会代表全体劳动者同用人单位经过充分协商，并提交职工代表大会或全体职工讨论通过后才能形成，劳动合同由职工本人与用人单位协商一致就能形成。

（7）合同期限不同。集体合同的期限一般为 1 年，最长不超过 3 年。劳动合同的期限分为有固定期限、无固定期限和以完成一定工作为期限三种。

（8）产生阶段不同。集体合同产生于劳动关系运行中，而不是产生于劳动关系建立之前。劳动合同是建立劳动关系的一种法律形式，因此，在劳动者就业时就产生了。

五、企业应该和谁签订集体合同

【案例】

2004 年年初，某新建食品企业的三百多名职工要求与企业签订一份集体合同。由于企业刚成立尚未组建工会，部分职工就委托本企业的 5 名职工和当地商会的朱某作为代表，向企业提出就工资标准、工资支付办法、工时制度、劳动定额标准、休息休假、劳动条件、安全技术措施及各项保险、福利等内容进行集体协商的要求。企业经过考虑，对职工的要求表示同意。双方约定在 2 月 25 日，由各方的代表在企业的会议室里就集体合同的具体约定进行协商。当日，商会的朱某和 5 名职工作为职工方的代表参加了集体协商会议，企业总经理（兼法定代表人）并未到场，而是由企业的一位副总经理、人事部门经理和律师 3 人代表企业参加协商会议。经过认真热烈的讨论，双方就协商内容基本达成一致，朱某作为职工方的首席代表在集体合同草案上签了字，副总经理作为企业方的首席代表也签字认可。随后，朱某等职工代表将集体合同草案向全体职工作了公布，但一些职工对合同协商内容及朱某的代表资格却表示不满，发生了争议。

这是一起关于集体合同主体的案例。《劳动合同法》第 51 条第 2 款规定：集体合同由工会代表企业职工一方与用人单位订立；尚未建立工会的用人单位，由上级工会指导劳动者推举的代表与用人单位订立。

在我国，法律上将签订集体合同的主体确定为企业工会或职工代表与相应的企业代表。集体合同的订立需由工会代表企业职工一方与企业经过平等协商完成，对于暂时没有工会组织的企业，则可由员工自行推举代表来与企业集体协商完成。

集体合同的协商代表是指按照法定程序产生并有权代表本方利益进行集体协商的人员。集体协商双方的代表人数应当对等，每方至少 3 人，并确定一名首席代表。职工一方代表，由本单位工会选派。尚未建立工会的，由本单位职工民主推荐，并经本单位半数以上的职工同意。职工一方的首席代表应由本单位的工会主席担任。工会主席可以书面委托其他协商代表代理首席代表。工会主席缺席的，首席代表由工会其他主要负责人担任。尚未建立工会的，职工一方的首席代表从协商代表中民主推举产生。用人单位一方的协商代表，由用人单位法定代表人指派，首席代表由单位法定代表人担任或由其书面委托的其他管理人员担任。协商代表履行职责的期限，由被代表方确定。集体协商双方代表首席代表可以书面委托本单位以外的专业人员作为本方协商代表。委托人数不得超过本方代表的1/3。首席代表不得由非本单位人员代理。用人单位协商代表与职工协商代表不得相互兼任。工会可以更换职工一方代表；尚未建立工会的，经半数以上职工同意，可以更换职工一方的协商代表。协商代表因更换、辞任或遇到不可抗力等情形造成空缺的，应在空缺之日起15日内按照规定产生新的代表。

从用人单位的角度来看，在签订集体合同时，一定要遵守主体双方人数对等的原则，与工会代表（职工代表）共同担当起集体合同的主体责任。同时，集体协商双方的法律地位平等，应当以平等的身份进行协商。双方在各自充分表达自己意思的基础上就集体合同条款达成一致意见，签订集体合同。企业代表不能以自己在单位的地位胁迫工会代表（或职工代表）订立不属他们原意的集体合同内容。

六、集体合同必须报送劳动行政部门审查

【案例】

小王是辽河机械厂的职工，厂里职工近三百人。近来，省里颁布了新的劳动安全卫生法规，要求改善企业的劳动条件，完善安全技术措施和安全操作规程，并强调了要保证劳动用品的发放。机械厂在这段时间里正忙着起草集体合同。小王和厂里的其他职工对正在起草的集体合同很关注，期待着这份合同能落实省里的劳动安全卫生法规，改善他们的劳动条件，使他们受益。集体合同起草完毕后，厂里的高管开了一次会，就通过了合同。

然后就一面把合同送交劳动行政部门审查，一面把合同在厂里公布。职工们看到合同后，发现只字未提本来按照省里的最新规定应该改善的技术措施和派发的劳动卫生用品等问题，都有些失望，同时也有人鸣不平，小王就是其中一个。小王代表厂里的职工向厂领导反映了情况，认为厂里订立的合同应该执行省里的规定，改善工人的劳动条件。厂领导给予的答复是：这份集体合同是经厂领导和各部门主管协商一致签订的，需要解决的问题我们在协商时就已经考虑过了；厂里也有厂里

的难处，大家应该体谅一下。何况今年的集体合同已经签完了，如果有什么不妥之处明年我们签订的时候再协调解决。工人们看到是这样一种情况，而且合同已经签完了，也没有其他办法了，只能作罢。

没想到，过了几天，厂里接到通知，说集体合同没有通过，原因就是劳动安全卫生条件条款不符合法律规定，要求修改集体合同。厂里的工人都很高兴，说这下劳动安全问题终于可以解决了。

上述案例涉及集体合同生效程序的问题。企业同工会（职工代表）签订集体合同后必须报送劳动行政部门审查、备案后才能生效实施。

《劳动合同法》第54条对集体合同的生效条件作出规定，即由劳动行政部门对集体合同进行审查。这是集体合同订立过程中的必经程序。因为强化劳动行政部门对集体合同运作过程中的监督和指导作用，对集体合同的运行有着积极的意义。第一款的内容，实际上是保留了劳动法中原有的规定。该款规定在实践中可能产生两种后果：一是劳动行政部门自收到集体合同文本之日起15日内未提出异议的，集体合同即行生效；二是劳动行政部门自收到集体合同文本之日起15日内提出异议的，例如集体合同的约定内容违反法律法规的规定，或者集体合同的双方主体不合法等，集体合同不能即行生效。

本法条表明，集体合同并不是经工会与用人单位协商签订后就生效，还必须经过行政部门的审查。审查没有问题，才能生效。劳动行政部门的审查环节是为了防止企业签订的集体合同违反法律、法规或是有其他侵害劳动者合法权益的行为。系统来看，集体合同的生效是指集体合同文本经职工代表大会和相关劳动行政部门的审核通过后产生法律效力的过程。集体合同的生效要求有一定的程序，本案例中的程序有很多不妥之处，下面将一一作分析。集体合同订立及生效的程序如下：

（1）集体协商。集体协商就是工会或职工代表同企业的代表为签订集体合同进行商谈。集体协商前，工会或职工代表、企业组织应向本单位全体职工宣传有关集体合同的法律、法规，说明订立集体合同的目的、要求和程序，双方各自产生集体协商代表，各自起草集体合同草案。集体协商时，双方代表就双方起草的集体合同草案进行协商，形成双方共同起草的集体合同草案后提交企业职工大会或职工代表大会讨论通过。如果集体合同协商未达成一致意见，经双方同意，可以暂停中止协商。协商中止期限最长不超过60天。具体中止期限及下次协商的具体时间、地点、内容由双方代表共同商定。

（2）双方签字。集体协商双方就集体合同草案经过协商取得一致意见并经本单位职工大会或职工代表大会讨论通过后，由双方首席代表在集体合同文本上签字，集体合同即告成立。

（3）报送审查。集体合同签订后，应当在 7 日内由用人单位一方将集体合同一式三份及说明报送当地劳动行政部门审查。确保其条款符合国家相关法律、行政法规的规定。当地劳动保障部门在收到集体合同文本后 15 日内将"集体合同审查意见书"送达集体合同双方代表。劳动行政部门若对合同内容没有异议，则集体合同自第 16 日起自行生效。若劳动行政部门对集体合同有异议，则应当在"集体合同审查意见书"中明确无效或部分无效的条款，并要求双方代表协商修改，再次报送劳动行政部门重新审核后确认生效时间。

本案例中，公司与职工代表大会就集体合同达成一致意见后，马上在公司公布的做法也是不对的。因为协商一致的集体合同还要经过上述审查程序才能生效，才能以适当的形式公布。

（4）公布。劳动行政部门自收到集体合同文本之日起 15 日内未提出异议的，集体合同即行生效。双方应及时以适当的形式向各自代表的全体成员公布。

集体合同审查生效后向职工公布，一般可以采取以下几种方法：一是在企业内部的报纸、刊物上报道和登载，在企业的有线电视台、闭路电视系统和有线广播报道中报道或宣讲。一些大的企业一般都有内部刊物，在集体合同审查生效后，应及时进行报道，向职工宣传，使职工清楚明白集体合同的具体内容。二是直接将集体合同印制成布告的形式，在宣传栏中，或在车间班组的显著位置广为张贴。如果有能力也可以发给每位职工一份。三是将集体合同文本发给分厂、车间及有关部门，便于日常查找、掌握和使用。

用人单位在签订集体合同时一定要履行上述法律程序，最重要的是不要忘了到劳动行政部门审查、备案，只有通过这些程序的集体合同才能生效。否则集体合同就会因为程序不合法而无效。

总结起来，签订集体合同包括下列程序：（1）签订集体合同之前工会或职工代表应当收集职工和企业有关部门意见，单独或与企业共同拟定集体合同草案。（2）工会或职工推举的代表与企业进行集体协商。（3）经协商达成一致的集体合同提交职工代表大会或全体职工讨论通过。（4）经职工代表大会或全体职工讨论通过的集体合同由企业法定代表人与工会代表或职工推举的代表签订。（5）集体合同签订后，应当在7日内由企业方将集体合同文本报送劳动行政部门审查。（6）劳动行政部门自收到集体合同文本之日起15日内未提出异议的，集体合同即行生效，双方应及时以适当的形式向各自代表的全体成员公布；劳动行政部门提出异议的，双方应及时协商修改，并于15日内将修改后的集体合同文本报送劳动行政部门重新审查。（7）一经审查通过，集体合同即具有约束力，双方必须认真履行。

七、集体合同的适用范围

【案例】

某制药股份有限公司（以下简称制药公司）工会代表全体职工与公司签订了集体合同。合同规定：职工工作时间为每日8小时，每周40小时，在上午和下午连续工作4小时期间安排工间操一次，时间为20分钟，职工工资报酬不低于每月1 200元，每月4日支付，合同有效期自3年。该合同被劳动管理部门确认。2个月后，制药公司从人才市场招聘了一批技术工人去新建的制药分厂工作。每个技术工人也和制药公司签订了劳动合同，内容均是：合同有效期3年，工作时间为每日8小时，每周40小时，上、下午各4小时且无工间休息时间，工人工资每月1 800元，劳动中出现伤亡由劳动者自行负责。技术工人上班后发现车间药味很浓，连续工作时头昏脑涨。部分工人向分厂负责人提出要像总厂工人那样有工间休息时间。分厂的答复是：（1）总厂集体合同订立在先，分厂设立在后，集体合同对分厂职工无效，分厂职工不能要求和总厂职工同等待遇；（2）按劳取酬，分厂工人比总厂职工工资高出许多，增加劳动强度也是公平合理的。

这是一起关于集体合同的适用范围的案例。

《劳动合同法》第54条第2款提到，依法订立的集体合同对用人单位和劳动者具有约束力。这条法规指明，集体合同订立、生效后，对签订集体合同双方所代表的人员都具有约束力。任何一方不得擅自变更或解除集体合同。如果集体合同的当事人违反集体合同的规定，就要承担相应的法律责任。

由于集体合同是全体职工或职工代表大会讨论同意后，由工会或职工代表与用人单位订立的书面协议。因此，对于劳动者来说，除集体合同有特别规定外，集体合同的全部内容适用于企业内部全体职工。即在一个企业内部，只要工会与企业签订了集体合同，工会就代表了全体职工，集体合同的条款对于包括非工会会员在内的所有员工都适用。对其生效实施后被企业录用的职工而言，集体合同也是适用的。依法订立的集体合同对用人单位和劳动者具有约束力，这体现出集体合同效力的普遍性。案例中的制药分厂属于制药公司的一部分，受集体合同的约束和规范。因此，该制药公司的集体合同条款适用于制药分厂。根据劳动合同法的规定，该制药分厂与技术工人签订的劳动合同中工资和无工间休息时间的条款都不符合集体合同的标准，其中无工间休息时间的规定违反劳动法的规定。这两条无效，应当按照集体合同的标准实行。

实践中，用人单位的管理者一定要清楚集体合同的适用范围，即合法订立的集体合同适用于企业所有员工。不管是集体合同订立后进入企业的员工还是试用期员工，其劳动合同的标准都应当不低于集体合同这个底线。

八、集体合同的法律效力高于劳动合同

【案例】

小周与某企业签订了为期3年的劳动合同。合同中约定：工资每月计发一次。合同履行期间，工会又与企业经协商签订了一份集体合同，该份集体合同中约定：企业所有员工每年年终可获得一次第13个月的工资。该企业的集体合同获得企业职代会的通过并经当地劳动行政部门审核后开始生效实施，但小周没有得到企业支付的第13个月工资。于是，他向企业提出补发第13个月工资的要求。但企业表示，小周和企业签订的劳动合同中约定了劳动报酬的支付次数，双方应当严格按照劳动合同的约定履行，双方由此产生争议。

当集体合同的条款与劳动合同的条款发生冲突时，究竟哪个合同的法律效力更大？

《劳动合同法》第55条规定，集体合同中劳动报酬和劳动条件等标准不得低于当地人民政府规定的最低标准；用人单位与劳动者订立的劳

动合同中劳动报酬和劳动条件等标准不得低于集体合同规定的标准。这个规定是针对集体合同对劳动合同的法律效力的。对于签订了集体合同的企业来说，集体合同对于本企业全部劳动合同都具有约束力，或者称为基准作用。这表现在以下两个方面：（1）补充性效力，即集体合同所规定的标准在一定条件下可以成为劳动合同的补充。集体合同中有的内容是单个的劳动合同未涉及的，这些内容对劳动者和企业也是有约束力的，即都应当按照集体合同的规定执行。（2）不可贬低性效力，即集体合同所规定的标准在其效力范围内是劳动者利益的最低标准，劳动合同中关于劳动者利益的规定可以高于但不得低于这些标准，若低于此标准就由集体合同的规定取而代之。劳动合同中的劳动条件和劳动报酬等标准低于集体合同规定标准的，确认为无效；集体合同规定的标准变更的，劳动合同中相关内容的标准也要变更，以使其不低于集体合同规定的标准。

案例中的企业的说法是不对的，当用人单位的集体合同与劳动合同的条款发生了冲突，若集体合同规定的劳动标准高于劳动合同的标准，那么，就应当按照集体合同规定的标准去办。因此，该企业应当支付小周 13 个月的薪水。

实践中，用人单位一定要了解集体合同与劳动合同的效力关系，在同劳动者制定集体合同的过程中，一定要保证劳动合同的标准不低于集体合同的标准。否则，用人单位就有可能出无效或部分无效的劳动合同，面临法律的风险。

九、集体合同标准的确定

【案例】

北京市某啤酒厂本来是集体企业，由于年年亏损，后卖给了私人，作为收购条件之一，新工厂同意全部接受原厂老职工，并与原厂的职工签订了一份集体合同。集体合同规定了劳动报酬、工作时间、休息休假、劳动安全与卫生、保险福利等内容。其中有关劳动报酬的规定是，员工每月工资不低于 500 元。可当地当年最低工资标准为 730 元。有些员工就工资标准一项内容与啤酒厂发生争议。他们要求单位将集体合同中的工资标准提高到最低工资标准。啤酒厂负责人却说："这是集体合同，并不是对于个人的具体规定，而且是规定了工资的最低标准。具体到个人的话，我们肯定不会支付低于最低工资标准的工资。"可员工却认为，说是这么说，万一到时候企业非要以集体合同的标准支付工资怎么办。双方僵持不下，为此发生争议。

那么，集体合同的标准应该如何定呢？

《劳动合同法》第 55 条规定，集体合同中劳动条件和劳动报酬等标准不得低于当地人民政府规定的最低标准。这是对集体合同中劳动条件和劳动报酬最低标准的规定。当地人民政府制定的最低劳动条件和劳动报酬标准等，一般是以法规、规章的形式出现，对于企业和劳动者具有普遍的约束作用。按此标准进行保护只是法律所要求的最低水平，而立法意图并不是希望对劳动者利益的保护只是停留在最低水平上。通过集体合同，可以对劳动者利益作出高于法定最低标准的约定，从而使劳动者利益保护的实际水平能够高于法定最低标准。因此，在订立集体合同之初，集体合同中的劳动条件和劳动标准不得低于当地政府规定的最低标准；当集体合同生效后，当地政府提高了最低劳动标准，集体合同中的标准也应当相应地提高。这样，才能够保证对劳动者的利益保护不只是停留在一个很低的水平上。用人单位低于最低工资标准向劳动者支付工资的，违反了劳动法和劳动合同法的规定，应当按照《劳动合同法》第 85 条的规定追究其法律责任。

实践中，用人单位在确定集体合同标准时，切忌不能低于当地人民政府规定的最低标准，一旦低于这一底线标准，企业的集体合同就算违法。

十、专项集体合同的签订

【案例】

全总女职工部数据，仅根据 21 个省市的统计，女职工权益保护专项集体合同签订数已达 188 576 个，覆盖企业 479 952 家，涉及女职工 2 683.16 万人。

女职工权益保护专项集体合同是切实维护女职工合法权益和特殊利益的重要机制和手段。全总 2006 年下发的《关于推行女职工权益保护专项集体合同工作的意见》明确提出，"从 2006 年起，力争用三年时间，在已建立工会女职工组织并签订了集体合同的单位中，使女职工权益保护专项集体合同的签订率达到 80%"。

为实现这一目标，各级工会女职工组织因地制宜、分类指导，创造了各种行之有效的工作模式。如浙江省在中小非公有制企业集中的乡镇（街道）、村（社区）积极推行区域性女职工专项集体合同；上海市建立女职工专项集体合同协商指导专家组，指导企业开展工作；福建省在纺织、服装等女职工集中的行业，通过制定女职工特殊保护行业标准，推进行业性女职工权益保护专项集体合同；辽宁、山西、上海、重庆等省市则通过建立监督检查机制，确保女职工权益保护专项集体合同工作的实效性。

截至 2007 年 12 月，女职工权益保护专项集体合同工作进展喜人，全国已有 18 个省（区、市）总工会与劳动和社会保障厅、省企业家协会/企业联合会联合发文，235 个地市总工会下发了有关加强女职工专项集体合同工作的文件；山东、江苏、河南、安徽、辽宁、山西、广西 7 个省区的签订率达到 60% 以上，不少地方工会还制定了 2008 年签订率达 90% 的工作目标。[①]

这是对目前女职工权益保护专项集体合同的实施状况的报道。

《劳动合同法》第 52 条规定，企业职工一方与用人单位可以订立劳动安全卫生、女职工权益保护、工资调整机制等专项集体合同。

所谓专项集体合同，是指用人单位与劳动者根据法律、法规、规章的规定，就集体协商的某项内容签订的专项书面协议。集体合同的具体内容，可能涉及劳动关系的各个方面，也可能只涉及劳动关系的某个方面。随着社会经济的发展，各方面的问题也逐渐展现，想要一劳永逸在一个集体合同里面解决所有问题越来越不可能。专项集体合同的签订，能够有针对性地对劳动关系某个方面的问题进行规定，这样，能够减少协商谈判所需要的社会成本，也为了更有针对性、更有效地解决劳动关系某一个方面的问题，因此，工会在推进集体合同制度的实践中订立专项集体合同，逐渐成为一种普遍形式。

劳动安全卫生专项合同能进一步规范企业与职工双方在生产经营活动中的行为，加强安全生产的管理和监督，防止和减少安全生产事故的发生，维护职工的安全健康等合法权益，促进企业的稳步发展。女职工

---

① 参见《工人日报》。转引自http://www.gov.cn/jrzg/2007-12/03/content_823257.htm。

权益保护专项集体合同，是用人单位与本单位女职工根据法律、法规、规章的规定，就女职工合法权益和特殊利益方面的内容通过集体协商签订的专项协议，它对用人单位和本单位的全体女职工具有法律约束力。结合公司的工作实际制定的女职工特殊权益保护专项集体合同，往往具有较强的针对性、实效性和可操作性，是切实维护女职工合法权益和特殊利益的重要机制和手段。工资专项合同能够改变劳动者弱势的谈判地位，使其能够和用人单位在平等协商的基础上获得与其劳动相匹配的工资报酬。

实践中，作为企业的管理者，要了解专项集体合同的相关内容，合理遵守专项集体合同的规定，保证企业劳动关系管理不违反这些规定。

十一、如何应对行业性、区域性合同的新挑战

【案例】

据介绍，目前，武汉市新洲区全区公有制企业两项合同覆盖率达100%。新洲区现有职工6.3万人，街镇工会17个，社区工会47个，行业工会10个，涵盖小型民营企业370个。2004年起，区总工会先后在邾城街、李集街、徐古镇及部分行业、社区、企业，确定了5种类型的试点。通过试点实践，区总工会统一标准，规范区域性、行业性集体合同及时推广。

在推广行动中，着力突出两个重点：一是突出职工和业主最为关注的工资问题，凡不是一年一签集体合同的单位，必须建立区域性、行业性工资协议书制度，确保一年一签；凡实行集体合同的企业，工会和业主都应单独建立工资协商制度。二是突出集体合同建制及履约监督检查办法。建立区、街两级集体合同检查监督机构，对区域性、行业性集体合同建制履约情况实行不定期检查。同时，区总工会每年年初将集体合同和工资协议书目标任务进行分解，由区委副书记、区总工会主席与17个街镇工会签订年度目标责任书，目标完成情况与各类评先表彰相结合。

区总工会还力促将集体合同制度纳入党风廉政建设和厂务公开责任追究范畴，区人大法工委一年组织一次《工会法》执法检查，将集体合

同作为重要内容，检查结果全区通报。①

案例说明我国目前行业性、区域性的集体合同的正逐步普及。

行业性集体合同主要是指在一定行业内，由行业性工会联合会与相应行业内各企业，就劳动报酬、工作时间、休息休假、劳动安全卫生、保险福利等事项进行平等协商，所签订的集体合同。行业性集体合同一般具有以下优势：（1）各企业具有行业共同性，在职工工资水平、利润、职业危害状况、劳动者素质等方面往往比较接近，可以就某一方面制定具体的、有针对性的共同标准，从而容易达成行业性集体合同。（2）行业性集体合同能够更广泛地保护整个行业内的劳动者的合法权益，在和谐稳定劳动关系的基础上，行业整体素质也得到提升。（3）协商订立行业性集体合同能够减少劳资谈判的社会成本，因此行业性集体合同有逐渐向越来越广大区域扩展的趋势。区域性集体合同是指在一定区域内（指镇、区、街道、村、行业），由区域性工会联合会与相应经济组织或区域内企业，就劳动报酬、工作时间、休息休假、劳动安全卫生、保险福利等事项进行平等协商，所签订的集体合同。随着集体合同制度的实施，各级工会积极开展各种形式的实践，近年来行业性集体合同、区域性集体合同得到了相当大的发展。

建筑业、采矿业、餐饮服务业等，行业特点都比较显著，决定了这些行业容易订立切实可行的行业性集体合同。在订立行业合同的时候应该注意，针对行业的特点将涉及职工根本利益的各类问题纳入集体合同的范围，确保集体合同真正保障劳动者的根本权益。发展区域性集体合同制度，需要注意以下几点：（1）区域性集体合同是不适合在大范围、大区域内推行的，由于企业性质差异、各行业劳动者需求不同等，在一个较大区域内协商签订集体合同往往比较困难，即使签订集体合同也往往因为缺少针对性而难以实施。（2）区域性集体合同的优势在于基层（镇、村、街道）较小的区域内，发挥好基层工会熟悉当地企业和劳动者的优势，因此，应当就当地某些特殊情况、特殊需要订立区域性集体合同。

自 1995 年《劳动法》颁布实施以来，在全国总工会的推动下，行业性和区域性集体合同在我国已取得一定的发展。到 2006 年年底全国

---

① 资料来源：搜狐新闻：http://news.sohu.com/20080512/n256787612.shtml? from=814e.com。

签订区域性集体合同 9.52 万份，覆盖企业 54.27 万个，覆盖职工 2 398.16万人；签订行业性集体合同 4.02 万份，覆盖企业 13.4 万个，覆盖职工1 243.44万人。《劳动合同法》将行业性、区域性集体合同单独列为一条做了详细规定，必定大大促进其进一步发展。从用人单位的角度来看，管理者必须了解行业性、区域性集体合同的相关规定，在此基础上制定和完善自身的劳动关系管理，才能应对《劳动合同法》新规定的挑战。

《劳动合同法》第 53 条规定，县级以下区域内，建筑业、采矿业、餐饮服务业等行业可以由工会与企业方面代表订立行业性集体合同，或者订立区域性集体合同。本法条意味着，在流动性较高、劳动者核心能力不强的行业，县级以下区域内的工会组织可以代表全行业或全区域的劳动者与企业方面代表签订行业性集体合同或区域性集体合同。行业性、区域性集体合同对当地本行业、本区域的用人单位和劳动者具有约束力。

订立行业性、区域性集体合同的意义就在于调节行业或区域内的劳动关系矛盾，构建和谐的行业、区域劳动关系。随着近年来我国的非公有制经济的迅猛发展，非公有制企业数量迅速增加。这些企业大部分集中在乡镇、街道、社区、各类经济开发区和工业园区内，具有规模较小、管理不规范的特点。再加上非公有制企业中工会干部兼职多，他们依附于企业，没有经济上的独立权，因此在与企业的商讨中没有什么主动权。甚至有的企业还没有建立工会组织。这些原因导致很多企业无法真正履行集体合同。加之这些行业内劳动者缺乏核心竞争力，很难与用人单位平等协商相关事项。而行业性、区域性集体合同则弥补了这一问题。行业性、区域性集体合同约定了全行业、全区域的劳动条件和劳动标准的最低限，行业和区域内所有劳动者的劳动标准都应不低于这一规定。这对于调节行业或区域内的劳动关系矛盾，必将起到重要的作用。

对用人单位来讲，尤其是建筑业、采矿业、餐饮服务业等行业的用人单位，一定要关注所在的区域有没有订立行业性、区域性集体合同。如果有，相关管理人员则要及时拿到合同文本，保证自身企业的劳动关系管理制度符合行业性、区域性集体合同的标准。

十二、行业性、区域性集体合同的适用范围和法律效力

【案例】

石家庄市某房地产公司是一家以住宅建造为主要业务的企业。由于赶上市政建设的大好时机，近年来，公司业务取得了快速发展。销售额、利润率连年攀升。可令员工不满的是，虽然公司的利润逐年上升，可自己的工资却是很少变化。大家都觉得辛辛苦苦为企业创造了利润，一点回报都没有。很多员工都直接或间接地向公司反映过这件事。公司给的答复是，咱们单位没有一位员工的工资低于最低工资标准，所以我们现在工资支付是合法的。工资涨不涨是领导说了算。

后来，公司有位员工了解到河北省房地产行业已经签订了《河北省房地产行业集体合同》。该合同规定：职工工资要与企业效益同步增长，工资增幅不得低于利润增幅的 3% 等。他一想，自己这几年的工资就没涨过，肯定不符合集体合同的上述规定。于是他找到几名比较活跃的员工，准备将公司诉诸公堂。

这是一起关于行业性集体合同的适用范围和法律效力的案例。

大家应当注意行业合同和区域性合同的法律效力问题。劳动合同法规定，行业性集体合同，不仅约束协商、订立集体合同的劳动者代表（工会）和企业代表，而且约束本行业的所有劳动者和所有企业。区域性集体合同，不仅约束协商、订立该合同的劳动者代表（工会）和企业代表，而且对本区域内所有劳动者和所有用人单位具有约束力。

在具体签订上，行业集体合同不像一般集体合同那样，工会代表的劳动者人数具体，容易确定。行业职工可以通过选举方式成立行业职工代表大会，行业的集体合同草案应当提交行业职工代表大会讨论通过。尚未建立行业职工代表大会的，行业集体合同草案应当得到行业内半数以上职工的同意。通过的集体合同文本由双方首席协商代表签字，也可以由职工方首席协商代表分别与各用人单位法定代表人或者主要负责人签字。

从用人单位的角度来讲，用人单位应当在适用行业性合同和区域性合同的时候注意合同的法律效力问题，以达到真正保护职工合法权益的目的，同时避免法律风险。

十三、如何处理集体合同争议

【案例】

某钢铁制造集团现有职工3 246人，先后与企业签订了劳动合同，2005年8月5日，钢铁制造集团与工会签订集体合同，并于8月29日经劳动行政部门审查。该集体合同规定："公司根据国家有关规定，为员工办理社会统筹保险，并按时足额缴纳养老、工伤、生育、失业等保险费。工会有权监督，并向职工定期公开。"钢铁制造集团每月从职工工资中按规定扣缴了个人应缴的社会保险费，却没有及时上缴职工已缴给企业部分和企业应缴的社保费。截至2007年2月底，企业累计欠缴社会保险费5 219 828.71元，其中养老保险费4 955 140.34元、工伤保险费132 397.22元、生育保险费28 421.39元、失业保险费103 869.76元。2008年4月，钢铁制造集团工会委员会向劳动争议仲裁委员会申请仲裁，要求钢铁制造集团补缴拖欠的社会保险费。仲裁委在受理此案后依法组成仲裁庭，经审理后认为，本案属于履行集体合同发生的争议，申诉人要求补缴社会保险费的请求应予以支持。遂裁决钢铁制造集团公司依法补缴拖欠职工的社会保险费5 219 828.71元。

这是一起关于集体合同履行发生争议的案例。由于集体合同争议涉及面广，处理不好会影响社会安定和经济发展，因此世界各国都十分重视集体合同争议的处理。一般都在立法中作出专门规定，同时设置专门机构对集体合同争议进行处理。

《劳动合同法》第56条规定："用人单位违反集体合同，侵犯职工劳动权益的，工会可以依法要求用人单位承担责任；因履行集体合同发生争议，经协商解决不成，工会可以依法申请仲裁、提起诉讼。"这是对集体合同争议的规定。

工会与用人单位是集体合同的法律主体，集体合同对企业所有劳动者、用人单位、工会都具有约束力，订立集体合同的双方当事人都有履行合同规定义务的职责。由于集体合同的双方当事人的性质不同，但其所承担责任的性质不同，当事人双方的义务具有不对等性。对于代表全体职工签订集体合同的工会组织或职工代表来说，集体合同规定的义务只具有道义性。但是对用人单位来说，集体合同规定的义务都是它必须履行的法定义务，如果不按照合同规定履行义务，用人单位就构成了对职工权益的侵犯，企业就要承担法律责任。在用人单位违反集体合同，侵犯职工劳动权益的时候，工会作为职工权益代表，作为与用人单位签订集体合同的法律主体，对集体合同的履行享有监督的权利，可以依法要求用人单位承担责任；因履行集体合同发生争议，经协商解决不成的，工会还可以依法申请仲裁或者提起诉讼。

本案例中，某钢铁制造集团与工会专门就社会保险等事项签订了集体合同，该合同经劳动行政部门审查，合法有效。现钢铁制造集团工会要求钢铁制造集团按时足额缴纳社会保险费的请求事项符合国家法律、法规规定。劳动争议仲裁委员会裁决支持申诉人的仲裁请求是正确的。

作为企业管理者，若本企业在履行集体合同的过程中发生争议，首先一定要与工会或职工代表协商解决，争取将矛盾化解在小范围内。尽量不把争议的范围扩大到仲裁或法院。用人单位一定要意识到，集体合同是为规范劳动合同而设定的协议，如果与劳动者就集体合同的订立或履行发生争议，会对自身的集体劳动关系产生影响。集体合同争议不同于劳动合同争议，它会涉及用人单位所有劳动者的利益。如果企业不能有效地避免集体合同争议或者不能有效地处理集体合同争议，就会对自身的生产经营产生很大的影响。

第十一章

与非人力资源部门的沟通与配合

企业的劳动关系管理不仅是人力资源部门的事情，更是各层各类管理者的职责。在处理劳动关系时，人力资源部门需要及时与其他部门管理者沟通、协调，才能顺利完成企业劳动关系管理。本章将详细介绍企业各层各类管理者在企业劳动关系管理中应掌握的知识、承担的责任，以及人力资源部门应当如何处理与非人力资源部门的关系。

一、企业决策层应重视劳动关系政策变化

企业如何应对新法迫在眉睫：

《劳动合同法》中的诸多新规定，对企业现行的人力资源管理方法、劳动关系及用工策略等提出了极大的挑战，它将直接提升企业人力管理成本，实施多年的劳动合同制度和已确定的劳动关系模式也将面临重大调整。《劳动合同法》被称为劳动和社会保障法制建设中的又一个里程碑，《劳动合同法》中有许多重要的调整，对于已经习惯和适应了《劳动法》的企业单位来说，管理上的诸多调整在所难免。高层领导人应重视劳动合同法带来的挑战：（1）企业规章制度须防民主程序"陷阱"。劳动合同法规定，用人单位在制定、修改或者决定有关劳动报酬等直接涉及劳动者切身利益的规章制度或者重大事项时，应当经职工代表大会或者全体职工讨论，提出方案和意见，与工会或者职工代表平等协商确定。即民主程序成为用人单位规章制度制定和修改的必经程序，否则规章制度无效。这就要求用人单位尽快建立健全工会或职工代表大会，并注意及时履行规章制度的公示和告知程序。（2）建立劳动关系要规避事实劳动关系风险。劳动合同法规定，建立劳动关系从用工之日起，应当订立书面劳动合同。如果在超过1个月还未订立书面劳动合同，则有可

能面临着赔偿劳动者双倍报酬或者与之签订无固定期限劳动合同的"风险"。因此，企业在招聘用工过程中要强化法律意识，规范用工，避免因草率用工产生的风险。（3）解雇成本增大要求提升柔性化管理水平。劳动合同法扩大了经济补偿金的支付范围，除了劳动者没有过错被解除劳动合同需要支付经济补偿金外，劳动合同到期时，用人单位不签订劳动合同的，也需要向劳动者支付经济补偿金。即，当劳动合同到期时，除了与劳动者续签劳动合同外，最关键的是采用柔性化管理，提升管理效率，进而提高劳动生产效率，使劳动关系双方能得到共同发展，共同进步。柔性化管理将逐渐成为主流管理方式。（4）中长期用工成为主流提示慎签劳动合同。劳动合同法规定，如果用人单位与劳动者连续签订两次固定期限劳动合同之后再次续签，就应该签订无固定期限劳动合同，即法律诱导劳动关系的稳定和长期化。这与现阶段国内许多企业采用的短用工方式（甚至经常一年签订一次劳动合同）正好相反。因此，用人单位要把好用工的入口关，与什么人签订劳动合同，不与什么人签订劳动合同，是否使用劳务派遣用工，用人单位应该及时明确的作出选择、决断。（5）违法解聘将承担严重后果。劳动合同法规定，用人单位违法解除或者终止劳动合同，劳动者要求继续履行劳动合同的，用人单位应当继续履行。即《劳动合同法》实行后，如果用人单位出现违法解聘的情况，是否继续履行劳动合同的决定权在劳动者，而不是用人单位。同时，《劳动合同法》增加了对用人单位的惩罚性规定，即如果劳动者不同意继续履行劳动合同，用人单位需要支付双倍的经济补偿金。因此，用人单位在解除劳动合同时，是否具有充足的法律依据非常关键，否则将承担更严重的责任。

　　劳动合同法的实施促进企业转型，在转型中构建和完善企业劳动关系发展战略和雇主策略，进而构建企业的和谐劳动关系，提高企业竞争力。企业的决策层处于企业内部组织系统中最高的位置，包括股东大会、董事长、企业经营层等，他们对企业劳动关系管理进行宏观的调控。因此，企业决策层要重视劳动合同法给企业劳动关系管理带来的挑战：《劳动合同法》以及《实施条例》有哪些重大变化；它将怎样影响企业的运营成本和管理模式，作为高新技术企业，企业最重要的资产就是人才和商业秘密，那么作为企业的管理者，如何更睿智地应用新的《劳动合同法》来管理人才并防范人才流动所带来的商业风险；如何确保企业人力资源管理相关政策都合法？这些都是企业决策考虑的问题。

这就要求企业决策层了解和掌握劳动关系管理的基本知识与技能，主要包括以下几个方面：

1. 决策层要了解劳动关系管理方面的法律法规，并在此基础上明确企业在劳动关系管理过程中应遵循的原则。

2. 在确立原则的基础上，决策层要指导人力资源部门制定合理健全的劳动关系管理制度，明确劳动关系管理的主体与责任。

3. 决策层要代表企业与工会签订集体合同，因此还要了解集体合同签订的原则及履行过程中应注意的问题。要充分尊重工会的民主权利，支持和配合工会的工作，寻求工会与企业的共同发展。

4. 发生劳动争议时，企业决策层要指导人力资源部处理相关问题。首先要与工会平等协商，保证争议在企业范围内得到有效解决。对于不能协商解决的问题，应当请劳动仲裁或行政部门进行调节，尽量保证劳动争议得到妥善处理。

企业决策层则从战略高度考虑劳动关系管理的发展要求，明确企业在劳动关系管理过程中应遵循的原则。这样才能确保在企业里建立起和谐的劳动关系。

二、直线经理需要掌握劳动关系管理

【案例】

2008年1月，黄某参加了北京市某区主办的专场招聘会，经面试，被一家模具公司录用为销售部经理助理。2008年1月21日，双方协商一致，签订了2年期固定期限劳动合同，并约定了2个月的试用期。黄某工作一段时间后，销售部经理认为其工作态度十分认真，但专业知识和业务水平都不理想，与招聘时对空缺岗位的要求存在很大差距。2008年3月6日，该模具公司以黄某在试用期被证明不符合录用条件为由，决定解除与黄某的劳动关系，并不予支付任何经济补偿。黄某不服，向劳动争议仲裁委员会提出申诉，要求该模具公司向其支付经济补偿。仲裁委员会经调查审理后，认为模具公司领导在未对其进行任何考核，也没有任何考核标准的情况下，片面地认为黄某不符合录用条件，解除劳动关系是不合法的。于是，判定该模具公司与黄某解除劳动关系属于违法行为，对黄某的申诉予以支持，要求模具公司向黄某支付双倍经济补偿的赔偿金。

　　这是一个典型的由于直线经理缺乏劳动关系管理技能造成的劳资关系纠纷案例。新法实施后，HR 将在企业中扮演更重要的角色，同时也要承担更多的责任和压力。帮助直线经理提升劳动关系管理知识和技能，成为应对劳动合同法挑战的重要措施。由于劳动合同解除或终止的经济补偿总体成本上升，招聘的质量受到极大关注，从事招聘工作的 HR 也将面临巨大压力。即便是相对成本较小的试用期解聘，企业也还增加了额外的"试用期不合格"举证责任。如何稳定劳动关系、避免劳动纠纷，做到既合法，又能促进企业绩效提升是一个重大挑战。人力资源部在招聘之前，应协助直线经理明确录用条件和标准，包括职位的一些基本要求（如年龄、职业技术、学历等），以及对所聘职位的具体录用条件、岗位职责进行详细描述，并在与劳动者订立劳动合同时再次以书面形式明确告知。同时，建立试用期绩效评估制度，明确考核标准、合理的考核方式及考核方法。并将企业制定的考核内容、评分原则及决定劳动者是否最终被录用的客观依据事先告诉劳动者，并让其签字认同。那么，本案例中的模具厂直线经理严格按照标准对黄某进行考核并认定其不符合录用条件，企业解除与黄某的劳动关系就有理有据，是合法的行为。因此，在企业劳动关系管理中，直线经理起着重要的作用，必须掌握企业的劳动关系管理。

　　直线经理比人力资源部门的人员更了解他的每一位下属，他能根据每一位员工的特点实施管理（包括劳动关系管理），并且是最有资格评价自己的下属的人。因此，在企业劳动关系管理过程中，直线经理是各项政策最直接的执行者。企业人力资源管理的选、用、育、留四个环节，都是以直接用人部门的工作与管理需求为基础开展的。所以说，直接主管在企业劳动关系管理中占据着重要的地位，如果直线经理不了解相关的知识，可能会为企业的劳动关系管理带来不必要的麻烦。

　　直接主管应当掌握的劳动关系管理方面的技能主要体现在以下几个环节：

　　1. 招聘环节

　　在招聘环节中，企业需要注意的事项包括劳动法中关于告知权、知情权的规定，并且要有明确的录用条件。具体到直线主管，就需要他们将自己部门需求的人员应具备的素质条件（最好是以书面的形式）明确地告知人力资源部门，以便人力资源部门展开招聘，同时也可以此为依据对试用期员工进行考核。一旦试用期员工的表现不符合录用条件，人力资源管理部门可以有理有据地与其解除合同。

2. 培训与开发环节

培训环节最重要的问题就是选择合适的员工进行培训，并防止其在接受培训后离开企业。在前面的章节我们谈到可以通过签订培训协议或约定服务期来减少这一风险。直接用人部门需要了解的就是，由于培训会面临风险，因此在选择受训人员时应尽量选择核心员工，不要选择试用期员工。而在选定参加培训的人员后，就要及时和人力资源部门沟通，确定是不是需要签订培训协议或约定服务期以保证企业的利益不受损害。

3. 薪酬管理环节

企业薪酬操作一般都是由人力资源管理部门负责。直接主管很少涉及这部分的内容。但直接主管还是需要了解劳动关系管理中对薪酬的一些特定要求，比如员工加班要遵循一定的时间限制；员工参加法定的社会活动应当算做员工提供了正常的劳动，要按出勤计算等。只有这样，才能更好地实现企业薪酬管理制度的有效运行，保证企业薪酬管理工作的顺利进行。

4. 考核环节

考核结果的应用是考核环节中直线主管最需要注意的地方。考核结果可以作为企业劳动关系管理的重要依据，但很多时候直线经理对考核结果的应用都不恰当，也因此给企业带来一些不必要的麻烦。例如，经过考核，一些直线经理会觉得某位员工不能胜任，便要求人力资源部门将其辞退，另招合适人选。殊不知，辞退员工要满足一定的条件，并遵循一定的法律程序，而不是企业可以随意辞退员工，这就会给企业劳动关系管理带来一些麻烦，第五章中我们已经具体介绍了相关知识。作为直接主管，如果不了解这些内容，就会给人力资源管理部门的工作带来困难。

除此之外，直接经理还应当了解与续聘、解除劳动合同等环节相关的法律规定，充分发挥自己在劳动关系管理中的作用。

可以说，直接用人部门是企业劳动关系管理最前沿的部门，是企业劳动关系预警的第一线。直线经理应负责对企业的规章制度进行宣传和教育，同时负责劳动生产的组织与管理；收集劳动者对企业的想法和意见，掌握准确翔实的第一手资料；在劳动争议的发生过程中，负责沟通、说服工作，及时消除争议，避免争议进一步扩大。所以说，劳动关系管理不仅是人力资源部门的责任，直线经理在劳动关系管理中也承担着重要的责任。因此直线经理一定要了解劳动关系管理方面的知识，以保证企业劳动关系管理的顺利有效进行。

三、人力资源部门与非人力资源部门的沟通配合

【案例】

　　赵某已在某制造业企业从事人员招聘工作5年了，上大学时，学习专业是人力资源管理，本科，人也比较灵活，曾自己组织参加过不同招聘活动，如校园招聘、招聘洽谈会，在招聘工作方面积累了不少经验。但某天情绪很低，因为赵某在公司遇到研发部经理，他说："上次你招来的那个王工啊，根本没法用！干活不行还不听指挥，赶紧把他给我换了，换个能干活的来。"赵某也很委屈："这人是按照你们当初给的条件招的呀，你们说要有经验的，也没提其他条件，他完全符合条件，也不知道他这样呀。而且也不能说辞退就辞退呀，要不先调调岗，不行的话再决定辞退。""我可不管，你赶紧给我换人，我这儿还有好多事，需要能干活的人。"

　　这是一个典型的关于人力资源部门与非人力资源部门就劳动关系管理产生争议的案例。由这个案例可以看出，在企业劳动关系管理过程中，如果人力资源部门与非人力资源部门不能进行有效沟通，就会为企业带来很多麻烦。

　　人力资源部门作为劳动关系管理的主要负责部门，必须在日常管理中向企业各个层面的管理者及工作人员宣传与劳动关系管理相关的法律、法规和政策，使企业内部从决策层到执行层对国家法律以及企业内部的劳动制度都有清楚的了解。同时，人力资源部门还要积极主动地配合非人力资源部门的管理工作，并将自身的管理工作同其他部门的实际情况结合起来。总的来说，人力资源需要做到以下几点：

　　1. 人力资源部门要帮助直线经理制定正确合法的劳动关系管理的标准、政策，为企业人员的选、用、育、留提供依据。如制定合理合法的员工录用条件；制定正确的绩效考核标准，使直线经理能正确考核下属工作。

　　2. 人力资源部门要培养非人力资源部门经理劳动关系管理的技能。

如绩效考核技能等。

3. 建立完善的劳动关系管理流程。如要与员工解除劳动合同应当提前 30 日以书面形式通知劳动者本人等。

总体来说，人力资源管理部门在劳动关系管理中扮演的是制度的制定者、宣传者、监督者的角色；而企业决策层则是从战略高度考虑劳动关系管理的发展要求，明确企业在劳动关系管理过程中应遵循的原则。直线经理充当的是劳工关系管理的直接执行者与反馈者的角色。因此只有人力资源管理部门与非人力资源管理部门之间有效沟通、密切配合，各自履行在劳动关系管理中所承担的责任，才能在企业构建和谐的劳动关系。

图书在版编目（CIP）数据

劳动合同法及实施条例之 HR 应对 / 程延园主编.
北京：中国人民大学出版社，2008
ISBN 978-7-300-09870-8

Ⅰ. 劳…
Ⅱ. 程…
Ⅲ. 劳动合同法-条例-中国-问答
Ⅳ. D922.525

中国版本图书馆 CIP 数据核字（2008）第 164915 号

劳动合同法及实施条例之 HR 应对
主　编　程延园

出版发行	中国人民大学出版社		
社　　址	北京中关村大街 31 号	**邮政编码**	100080
电　　话	010－62511242（总编室）	010－62511398（质管部）	
	010－82501766（邮购部）	010－62514148（门市部）	
	010－62515195（发行公司）	010－62515275（盗版举报）	
网　　址	http://www.crup.com.cn		
	http://www.ttrnet.com（人大教研网）		
经　　销	新华书店		
印　　刷	河北三河市新世纪印务有限公司		
规　　格	160 mm×230 mm　16 开本	**版　　次**	2008 年 11 月第 1 版
印　　张	12.25 插页 2	**印　　次**	2008 年 11 月第 1 次印刷
字　　数	184 000	**定　　价**	25.00 元